广东省林明名师工作室作品

U0622998

文学梅州

经典诗文选读

林　明　饶碧玉／主编

刘芳子　罗文欢／副主编

北京燕山出版社
BEIJING YANSHAN PRESS

图书在版编目（CIP）数据

文学梅州经典诗文选读 / 林明，饶碧玉主编. — 北
京：北京燕山出版社，2020.12
ISBN 978-7-5402-5832-0

Ⅰ.①文… Ⅱ.①林…②饶… Ⅲ.①文学欣赏—中
国—青少年读物 Ⅳ.①I206-49

中国版本图书馆CIP数据核字（2020）第216577号

文学梅州经典诗文选读

主　　编	林　明　饶碧玉	
责任编辑	满　懿	
出版发行	北京燕山出版社	
地　　址	北京市丰台区东铁匠营苇子坑138号C座	
电　　话	010-65240430	
邮　　编	100079	
印　　刷	北京政采印刷服务有限公司	
经　　销	新华书店	
开　　本	170mm×240mm　16 开	
字　　数	248千字	
印　　张	13.75	
版　　次	2022年4月第1版	
印　　次	2022年4月第1次印刷	
定　　价	45.00元	

编 委 会

序言

　　日本作家山口县造在《客家与中国革命》一书中说："没有客家便没有中国革命，换言之，客家精神是中国的革命精神。"梅州，是广东乃至全国客家人的主要聚居地，素有"世界客都"之称，1994年被国务院确定为国家级"历史文化名城"（第三批）。

　　这一金字招牌不是徒有虚名的：梅州文化起源很早，而且一以贯之，从来没有断代。

　　据考证，梅州文教的兴盛，是从北宋初年谏官刘元城谪居梅州创办第一间书院开始的。自此，"兴学育才""耕读传家"就成为梅州客家人的传统美德，也从此开启了他们的文学之门。这个时期的诗文大家，有据可查的当属开创梅州文学之风的"首纪科名录者"蕉岭人蓝奎，他在《读书东岩》中立下"愿读人间未见书"之誓言，是梅州人读书风尚形成的标志。此后，如"不畏权奸"的罗孟郊、"忠孝廉节"的蔡蒙吉、"爱民爱乡"的饶相开始陆续闪亮登场。

　　到了清代，状元吴鸿督学广东时，盛赞梅州"人文为岭南冠"；乾隆十五年，嘉应知州王之正特置"人文秀区"牌坊于衙前大街，以志梅州学风之盛。如今，嘉应学院文学院院长陈红旗认为，清代是梅州诗歌的鼎盛时期，而郭真义、曾令存教授编撰的《梅水诗丛》中选编的清代诗人和诗歌也是最多的，成就也最高。如学问文章"为粤东最"的李象元，开客家小说之先河者黄岩，被誉为"粤诗冠冕"的李黼平，"岭南第一才子"宋湘，"诗界革命之巨子"的丘逢甲，倡导"我手写我口"的黄遵宪以及"香名饮粤"的叶璧华，等等。他们创造了梅州文学的诸多本土品牌。虽然梅州地处偏远山区，但他们的诗文却与国家、与世界、与现实紧紧相连。当然，梅州文学从来都是紧跟时代的脚步，反映时代和人民的心声的，这是梅州文学的第二大特色。可以说，这个时期的梅州文人及其作品，为今天的梅州被评为"历史文化名城"奠定了坚实的基础。

只是，一个文学大家荟萃云集、文学底蕴丰富深厚的城市，却存在许多尴尬的现象——在全市中小学校中，几乎既没有相应的校本普及读物介绍梅州本土的文学作家作品，更没有开设此类校本课程。虽然近年嘉应学院中有识之士也编撰了一些关于梅州文学的作品，但似乎并不太适合中学生阅读。

我在教学实践中屡屡发问学生：知道不知道或知道多少梅州文学大家及其作品？回答几乎都令人失望——不知道有哪几位作家，更不知道其作品。虽然人教版高中语文选编了黄遵宪的诗文，仍然只是杯水车薪。梅州文学的杰出先贤多数不为人知，甚至连生于斯长于斯的中小学生也如此。

文学应该是文化的重要组成部分，但坐落在梅州的"中国客家博物馆"里并没有专设一个"梅州馆"，更没有"梅州文学馆"，所介绍的文学作家、收藏的作品也寥寥无几。忍不住在此要说上一句：虽然冠名为"中国客家博物馆"，但作为"世界客都"，应该在此馆中专设一个"梅州馆"。

正是这些现象，引发了我深深的思考：是否可以编写一本适合梅州中学生阅读的文学作家作品读本？让孩子们从小就了解到梅州之所以称为"历史文化名城"不是浪得虚名；让孩子们熟知在文学领域，梅州其实也是百花争艳，群星璀璨；让孩子们认识到，虽然地处山区，但梅州先贤文学成就其实一点也不输其他地区，因此身为梅州人是值得自豪和骄傲的。

从国家层面看，习近平总书记在党的十九大报告中强调："全党要更加自觉地增强道路自信、理论自信、制度自信、文化自信。""四个自信"是中国特色社会主义的重大理论创新，也是实现中华民族伟大复兴中国梦的精神动力。梅州客家人奉行的"宁卖祖宗田，不卖祖宗言"祖训，告诉我们文化的传承有多么重要！增强文化自信，必须增强对本地域内的文化认同，而认同的前提就是了解、记忆。文学是文化的重要组成部分，一个地域的民众竟然不了解本地域内的文学大家及其作品，那么，这个地域内民众的文化自信能有多强大？文化自豪感又有多高呢？

近几年，我接触到较多有关梅州文学的作家作品，于是就想将多年的想法变为现实。在先与嘉应学院教授何尚武谈及我的想法时，他鼓励我说："做这件事是很有意义的，值得。"后来我把这个想法和我校青年骨干教师饶碧玉、刘芳子敞开交流，她们都觉得做这件事很有意义。虽然困难一定很多，但作为一个老师，有责任、有义务去做这件事：编撰一本关于梅州文学作家作品的、适合中学生阅读的普及读物。

为更好地讲述梅州文学好故事，传递梅州文学好声音，传承梅州本土文学好精神，我决定发挥省名师工作室的人才资源优势，邀请工作室全体培养对象和两位助手一起开展课题研究工作，并参与读物的编撰。于是我一个一个打电话沟通、交流，结果令人欣慰：所有老师都认为这件事应该做、可以做。我想，这也可以成为全体工作室成员课题研究的集体成果。于是，根据前期收集的资料，参考罗可群先生编撰的《广东客家文学史》《现代广东客家文学史》等经典史学作品，梳理出了一个即将要研究和编撰的作家名单。

随后，我们组织全体成员展开了两次集中研讨活动，进一步明确了研究和编撰的基本要求和各人负责的任务，决定按照年代顺序，列举并选择35位梅州籍作家的若干经典作品（仅限于历史人物，还健在的不列入）展开研究和编撰。各县、市、区作家、作品数量分列如下。

		梅县	梅江	兴宁	平远	蕉岭	大埔	丰顺	五华	合计
作家数		14	4	5	1	3	4	2	2	35
作品数	诗歌	38	12	12	2	7	22	6	6	105
	散文	6	4	1		1	1			13

经过两次试编撰，我们基本统一了编撰的体例和表达风格。决定本书定位为：面向中学生的普及型读物。具体要求如下。

1. 按照年代先后顺序，将梅州文学史大致划分为三个阶段：发轫阶段（宋、元、明时期）、繁荣阶段（清代）、发展阶段（民国初年到中华人民共和国成立后）。精选各个时期有代表性的37位著名作家及其诗歌和散文作品，以反映当时梅州文学的成就。

2. 每位作家的编撰分为"人物档案"和"经典诗文选读"两个部分。其中，"经典诗文选读"是重点，这部分再分为三个栏目，分别是作品选、注释、名师赏析。

3. 经典诗文选读的标准是：（1）文质兼美；（2）能反映作者的核心精神和品质；（3）能展现梅州人文、自然的独特之处。

4. 编撰任务依顺序安排如下。

蓝奎到蔡蒙吉和李二何到黄岩由我编撰；王天与、黄钊由周小莉老师编撰；张天赋、饶相由丘杏林老师编撰；宋湘、李黼平由郭凤君老师编撰；温

序言

训、李惠堂由张炼煌、周芬芳老师编撰；吴兰修由丘丹、周芬芳老师编撰；丁日昌、李金发、李坚真由罗文欢老师编撰；何如璋、黄遵宪由李勇为老师编撰；胡曦、丘逢甲、温仲和、范荑香、叶璧华由饶碧玉老师编撰；姚雨平到黄药眠由刘芳子老师编撰；楼栖、杨应彬由李慧老师编撰；林风眠由罗丹老师编撰。

研究和编撰工作由我总负责。饶碧玉、刘芳子、罗文欢老师和我负责审阅、校对工作。

2020年1月，工作室邀请嘉应学院文学院院长陈红旗和古晓君教授参与研究与编撰工作研讨会，两位教授高屋建瓴，提出不少非常有价值的编撰建议和意见。陈教授还热情邀请全体成员在编写完成这部作品之后，参与学院即将组织的对梅州文学（文化）的深层次研究活动。大家觉得，他们的建言给工作室全体成员巨大的鼓励和支持，让大家更有信心、更积极地投入到研究和编撰工作中。

在研究和编撰过程中，每一个人都感到了前所未有的艰难——要在紧张的教育教学工作中挤出一点时间搞研究和编撰，很难；更难的是由于这些大家及其作品大多数"藏在深山人不识"，不仅作品难找，赏析评价的资料更是难于上青天。丘丹老师曾感慨："不写不知道，一写发现'书到用时方恨少'，举步维艰哪。深深地感受到大林老师您真的太不容易了！"

2020年2月，正好利用宅在家里不能外出和延迟开学的时间，历经6次校对、审读，终于拿出了自认为还算"极致"的定稿。成就感、自豪感油然而生，自我感觉实现了一次飞跃式的蝶变。

在本文稿付梓之际，心里忽然惴惴不安，觉得我们这个团队虽然倾尽全力，力图做到极致，但毕竟水平和见识有限，加之时间仓促，错漏缺点难免，唯恐传之后人会产生消极后果。因此，还望诸位读者能够包容我们，并指出我们书中的不足和谬误。

是为序。

林　明

2020年10月5日

目录

上篇　发轫
（宋、元、明时期）

中篇　繁荣
（清代）

下篇　发展

（民国初年至中华人民共和国成立后）

上篇

发轫

（宋、元、明时期）

蓝奎——梅州"首纪科名录者"

人物档案

蓝奎，字秉文、灿斗，宋代文人。生卒年不详，蕉岭县蓝坊乡中村人。自幼好读书，喜书法。因为家庭贫困，家中没有藏书，只能向友人借阅，但他次日便归还人家，书中所记内容，都能背诵无误。元祐三年（1088），蓝奎赴京会试，中进士，官文林郎、郡博士。曾经奉诏校文福州，文章气节，朝野钦崇。晚年居家讲学，学者称之为"蓝夫子"。

《镇平县志》载"蓝坊是奎而得名"；"旧志称奎为宋名进士，实开邑文风之首，今程乡祀之，而镇平不祀，行将与邑之士大夫别议，俎豆（祭祀和崇奉）之"。《镇平县志》在人物分类中，把蓝奎列为"懿行类"。梅州地区以读书为风尚即从蓝奎开始。清代廪生江李才写《咏蓝奎》赞道："山水犹留姓氏香，为开风气在文章。梅州首纪科名录，岂独蕉阳十二乡。"程乡县令曹延懿曾在蓝奎读书处东岩寺栽梅百株，还作诗记其事，以勉励后之学者。

经典诗文选读

读书东岩①

飞瀑悬帘动清响，②依岩结屋称幽居。③
懒思身外无穷事④，愿读人间未见书⑤。

［注释］

①读书东岩：在东岩读书。东岩：大东岩，在梅县东面一座小山上，是蓝奎年轻时读书自修之处。岩洞左侧有一天然石鼓，以石击之，咚咚作响，而洞形恰似倒扣之釜，蓝奎便在岩壁上题写了"石釜灵响"四字，后人将其

刻于大东岩洞门正顶，至今犹存。②悬帘：形容瀑布如悬挂的帘子。清响：指瀑布落入水中时发出清越的声响。③依岩：靠着岩石。结屋：搭建草屋。④身外无穷事：指社会上和自己无关的无数事情。⑤人间未见书：形容罕见的书。

[名师赏析]

这首诗开头两句描写了蓝奎读书的环境。巨大的瀑布飞流直下，就像是悬挂在山间的美丽的帘子一样壮观；在此景中，靠着岩石搭建一间草屋，闹中取静，作为读书之所。巧妙地交代了书屋的简陋和幽静。

"懒思身外无穷事"指不问世事，是两耳不闻窗外事的意思。"愿读人间未见书"紧接上句，既然懒得去想与己无关的无穷事，那么就去读书吧。"愿"表示这是他的愿望，"人间未见书"可以简单地理解为自己尚未读过的书，也可以进一步理解为世上少见、少有的书。表达了蓝奎以读书为乐并想以此终了的愿望。"愿读人间未见书"如今已成为梅州客家人激励后辈读书的格言。

客家人秉承了中原文化中学而优则仕的传统，读书做官发展到宋代，已然是当时的社会风尚，而且"宋人读书，不仅为了科举应试，也不仅为了治学，许多人更是当作人格提升的自觉追求"（张鸣《宋诗选·前言》）。客家人虽然是山乡之人，却也秉承了崇文重教的风尚，认为读书可以让人少点山野之气，提高自身修养。当然，关键还在于读书是出人头地的最佳途径。这种理念一直到今天，仍为客家人所认可，而蓝奎的这首诗恰好反映了客家人崇尚读书的特点。

上篇 发轫

罗孟郊——不畏权奸

人物档案

罗孟郊（1092—1153），字耕甫，号休休，兴宁市刁坊镇罗坝村人。其父罗居敬，官至福建汀州刺史。罗孟郊生于汀州官舍，不幸早年丧父，于是随母返回兴宁。宣和五年（1123）中举人，翌年进士及第，为一榜（亦称一甲）探花，开始就任太学博士一职。后累官至谏议大夫、翰林院学士，掌制诰。

罗孟郊少时家虽贫却聪颖好学，精通经史。20岁时，他在兴宁神光山附近的罗岭草舍里，勤奋攻读，留下了"神光映读"的佳话——相传某晚，罗孟郊梦见一白发童颜老者，自称是挂榜山山神石古大王，并对他说："感念你读书刻苦，特地上天采得五色祥云，悬挂于挂榜山上，作为你晚上读书照明之用。"梦醒后，他走出室外一看，果然见挂榜山霞光璀璨、瑞气升腾。随即拿上书本，爬上山顶攻读。此后夜夜"神光映读"，自此学业大进，挂榜山也因之改名为神光山。神光山南面有"墨池"，相传是罗孟郊洗过墨砚的山泉，水色都成了墨色，因而得名。墨池附近建有探花祠、墨池寺。"神光山""墨池寺"如今都成了兴宁的名胜古迹，在这里也仍然可以寻见与罗孟郊有关的事迹和传说，为历代文人学士重九登高的必游之地。

罗孟郊疾恶如仇，曾主使太学生陈东上书，揭露以蔡京为首的六大奸臣之罪行。宋都城南迁临安（杭州）后，奸臣秦桧当权，意图与金人议和，罗孟郊等人极力反对，秦桧恨之入骨，命御史罗汝楫奏谤罗孟郊"饰非横议"，罗孟郊也因此被贬谪湖北兴国军（今湖北阳新县）。至此，他觉得自己忠贞报国之志无法实现，到任后，只好放怀山水，不问世事，次年便在贬所逝世，终年62岁。两年后，秦桧不知道他已去世，竟然以忤逆罪欲置其于死地。秦桧死后，高宗下诏复用罗孟郊，得悉其已去世，遂追封他为礼部尚书。虽罗孟郊以其一己之力未能挽救大宋颓势，但他忠贞不贰、不畏权奸的凛然正气和爱国精神永远值得我们崇敬和学习。

经典诗文选读

怀归①

一自题名②后，思归何日归？

虽然著官锦，不及舞斑衣。③

故里桑榆④晚，他乡雨雪霏。

庭前停玉珍⑤，目送雁南飞⑥。

[注释]

①这是作者厌倦官场钩心斗角、尔虞我诈、因循守旧而写下的一首诗。
②题名：指科举得中。③官锦：华丽的官服。斑衣：有花纹的衣服。④桑
榆：桑树与榆树。日落时太阳照在桑树、榆树树梢上，意为傍晚，喻指事情
发展的后一阶段，晚年、垂老之年，也指隐居田园，本诗为隐居之意。⑤玉
珍：指山珍，即竹笋，喻指和自己志趣相投的人。⑥雁南飞：雁，大雁。天
气转凉，大雁往南方飞去。雁是候鸟，秋天时飞往南方去越冬。此句隐含出
门在外想念家乡的思归之意。

[名师赏析]

这首诗直抒胸臆，表达了罗孟郊想念家乡的思归之情。

诗歌首联直接就说科举得中以来，一直思念自己的家乡，很想回家去。
理由很简单：罗孟郊看到当时的官场不仅钩心斗角，而且糜烂荒淫，很多人
并无家国情怀，与其看着生气，不如避开这些人和事。颔联则直接表达了虽
然自己考中探花做了高官，却不如普通百姓那样随心所欲。颈联将故乡和他
乡作对比，觉得故乡风景美丽，人与人之间少了争斗，秀美、和谐的田园风
光，令人向往，而他乡则风雨交加——人与人之间相互争斗，不得安宁，两
相比较，当然会思念自己的家乡了。尾联则说虽然庭院前停满了自己好友的
车舆——志趣相投的朋友不少，可是还是忍不住泛起思乡之情。本句诗传达
出了每一位游子共同的心声，是很能引发游子思归之情的，更何况诗题即为
《怀归》。

为什么罗孟郊如此思归呢？最主要的原因还是他的孝心。由于他幼年丧
父，母亲一手把他拉扯大，其间辛劳艰难可想而知。所以，他就想着，既然
无法尽忠，那就只能尽孝了。这也是所有客家人的特性。罗孟郊对老母亲的

上篇 发轫

侍奉无微不至。相传他每天清晨早起，第一件事就是到母亲房里请安，问母亲想吃些什么。一天清晨，母亲对他说："我已好久没有吃清炖鲇鱼了，不知城里有没有卖的？"当时正是冬天，城里没有卖鱼的。但为了不让老母亲失望，他穿过竹林，沿田埂来到屋背的池塘边，跳进刺骨的水中。孝心不负有心人，忽然，他摸到水底下有一根大竹筒，连忙提上岸来，往地上一倒，只见几条活蹦乱跳的鲇鱼溜了出来。他又惊又喜地把鲇鱼捉回家，亲自动手做清炖鲇鱼给母亲吃。一时间，罗孟郊尽孝侍奉母亲的事被传为佳话。他去摸鱼的池塘，被人们起名为"曾子湖"。据说，罗姓家族的家规、家范、家训无不体现"以孝为本"的深层内蕴，对族中的孝子贤孙，如同忠义节烈者一样予以表彰，"并刻刊入谱，以励将来"。

蔡蒙吉——忠孝廉节

蔡蒙吉（1245—1276），字梅庵，梅县区松源镇人。南宋爱国诗人、民族英雄，著名社会活动家。广东古八贤（东晋程旼，唐代韩愈、张九龄，北宋刘元城、狄青，南宋文天祥、蔡蒙吉及明末抗清名将陈子壮）之一。在他32年短暂而不朽的生命中，创造了5个"梅州第一"（神童第一、三代进士第一、忠义第一、乡贤第一、诗古第一）的辉煌历史，谱写了惊天动地的抗击元军的历史篇章。

蔡蒙吉出身书香门第。祖父蔡若霖，登绍兴二十一年（1151）甲未科进士，仕钦州推官；父亲蔡定夫，登淳祐四年（1244）甲辰科进士，任广州清海军节度通判。蔡蒙吉少年聪颖得志，先受家庭良好教育，后从师进士侯安国门下，7岁能文，8岁赋诗，12岁参加童子科考试，登童科进士，被称为"南宋神童进士"，赢得梅州蔡氏"一门三进士"殊荣。

蔡蒙吉入仕之后，时值元军侵扰，他便请求调回梅州开展义兵活动。返乡后，他从培养人才入手，自筹资金，捐献土地，创建松源堡义学，开创了梅州设义学之先河。1275年秋，元军大举入侵南宋，他任梅州签书、义兵总督，变卖家产、捐出薪俸，招征6000义兵。1276年春，元军战将易正大率军进犯梅州，蔡蒙吉统领义兵顽强抵抗，恶战数天，因寡不敌众，矢尽粮绝，关隘陷落，蔡蒙吉终被元军擒获。蔡蒙吉被擒后，易正大为收买人心，当众亲自为他松绑，诱迫他投降。他不为官爵利禄所动，宁死不屈："吾只知尽忠报国，岂可屈从人奴而苟生，吾乃宋臣，世食宋禄，决不投降，望速杀之。"蔡蒙吉表现出了崇高的民族气节，从容就义。1277年3月，民族英雄文天祥得知他已遇难，在蔡氏宗祠内，用芒草亲笔题书"忠孝廉节"四个大字以表其忠烈，并撰文纪念，"蔡公之忠魂，无往不在：在天地为神祇，在山川为社稷，在郡邑为乡贤。春秋二祭，庙食万年。噫！公之生也，名垂竹帛；公之死也，重若泰山；允为朝廷使者之模范，宗族后裔之仪型。"后人为纪念这位抗元英雄，在梅城、松口先后建有七贤堂、七贤亭及蔡蒙吉纪念碑等。蔡蒙吉故居原为梅县区重点文物保护单位，后升级为梅州市重点文物保护单位。

蔡蒙吉不仅是一位伟大的民族英雄，而且是一位才华横溢的爱国诗人。传说他写过许多诗，但因年代久远，多已遗失，传世诗作仅存7首。军旅作家宋绍青著有《蔡蒙吉传》，可借此全面了解蔡蒙吉。

经典诗文选读

游王寿山①

王寿山头石径斜，不知何处有仙家？

烟霞踏遍芒鞋②破，一路春鸠③啼落花。

[注释]

①王寿山：又名阳寿山。主峰棋盘石海拔1147米，次峰笠麻崠海拔1127米。位于梅县东北部松源、桃尧和福建峰市三镇交界处。呈南北走向，属武夷山系。山的东侧为福建省永定县，西南侧为梅县桃尧镇，是广东、福建两省分界线。方圆百里，山势曲折蜿蜒，由闽西向县境东北波浪式起伏伸展。山形如殿阁，山水幽奇。南面山势较缓，北面悬崖峭壁，一落千丈，十分险峻。位于峰顶壮丽雄奇的棋盘石，因巨石上刻有象棋棋盘而得名。蔡蒙吉的家乡就在王寿山下。②芒鞋：用植物的叶或秆编织的鞋子。③春鸠：斑鸠，似山雀而小，短尾，青黑色。

[名师赏析]

这首诗意境极佳，在清代曾被塾师选作启蒙教材，衍生出黄遵宪10岁学诗的佳话。塾师以"一路春鸠啼落花"命题，黄遵宪以"春从何处去，鸠亦尽情啼"对答，塾师对他将蔡诗发挥得淋漓尽致的表现大为吃惊。

本诗开篇即说作者顺着王寿山上石砌的蜿蜒小路一直走。第二句则是面对云雾缭绕的王寿山，又想起曾经听闻的八仙故事，于是就想着去寻找"仙家"，可是"仙家"到底在哪里？答案是不知道。第三句道出了作者寻寻觅觅，云里雾里，游山探胜，踏破芒鞋，想要寻找到"仙家"。第四句说的是"仙家"没有找到，沿路找到的都是落花和小小春鸠的啼叫声。这里的"仙家"应该是暗指宋王朝，"春鸠"应该是暗喻作者，此句表达了作者面对像落花一样已显颓势的国家命运，内心充满惆怅和忧虑，甚至只能无可奈何地慨叹——前人已有"无可奈何花落去，似曾相识燕归来"的诗句。这种伤春的感情胜于惜春的感情，含着淡淡的哀愁，情调是低沉的。

蔡蒙吉的这种心情不是毫无理由，当时南宋王朝已经风雨飘摇，作者借伤春来表达自己忧心国事的情怀很正常，也很普遍。例如，著名爱国词人辛弃疾就曾借伤春抒怀："更能消、几番风雨，匆匆春又归去。惜春长恨花开早，何况落红无数。春且住，见说道、天涯芳草迷归路。怨春不语。算只有殷勤，画檐蛛网，尽日惹飞絮。"（《摸鱼儿》）这是辛弃疾40岁（1179）时写的词。表面看，是一曲惜春之词，实际上是抒发自己胸中的郁闷和忧心国事的情怀。这里的暮春暗指南宋政权已岌岌可危。也正因如此，黄遵宪才会对同处国难关头，忧心国家、民族命运的蔡蒙吉心生景仰之情，并且以他为榜样，致力于国家民族的复兴和富强。

游阴那山①

宫阙天悬绝胜奇，况临泉石画中窥。

五峰青翠冠攒②玉，二水周回练拂漪。

鱼鸟若能明正定，猿猴一似发菩提③。

沉沉钟鼓④僧闲寂，客亦忘言自得之。

[注释]

①阴那山：位于广东省梅州市梅县区雁洋镇，其东南为大埔县英雅乡，距梅州市区40多千米，为粤东第一名山，人称"粤东群山之祖"。阴那山秀甲潮梅，名播闽粤，与罗浮、南华鼎峙齐名，并称"粤东三胜"。阴那山森林茂密，动植物资源丰富，其高峰为五指峰，主峰高达1298米，其余山峰高度均在1000米以上，因形似五指拿云，故名五指峰。在其山麓有结构精巧奇特的庙堂建筑艺术杰作——唐代古刹灵光寺，寺前有两株千年古柏，一枯一荣，人称"生死树"，又称"广东宝树"。②攒（cuán）：积聚，聚集。③菩提：是梵文Bodhi的音译，意思是觉悟、智慧，用以指人忽然如睡醒，豁然开朗，突入彻悟途径，顿悟真理，达到超凡脱俗的境界等。④钟鼓：钟和鼓，古代礼乐器，亦借指音乐。这里指佛教法器。

[名师赏析]

本诗描画出了阴那山幽美的景致，表达了作者对家乡山水的热爱和赞美之情以及追求平静安宁的和谐生活的愿望。

上篇 发物

首联开篇即将阴那山美景铺陈在人们眼前——郁郁葱葱的密林间，一座雕梁画栋、金碧辉煌的古刹悬于山间，山林、古刹，可谓相映成趣，更何况还有清澈的淙淙山泉从石上缓缓流过，一时间，古刹、清流、山林相映成趣。颔联更描画出了阴那山的青翠、幽静之美。青翠、高耸的五指峰就像是阴那山积聚的五颗碧玉或是翡翠；两股泉流在曲折蜿蜒的山间流过，白练腾空，白绸带般的瀑布在空中飞舞，呈现出一派雄奇之美。颈联则从侧面着笔，用拟人化的笔调写鱼鸟、猿猴似乎也有佛性，反衬出作者追求幽静、互不打扰、物我两忘的境界。尾联则实写钟鼓声按时响起，表现了僧人闲适、平静的生活，这种生活状态也使得作者悟出了生活的真谛。

古往今来，"阴那山是激发众多梅州文人雅士创作灵感的圣山，从宋湘的梦游阴那，到李黼平、黄香铁的梅江舟中遥望阴那，到吴兰修、黄遵宪的携手友人入山览胜，再到李光昭以五古长诗回忆登高阴那山的难忘历程，以及丘逢甲灵光寺晚眺的英雄寂寥，阴那山已经成为岭南文学史上不可或缺的一页，和它在宗教文化史上的地位一样闪烁光芒"（刘奕宏）。蔡蒙吉也不例外，正是因为得到了阴那山这座壮美大山的启示，他才能站得直、看得远，最终成为客家儿女的标杆。

梅江晚泛①

其一

罢读出江岸，江波滚滚来。

呼舟闲打桨，载月二更回。

其二

何处吹横笛，箫箫荻苇丛。

徐看钓艇出，蓑笠一渔翁。

[注释]

①梅江：韩江上游干流段，清代之前称"梅溪"。民国初年，改名梅江。梅江发源于广东省紫金县的武顿山七星崊，经五华县、兴宁市、梅县区，于大埔县三河坝与汀江汇合后，始称韩江。全长307千米（一说河长293千米）。因古时其地多梅，沿江有"梅花十里"之称。据说宋代著名诗人杨万里路过梅州时，写有"一路谁栽十里梅，下临溪水恰齐开，此行便是无官事，只为梅花也合来"之诗，沿江梅花之盛、之美可见一斑。晚泛：晚上泛舟。晚上坐船游玩之意。

[名师赏析]

第一，四句诗意象简单明了：江岸、江波、一舟、一桨、一月。诗的第一句便是停下读书到了江岸——看来是作者读书读得累了，想放松一下。而放松的方式很有意思，看到江面波涛滚滚，就想何不乘一叶扁舟到江上游玩？于是"呼舟"来，一直玩到二更，才意兴阑珊、带着明月回去，想必作者是心满意足的。在紧张的读书之余，能尽心游玩，也是快意之事。从哪里看出来的呢？一个"闲"字表明作者肯定交代船家不必赶时间，只管放舟，漂到哪里算哪里。整首诗歌写的是读书之余泛舟游梅江，也写出了家乡梅江风景之美、百姓生活之闲适美好。

第二，这首诗是一幅美丽的家乡风景写意图，横笛、芦苇、钓艇、蓑笠、渔翁，可谓诗中有画，不输于王维啊！这些意象勾画的是典型的客家水上人家的悠闲生活场景，这个场景里，不仅情与景融为一体，而且景和人也融为一体，风景因为有了人，画面就灵动起来：那种旷野万顷、芦苇萧萧中，忽然梅笛声响起，只闻其声，却不见人，那种境界显得美妙而空灵。渐渐地，慢慢地，镜头拉近一看，原来这声音是一个渔翁唱出来的，谜底由此揭晓。这种诗意的图画，应该源自作者对生活、对家乡、对家乡人的热爱。本诗意境与柳宗元的《江雪》"孤舟蓑笠翁，独钓寒江雪"不同，虽同样是一舟、一翁、一钓，但柳宗元刻画的是漫天大雪中、一个在几乎没有任何生命的寒江上独钓的渔翁形象，这个形象显然是柳宗元自身的写照，曲折地表达出了诗人在政治改革失败后虽处境孤独，但顽强不屈、凛然无畏、傲岸清高的精神面貌。

梅江流经梅城，形成一个大"S"弯。在这个"S"弯中，有一个名叫百花洲的地方。在海运未通之前，潮州府属各县之人欲北上中原各地，都要经过此地。百花洲成为商旅歇脚休憩之地，自然就形成了"笙歌十里"的盛景，人称梅州的"小秦淮"。当时有首民间竹枝词这样唱道："百花洲畔水悠悠，无数闲人放艇游，夜半歌声犹未歇，琵琶弹破一江秋。"可见，梅江有多美啊！蔡蒙吉面对如画江山，心中赞美之情自当油然而生！

上篇 发轫

王天与——爱民御史

王天与（1475—1519），字性之，号东郭，兴宁市城东门外栅里人。明正德二年（1507）中举人亚元；九年（1514），中进士；十一年（1516），任江西宁都知县。据明代宁都举人李国纪所撰《宁都知县王公传略》记载："天与有卓识宏才，善于为民兴利除弊。在任内改建学校，破除迷信，惩办豪强，抚恤孤寡，安置流亡，凡百安民之政，莫不次第兴起。"王天与为政清廉，不苟取于民。对民间诉讼纠纷，能明辨是非，折狱息讼，不迁延时日。征工力求均平，征粮准许分期缴纳，体恤民情。宁都每年上缴官粮，需经赣江十八滩险段，民苦运输，王天与据情奏报，朝廷惠予豁免。

正德十二年（1517），王天与随江西巡抚王守仁征剿横水、桶冈、涮头等地农民起义，擢升浙江道监察御史。正德十四年（1519），宁王朱宸濠于江西南昌叛乱，王守仁奉旨征讨，命王天与为前驱。南昌叛军焚烧民房，残杀百姓。王天与率兵攻下南昌后，奋不顾身，亲临火场救火，危急时刻，下官劝阻，他慨然疾呼："避火全躯，只为身谋……全城之众，纳之烈火，是违命无义。弃其民不祥，吾请以一身活此千万人！"因此得疾不治，是年七月二十六日卒于南昌。

王天与逝世后，王守仁哀伤痛哭，解衣为殓，并为文致祭，有"我之视公，如手如足；我之实大声宏，皆公之贶。……我今鸣你大功于朝，你将为不朽人矣"等句，具见敬重悼念深情。宁都人民立祠奉祀名宦，兴宁亦以乡贤奉祀。嘉靖元年（1522），朝廷追录其功，诏赏白金三十两，灵枢运回兴宁，葬于城北，墓前有显忠亭一座，亭侧有祠三间。嘉靖二十二年（1543），兴宁教谕盛继撰显忠亭碑记。今其墓及亭、碑等均已毁。著有《平寇录》，已佚；有《和山麻石岩记》存世，辑录于胡曦《明乡贤王御史遗事考略》；其诗《登霍山》存于《龙川霍山志》中。

经典诗文选读

登霍山①

特访循州②第一峰，仙岩高处近蟾宫。

插天石笋云逾湿，向日山花自在红。

万象包罗归眼底，两仪③合辟属胸中。

兴浓直上飞云顶，望见西南山万重。

[注释]

①霍山：位于广东省河源市龙川县田心镇东江村，属丹霞地貌，有"丹霞山第二"之美誉，为广东七大名山之一。②循州：今河源市龙川县，是岭南最早设置的古县城，又是广东省首批公布的十一个历史文化名城之一，原称龙川城，后称循州城。③两仪：道教文化术语，在古典哲学中指的是"阴阳"，主要为黑白双色，乃大道之本。天地初开，一切皆为混沌，是为无极，无极生太极，太极生两仪，两仪为阴阳。

[名师赏析]

本诗首、颔两联重在写景，写诗人登山所观之景。首联写诗人特意寻访循州有着"第一峰"之誉的霍山，只见峰岩矗立，有直冲云霄之态。又云环雾绕，皓如仙山。诗人立身其间，宛若置身仙界，顿生快意。特别是一"近"字，将诗人攀登至高处时的那种内心感受呈现在读者面前，虽有些夸张，但霍山高耸入云之状表现得却格外鲜活。此一句，直抵太白"扪参历井仰胁息"的妙境。颔联言山上像春笋般的岩石插入云霄，云雾缭绕，层层岩石被空中的云雾笼罩着，沾染上湿气；岩石高处，倔强的山花向着阳光灿烂地绽放它的娇颜，那娇艳的一抹红在缭绕云雾中显得格外耀眼。王国维《人间词话》有载"一切景语皆情语"，此两联实为后两联抒情之铺垫。

颈、尾两联重在抒情，抒发了作者登上霍山山顶时的壮志豪情。世间万物，如此丰富多彩，包罗万象，幸运的是，伫立霍山山顶，所有的一切美景都能尽收眼底，宇宙万物的形态都能了然于胸，似有"江上清风、山间明月"都能为诗人享受之感。此时诗人兴致极浓，虽立于山顶，却好像能腾云驾雾直抵云雾最高处，视野开阔，毫无阻挡，仿佛能看见西南一重又一重的高山。

上篇

发轫

　　诗人登临有着"第一峰"美誉的霍山，极写霍山之高峻，此诗视野开阔，意境雄浑。诗人所发出"万象包罗归眼底，两仪合辟属胸中"之感，实际上寄托了诗人的雄心壮志。诗人作为百姓父母官，又何尝不是时刻将百姓放在心中，放在自己生命之上，用一生守护？爱民御史当之无愧。

张天赋——两袖清风

人物档案

张天赋（1489—1555），兴宁市福兴镇人。少负才名，好吟诗，喜研宋明理学，师事理学家湛甘泉（国子监的儒学训导），信奉程朱学派所宣扬的天理，认为封建伦理是客观存在的道德法则。日夜谈讲，深得其要旨，且以所学奉孝行。平日供养父母，无微不至。及父母亡故，哀毁骨立，尽礼守孝。大司成吕泾野书赠"永慕双亲"四字，以示表彰，并以慰情。

正德十一年（1516），时任兴宁县令的祝枝山应命修《兴宁县志》，张天赋精研文史，深得祝枝山器重，祝枝山亲自写信聘请他到县衙署，参与编修《兴宁县志》。

正德十六年（1521），魏庄渠督学粤中，赏识张天赋才学，聘至崇正书院讲学，而张天赋力赞其毁淫祠、兴社学数事，益得魏庄渠爱重。后来督学林次涯又聘张天赋参与编修《广东通志》。兴宁县令吴悌、方述，分别于嘉靖九年（1530）、十七年（1538）续修《兴宁县志》，也都聘张天赋参与。张天赋一生除三次参修县志，一次修《广东通志》外，还被邀往南京参与编修《武宗实录》。凡他所参与编修的志书，都有明确的体例法则，足见他在方志学方面造诣之深。

张天赋参加乡试多次，屡困科场。明嘉靖十一年（1532）选贡。晚年任湖南浏阳（今浏阳市）县丞。任内捐俸修学宫、置浮桥、敦士气，勤政爱民，扬善抑恶，卓有政绩，浏阳百姓敬服。后因病退休回家，行李萧然。归家后，不久逝世。

张天赋身后留下《叶冈诗集》四卷，其影印本辑录于《兴宁先贤丛书》。

丁未归舟会昌写怀①

会昌城外山苍苍，会昌城下水汪汪。

天风送我东归航，潇然图书何物长。

收拾清风做一囊，收拾明月做一箱。

风月满载归叶冈，白云堆里闲徜徉。

有时披风风味香，有时抹月月色光。

有时频酌酒无量，有时狂吹笛无腔。

有时狂歌彻穹苍，有时把笔挥毫芒。

寒制芰荷②为衣裳，饥采紫芝③为口粮。

渴饮月窟④为神浆，倦来高枕卧北窗。

梦魂不入利名场，怡然亦敢夸羲皇。

芒鞋信步无颠僵，看饱花红柳绿庄。

百年乘云还帝乡，风清月白终茫茫。

[注释]

①会昌：江西省赣州市辖县。嘉靖二十五年（1546），58岁的浏阳县丞张天赋解甲归田，途中经过江西会昌，写下了长诗《丁未归舟会昌写怀》。②芰荷：荷叶。屈原《离骚》有"制芰荷以为衣分，集芙蓉以为裳"之句。③紫芝：真菌的一种，似灵芝。古人以芝为瑞草。道教以芝为仙草。④月窟：泛指边远之地。唐代李白《苏武》诗有"渴饮月窟冰，饥餐天上雪"之句。

[名师赏析]

张天赋一生科场失意，44岁才选为贡生，56岁任湖南浏阳县丞。58岁时张天赋解甲归田，自湖南返回广东梅州，途经江西会昌的时候，面对会昌城山水，写下这首长诗。"天风送我东归航，潇然图书何物长。"乘舟而东，是为回到自己的家乡，诗人带了什么东西返乡呢？"收拾清风做一囊，收拾明月做一箱。风月满载归叶冈，白云堆里闲徜徉。"原来诗人两袖清风，只是批风抹月而归，只感到清风在身边吹拂，明月的清辉在眼前闪烁，这是一幅多么美丽的图画。以荷叶为衣裳，以紫芝充饥，以月窟冰泉解渴，这样隐逸自在的生活才是诗人的追求。"梦魂不入利名场"一句，点明全诗的主旨，作者为官一任，造福一方百姓，但是名利并不是他的追求，芒鞋信步、花红柳绿，自由自在、无拘无束的生活才是他心之所向。

全诗24句，一韵到底，气势豪迈奔放，更让人钦佩的是诗人为官清正廉洁，两袖清风。

神光山次祝侯枝山①公韵

雄镇崔嵬百丈强②，读书人去迹堂堂。

山灵自古夸宁邑③，夜气经霄接太荒。

绝顶常笼云作雨，高冈可立凤朝阳④。

算来吾道应回泰，谁继先生事业光。

[注释]

①祝侯枝山：祝枝山，明代著名书法家，曾任兴宁县令，对张天赋的人品和学问赞赏有加。②强：有余。③宁邑：此处指兴宁县邑。④凤朝阳：指神光山山高朝阳，风景壮丽，暗含此处可以出人才。《诗经·大雅·卷阿》有"凤凰鸣矣，于彼高冈。梧桐生矣，于彼朝阳"之句。

[名师赏析]

张天赋是兴宁福兴镇人，家就在兴宁名山神光山脚下，他的诗作中有不少作品是涉及神光山的。本诗是张天赋与祝枝山的唱和之作。

祝枝山，即祝允明，明代著名书法家。因长相奇特，而自嘲丑陋，又因右手有枝生手指，故自号枝山。祝允明擅诗文，尤工书法，名动海内。他与唐寅、文徵明、徐祯卿并称"吴中四才子"。祝允明的科举仕途颇为坎坷，19岁中秀才，五次参加乡试，才于明弘治五年（1492）中举。后七次参加会试不第，甚至其子祝续也在前一科中进士，于是祝允明绝了科举念头，以举人选官，在正德九年（1514），授为广东兴宁县知县，嘉靖元年（1522），转任为应天府（今南京）通判，不久称病还乡。在兴宁县令任上，他结识了张天赋，对他的人品和学问赞赏有加，甚至在一篇书信中称赞他淳厚、清白，像东汉时的黄宪；聪明、俊秀，似三国时的杨修。后来还邀请他参与编修《兴宁县志》。

"雄镇崔嵬百丈强，读书人去迹堂堂。山灵自古夸宁邑，夜气经霄接太荒。"神光山山高百丈，陡崖峭壁，风景秀丽，吸引了历代文人墨客到此一游，并留下一些诗词墨宝。登上神光山，方可感受到夜风袭人，天地间浑然一体。

上篇 发轫

"绝顶常笼云作雨，高冈可立凤朝阳。"此处因山高壁耸，山顶常常云雾缭绕，风雨不定。"凤朝阳"不仅仅指此处山高朝阳，风景壮丽，也暗含此处可以出人才。

"算来吾道应回泰，谁继先生事业光"则充分表达了他对祝枝山的敬仰之情，愿意以祝枝山为榜样，不放弃自己事业上的追求。

慈闱①生旦寓惠州水东舟中

慈闱初度②值斯辰，愧我天涯客里身。

杯酒莫能伸寸草③，男儿徒自抱虚名。

万山红树滴泪血，一带长江思慕情。

漫指冈陵遥祝寿，西风为寄白头人。

[注释]

①慈闱：亦作"慈帏""慈帷"。旧时母亲的代称。②初度：指生日。屈原《离骚》有"皇览揆余初度兮，肇锡余以嘉名"之句。③寸草：比喻子女对父母的微小心意，孟郊《游子吟》有"谁言寸草心，报得三春晖"之句。

[名师赏析]

嘉靖元年（1522），34岁的张天赋到省城参加乡试，因在答卷中引用《周礼》中的一段话，被考官怀疑为作弊字眼而落选，他十分伤感。寓于惠州船上时，恰逢慈母生日，不能赶回，于是在舟中作诗一首，遥祝母亲寿辰，就是这一首《慈闱生旦寓惠州水东舟中》。

首联直接叙事，"愧"字点明作者在母亲寿辰的当下，因客居在外，不能陪伴在母亲身边的遗憾和惭愧。

颔联"杯酒莫能伸寸草，男儿徒自抱虚名"，在异乡举起酒杯，遥祝母亲生辰，但这样的举动却不能完全表达子女对父母的心意。

颈联"万山红树滴泪血，一带长江思慕情"，融情入景，借景抒情。夹江两岸的红树，仿佛诗人内心滴落的血泪，而江水漫漫，寄托了诗人对家乡、对母亲的思念之情。

尾联再次点题，因为不在母亲身边，指着山冈为母亲祝寿，西风吹拂，不知能否把诗人的心意带回给亲人。一个漂泊在外、思亲念亲的孝子形象跃然纸上。

饶相——父子进士　爱民爱乡

　　饶相（1512—1591），字子尹，号三溪，大埔县茶阳人。嘉靖十三年（1534）中举人，十四年（1535）中进士，授中书舍人，曾外任于云贵。嘉靖十七年（1538）还京，为户部员外郎，监山东、河南漕运，二十一年（1542）奉派赈济顺天、永平二府，不到三个月，受抚恤的达900余人。后因"陪祀失期"，被贬为无为州通判。嘉靖二十四年（1545）移兖州通判，后擢南昌太守。到南昌三年，一郡大治。这时诸王势力各相颉颃，互相倾轧，饶相实行各自分辖，祭祀、开读等礼仪，采取轮流做主的办法，使建安、乐安、弋阳诸王分治，相安无事。

　　嘉靖三十二年（1553），饶相晋职江西按察副使。黄蚯埠濒湖，时有盗贼扰民，饶相分居民为十一区，每区选一约长，又在盗贼出没之地康山置300名民兵驻守，结果四境帖然。直指使向朝廷上荐疏说："相作守三年，廉明丕著，骄藩亦避其威，饬戒三郡，防御有方，积寇渐戢其迹，盖道实也。"饶相为官一心为民，在地方为官期间，他曾向朝廷上奏：一、申明旧例，以速限期；二、改拨军船，以省虚费；三、实报灾伤，以苏民困；四、请给关防，以防诈伪。此四项全被朝廷采纳。

　　嘉靖三十四年（1555）闻家里遭难，饶相乞假归乡，处理家事，当官之念就此打消。从此居家30余年，为饶族建祠、修谱，还兴办义学，购置义田，向上宪请求蠲免全县的无名租赋，建议在三河交通要道建城等。明万历十九年（1591）三月初二日，卒于家，年八十。

　　长子饶与龄，字道延，号宾印。生于明嘉靖二十二年（1543）十一月二十四日。万历十七年（1589）进士，曾试政都察院，后因父母年老乞假归省。居家常周济穷人，有向他告贷而无力清还的，他即将契约烧掉，不再追还。父病逝服满后，被补为中书舍人。到任二月，死于任所，时为万历二十三年（1595），享年53岁。饶与龄出身官门，但生活俭朴。著有《新矾题咏》《松林漫谈》《椿桂集》等，惜已亡佚。

明万历三十八年（1610），茶阳学前街兴建了一座正面写着"丝纶世美"、背面写着"父子进士"的高大牌坊，就是表彰江西按察副使饶相和中书舍人饶与龄的。如今，牌坊为全国重点文物保护单位。

经典诗文选读

癸卯岁江南北大旱黎民饥馑秋行即事

田野萧条处处同，断蓬枯草逐秋风。

愁闻富屋仓庚①罄，忍见贫家杼轴②空。

啜泣暵乾③嗟莫及，熟筹拯救计安从。

逢人便说闾阎④苦，惆怅长吟大小东。

[注释]

①仓庚：黄莺的别名。《诗经·豳风·东山》有"仓庚于飞，熠耀其羽"之句。②杼轴：织布机上的两个部件，即用来持纬线的梭子和用来承经线的筘，亦代指织机。③暵乾（hàn gān）：土地干旱。④闾阎：指民间。

[名师赏析]

嘉靖二十二年（1543），饶相在无为州任上。时年逢旱灾，诗人看见大江南北黎民百姓生活艰辛，饿殍遍野，写下了这首即事之作。

首联"田野萧条处处同"点出了旱灾之下，田野的萧条处处可见；"断蓬枯草逐秋风"既是眼前所见萧条之景，也寓意天灾之下百姓流离失所的生活。颔联用"愁闻""忍见"二词表达诗人对百姓深切的同情。原本富裕的人家，此时家中不见筑巢的鸟儿（燕子、喜鹊、黄莺等筑巢，往往预示着佳运连年、家庭殷实）；原本勤劳耕织的贫苦人家，更是连织布的材料都买不起。颈联中面对旱灾，诗人连连叹息。可是该怎么来帮助这些贫苦的百姓呢？尾联诗人逢人便说起民间百姓生活的艰辛，然而身为下层官吏的诗人对此却无能为力。

三河①叹

其一

三水殊源此合流，水滨无数木兰舟。

山川厄运遭时变，邑里萧条动客愁。

夜静不闻鸡犬吠，村空惟有虎狼游。

保厘②南服③知谁是，坐食何曾为国谋。

［注释］

①三河：三河镇隶属于梅州市大埔县，位于大埔县西部，因汀江、梅江、梅潭河在此汇合成韩江而得名三河（又称三河坝）。②保厘：治理百姓，保护扶持使之安定。③南服：古代王畿以外地区分为五服，故称南方为"南服"。《文选·谢瞻诗》有"祗召旋北京，守官反南服"之句，李善注"南服，南方五服也"。

［名师赏析］

"三水殊源此合流，水滨无数木兰舟。"三河地理位置极为特殊，汀江、梅江、梅潭河在此汇合成韩江，向潮汕奔腾而去。三河河道宽阔，因其上通闽赣、下抵潮汕，水滨停泊了无数木兰树造的小舟，这恰恰说明了航运的繁华。

"山川厄运遭时变，邑里萧条动客愁。"但是这样一个交通要塞，在明嘉靖年间却屡屡遭受山贼和水匪的侵袭。饶相在《三河建城记》中述道："庚申之夏，巨寇张琏始率党攻破，大肆荼毒，嗣而倭寇数千踵至，据为巢穴，脯肝饮血，焚荡之祸，惨不可言，遗民奔窜，庐室兵墟。"

"夜静不闻鸡犬吠，村空惟有虎狼游。"为何夜深人静的时候听不到鸡犬的鸣吠之声？为何村落空空没有人迹？原来是因为山贼、水匪的肆虐，百姓纷纷撤离，这里只剩下了如狼似虎的贼匪在村中游走。

"保厘南服知谁是，坐食何曾为国谋。"古代水陆交通往往比陆路交通更为重要，三河地处三江汇流之处，不仅有众多商贾货船往来，还具有控制粤东乃至粤、闽、赣三省的重要战略意义，为兵家必争之地。这样重要的地理位置，如果任山贼、水匪肆虐，那么后果不堪设想，所以饶相多次向督府建议在大埔县的水上门户三河建城。最终三河成为明朝非因县治而建城的两座军事要冲之一。

全诗由三河壮观开阔的景致展开，表达了诗人忧国忧民、爱国爱乡的思想感情。

登阴那山

山高已上白云间，问是登天经几弯。

佛在绝窝藏圣骨，人从烟窟叩禅关。

数来殿阁今千载，名萃东南此一山。

我亦归休林下久，直将心事付潺潺。

[名师赏析]

本诗是一首登临之作，作者登上粤东名山阴那山，写下这首七言律诗。

首联"山高已上白云间，问是登天经几弯"，阴那山高耸，已经上到了白云间。登山之路弯曲盘旋，一路向上，似乎爬到青天之上，极言山之高，也突出了阴那山云海的秀丽。

颔联"佛在绝窝藏圣骨，人从烟窟叩禅关"，阴那山寺观很多，其中以始建于唐的灵光寺最著名，为广东四大名刹之一。该寺原名圣寿寺，相传为唐代懿宗咸通年间高僧潘了拳创建，至今已有一千多年的历史。开山祖师潘了拳，生平轶事极多，49岁坐化成佛，称为惭愧祖师。明洪武十八年（1385），广东监察御史梅鼎捐钱扩建该寺，易名"灵光寺"，并亲书"灵光寺"三字嵌刻在山门殿的门额上。灵光寺布局奇巧，殿前设有卷棚式木轩通廊，殿顶设有玲珑精致的"斗八藻井"，状似菠萝，故俗称"菠萝顶"，此为灵光寺建筑的最大特色，乃全国罕见。寺内香火盛时，殿内仍不留一丝烟缕，殿顶亦片叶不留，可能与"菠萝顶"有关，这是建筑科学史上的一大杰作。而登临此处的诗人在袅袅上升的烟火中思索佛法、感悟禅理。

阴那山和灵光寺为粤东一绝，吸引了历代无数文人墨客前来，梅鼎改名扩建之后更是香火不绝，影响力进一步扩大。故诗人赞扬"数来殿阁今千载，名萃东南此一山"。

尾联点明自己的志向和追求，"我亦归休林下久，直将心事付潺潺"，"林下"即指隐居之所，李白诗《安陆白兆山桃花岩寄刘侍御绾》曾云："独此林下意，杳无区中缘。永辞霜台客，千载方来旋。"诗人辞官归乡多年，如此安逸闲适、淡泊名利的生活才是心灵的归宿。

中篇

繁荣

（清代）

李二何——岭南夫子

人物档案

　　李二何（1585—1665），本名士淳，字仲垕，号二何，谥号"文贞"。梅县区松口洋坑人。他通过寒窗苦读而金榜题名，实现了从平民子弟到任地方官再擢升为京城中央政府官员的飞跃，成为科举时代梅州人的一个典范。李二何自幼聪敏过人。十二三岁他就能下笔千言，为时人所称赞。19岁考中秀才，24岁中解元。明万历四十七年（1619），有感于梅州松口梅溪出口处"山川文峰欠佳"，于是牵头发动乡贤集资建塔，历时十年，即其高中会魁的第二年落成，故命塔名为"元魁"。又在塔旁建造一座文昌阁，岁时祭祀文昌帝君，祷告松口能多出人才。还亲题塔门联云："澜向阁前回，一柱作中流之砥；峰呈天外秀，万年腾奎壁之光"。天启二年（1622），在乡里开设私塾"五龙馆"，每年招收数百名学生，为后来梅州形成文风鼎盛做出了积极贡献。崇祯六年（1633），会试得中第十八名会魁。崇祯八年（1635）调往山西曲沃任知县，在当地建乔山书院，捐俸银一百两为该县科举诸生作书卷资，并申明学道，立碑学宫，后曲沃一连三科夺得榜眼，人称"岭南夫子"。由于他在山西两县政绩卓著，得到当时京畿魏御史荐贤，参加殿试，为崇祯所赏识，授翰院编修，并被任命为东宫侍讲，成为太子朱慈烺的老师。

　　李二河70岁修《程乡县志》，75岁登元魁塔作《登塔记》，78岁作《〈古今文范〉序》。这些著述蕴蓄着为民请命的宏愿，是他耄耋之年对后生们的殷切期望。李二何一生著述颇丰，主要有《古今文范》《三柏轩集》《燕台近言素逸言》《质疑十则》《诗艺》《阴那山志》等。后来清政府为笼络人士，几次征召，李二何均辞以老病，坚卧不出。其登塔诗云："南山秀色喜长在，北阙征书莫再来。"清康熙四年（1665）病逝于梅州松口，终年81岁。

小歇石①

铁桥②过去便桃源，石上桃花不记年。

寄语中原车马客③，风尘暂此一停鞭。

[注释]

①小歇石：梅州阴那山的一处景点。位于阴那山灵光寺山门外的粲花馆门前。②铁桥：作者募捐而建的一座桥。③车马客：这里暗指太子朱慈烺。传说李二何在明王朝灭亡后，携太子朱慈烺潜身归里。后来清军逐渐占领全国，他心里知道反清复明的宏愿已不可能实现了。

[名师赏析]

前两句写眼前实景：跨过铁桥即能看到一派生机盎然、清新自然的桃花林，使用拟人的手法，借生长在石头上的桃花比喻自己也不记得自己的年岁，来勾画一幅美丽、静谧的山水画。

第三、四句则是直接劝告朱慈烺"停鞭"，就是放下武器，不要着急，静待机会，以图东山再起。另一种说法则认为是李二何觉得与其再做徒劳无功之事，不如遁入世外桃源，做个逸民，委婉曲折地表达了无力挽回乾坤而归隐之意。

如今，随着时光的流逝，阴那山中的不少碑记、石刻已经斑驳破碎，然而一些珍贵的遗迹仍然显示出这座文化名山的历史底蕴。粲花馆的创建人李焜，留下的石赞仍与李二何的《小歇石》并镌石上："名芳石陋，石不如人。石固名浮，人不如石。石在名留，人因石永。名增石重，石赖人尊。"虚与实、短暂与永恒、逐名与崇道、主观与自在，这些辩证关系于此全都概括出来了。

阴那灵雨

五指峰前白鹤旋，空中锡卓①祖居先。

桥横曲涧三株柏②，路入曹溪③一洞天。

听法缘深禽解语，住山岁久俗如禅。

甘霖愧负苍生望，灵雨分膏④且插田。

[注释]

①锡卓：植锡杖于地。传说古代高僧法力神奇，禅杖下端触地，就会有泉水涌出。宋唐庚《卓锡泉记》：南朝梁景泰禅师植禅杖于罗浮宝积寺而有卓锡泉。一说佛教徒居停。这里指后者。②三株柏：三棵柏树，相传为开山祖师——高僧潘了拳所植。潘了拳是这位祖师出家前的俗名，后人多称他为"惭愧祖师"。③曹溪：禅宗南宗别号。以六祖慧能在曹溪宝林寺演法而得名。这里指灵光寺。④膏：滋润作物的及时雨，如"春雨如膏"。也喻指人的恩惠。

[名师赏析]

据说，李二何考中了秀才后，携带行李书箱，跋涉60余里，住进阴那山灵光寺内厢房，潜心攻读经史，并将范文正公"先忧后乐"作为自己的座右铭。他在灵光寺读书时，族众常来读诗论文，本诗即其读书之时所作。

首联描绘了一幅美丽如画的景色——一群白鹤在空中悠然自得、轻快自如地上下旋转，轻盈飞翔于青翠如玉的五指峰中；山间不知哪个人成为开山之祖，一座灵寺从此矗立在青山绿水之中。

颔联则对仗工整地写景。一座铁桥横跨在曲曲折折的小溪上，三株柏树郁郁葱葱长在寺前，一条小路通向洞天福地灵光寺，好一处小桥流水人家般的静谧之地。这两联所写之景颜色搭配绝佳，色彩映衬，充满情趣、生机和活力，让人向往。

颈联写在此居留时间长了，连鸟类都能解读佛语，那么人就更不用说了，即使是俗人一个，也能蜕变成精通佛法之人。这说明在这个山清水秀之地，如能静心修身养性，是可以建功立业的。

而尾联则写出了自己的遗憾和希望：借阴那山之雨暗指自己如今还是辜负了天下苍生的期望，没有能够普济天下，希望自己有一天能够实现理想而不至于愧对百姓。

全诗寓情于景，借景抒怀，表达了作者对景色的喜爱之情和内心的渴望。罗可群认为本诗不仅寓情于景，还寓情于事，一句"甘霖愧负苍生望"委婉曲折地表达出作者在反清复明绝望之际无可奈何的心情。这种理解也是可以参考的。

登塔记①

是岁八月已望②，岁在乙亥，时值中秋。偕社中诸子，登元魁塔，集文昌阁。会③饮奏乐，触景兴怀，赋诗言志。予先之，诸子从而和④之。一时唱和之盛，亦千秋声气之缘也。予维⑤此塔之建，始于明万历乙未年，成于明崇祯乙巳年，今再同游于清顺治乙亥年，时历两朝，天运一周。数十年间，升沉变幻，千回万转，余已以一身备⑥历之矣。今且就建塔始末，为余所身经者，约略言之：

乙未，予正在公车⑦之日，志意隐约⑧。于时为春，于德为元，如初飞之鸟，羽毛未丰，矫思⑨高飞。家无担石之储，勉⑩任千秋之事。沿乡募化，逢人请求，人咸⑪嗤余之迂，余亦惴惴⑫乎自虑其难也。其《易》⑬知所云"龙跃于渊"之时乎？己巳，余方登第⑭之初，神采焕舒。于时为夏，于德为亨⑮，如出地之雷霹雳一声，震惊百里。正当出山之候⑯，已奏合尖之功⑰，天人叶⑱应，童叟欢呼。人皆美余之荣，余亦洋洋乎窃⑲庆其会也。其《易》知所云"龙见在田"之时乎？乙亥，已遭鼎革⑳之后，陵谷变迁。于时为秋，于德为贞，如于垫㉑之鸿，翔集山梁，饮啄自适。春采南山之薇，秋赏东篱之菊，木石与居，麋鹿同游。人或悯余之老，余亦竞竞㉒乎日虞其衰也。其《易》之所云"潜龙勿用"之时乎？凡余在朝之身，既与国事相为始终；在野之身，又与塔事相为始终。

今偕诸子，乘此暇日，同游旧地，各赋新诗。余已成诗十律，诸子各有和韵。十律中所言"昔年朋辈半摇落，此日俊英尽后来"，盖㉓指已往日月而言之也；"留得东山片石在，川灵性字应同胎"，盖指将来日月而言之也。后之视今，亦犹今之视昔。将来登斯塔者，望南国之棠，而思岘山㉔之碑，当必有诵余之言而知余之心者。敬勒以俟㉕诸百世之君子。

[注释]

①本文选自罗可群《广东客家文学史》（广东人民出版社，2015年版）。②是：代词，这。已望：亦为"既望"。"既望"，指农历每月十六日。③会：正好，恰巧。④和（hè）：依照别人的诗词格律或内容写作诗词。⑤维：用在句中，表判断。⑥备：完备。⑦公车：汉代官署名，后也代指举人进京应试。本文中为后者之意。⑧志意隐约：志意，志向、理想；隐约，依稀不明、不清晰。⑨矫思：正心。⑩勉：努力。⑪咸：全，都。⑫惴惴：恐惧不安的样子。⑬《易》：《周易》。文中"龙跃于渊"的意思是英雄就要出场。"龙见在田"指龙出现在田间，有利于大德之人出来治理，喻指一个胸怀大志的人，已经崭露头角。"潜龙勿用"是隐喻因为比较弱小，应该小心谨慎，不可轻动。⑭登第：登科。第，指科举考试录取列榜

中篇 艺术

的甲乙次第。⑮亨：通达、顺利。指命运亨通、世道太平。⑯候：症候、征兆。出山之候指走出山野去做官的征兆。⑰合尖：造塔工程最后一步为塔顶合尖，故以"合尖"喻成功前的最后一步工作。"奏合尖之功"意为即将克成大功、谋取功名。⑱叶：共同，合。⑲窃：偷偷地，私自，暗中。⑳鼎革：建立新的，革除旧的。鼎，取新。革，去故。"鼎革之后"意为改朝换代之后。㉑埜（yě）：野外。㉒兢兢：小心谨慎，战战兢兢。㉓盖：句首语气词，表明将要发表议论。㉔岿山：岿山原名显山，唐中宗李显后，为避皇帝讳，显山改为岿山。山多亭榭，素有"城南胜景之首"的美誉。㉕敬勒以俟：敬，谨慎、慎重。勒，雕刻。俟，等待。

[名师赏析]

清顺治十六年（1659）中秋，75岁的李二何在梅州松口以元魁塔落成三十周年为名，邀集各地名士、书生，聚于塔后文昌阁，敲锣打鼓，饮酒赋诗。在此次聚会上，李二何朗读了自己所作的十首七律，以表明心迹，并于"塔中勒石"。这"塔中勒石"就是《登塔记》。

为什么要作诗和本文呢？传说李二何曾携太子朱慈烺潜返故里并隐居于梅州阴那山，继续为太子侍讲（后形势严峻，又力劝太子在寺中出家，太子为了保命，只好落发为僧，法号"大山和尚"，清兵入粤后，大山和尚逃往交趾——今之越南，后圆寂于羊城报国寺，其徒孙真愧和尚将其骸骨偷偷带回程乡县葬于东郊祥云庵侧），但又不能公开反清，因而遭人误解甚至讥评。本文即回应之作。

本文文笔简练，行文流畅。第一段交代了"登塔"的缘由。第二段主要内容是化用《易经》乾卦中的爻辞"龙跃于渊""龙见在田""潜龙勿用"和卦辞中的"元""亨""贞"，将其串联起来叙述自己在三个不同时期的不同处境和心态——由年轻时期努力求取功名、立志为国服务到终于能够为国效力，真是酣畅淋漓、痛快，再到偏居一隅、垂垂老矣却无力回天，这时又十分痛苦，情真意切，感人至深。第三段，主要写作者希望将来有人能够看到这些文字，理解自己的心迹——自己忠贞不渝，始终爱国、爱君主，表露出他作为明朝遗老不被人理解甚至被人"泼脏水"的痛苦之情。据说，他直到临终之时，还不忘表达自己的忠君之情，作诗云："报国扶倾事隐微，摧心残局竟全非。如何当世悠悠口，不谅高山赋采薇。"当然，这首诗也表达了他因当下有人对他产生误解而感到遗憾。

李二何的忠君思想体现了客家人骨子里继承的儒家道德品质——孝悌忠

信。当忠孝不能两全时，他只能选择其一。于是我们可以看到，当国家需要他时，他竭尽全力服务于君主和国家；当失去了君主和国家时，他宁愿回乡尽自己的孝道也不愿意投靠新王朝。正是这样的高尚人格和品格，使得当时的程乡知县王仕云愿意率众于其墓的周围种植树木，并命名为"李林"，还将其入祀于"程乡县乡贤祠"，春秋致祭。

何南凤——半僧先生

何南凤（1588—1651），字道见，家名觉从，号知非，又号雷山，又称半僧先生、初堂老人、牧原和尚、跛足道人。他是兴宁市石马人，佛教临济宗传人，创立了以"劝人行善"为主要教义的"横山堂"派，又是才华横溢的诗人。

何南凤一生非常具有传奇色彩，几次出家，几次还俗。由于早年深受儒学影响，明万历四十三年（1615）中举人。后又落发出家，游齐、鲁、吴、越山水寺庙，曾主持平远文殊寺、龙川石岭寺、兴宁曹源寺、祥云寺，以及杭州、嘉兴、闽南诸刹，晚年主持江西豫章普济寺。他曾以自己的生平经历和感受为内容，仿照陶渊明的《五柳先生传》创作《半僧先生传》。在文中流露出他的无奈又想寻求解脱的矛盾心态：一方面慈母妻女使他难以释怀，想"修齐治平"；另一方面，他所处的时代是时局动荡的明朝末年，因此，现实又不允许他有所作为。

何南凤平生遍读各家学说，化异同之见，认为儒学与佛学没有什么不一样的，在好些方面表里相关，联系密切，僧和俗也应是互通的，因此他创立了一个亦佛亦儒、亦僧亦俗的流派——"横山堂"派。其学说主张：参禅不必拘于形式和禁戒，信众可以成家，也可以生子——何南凤也跟常人一样娶妻生子，而且"自信即佛""无事外求""说法以度众生，修身以平天下"，这种积极救助众生与自立的精神至今为佛门所称颂。由于这一思想适应了当时客家地区群众的需要，在粤东、赣南、闽西一带以及东南亚都有其信徒，并且传承至今，影响力可见一斑。

闲唱

学道无成方悔错，为僧到老始知闲①。

闲来卸却乾坤②担，错去彝除③祖佛关。

桂魄④烂空水尚剧，梅花满地腊将残。

衲衣⑤下事谁能会，祇⑥觉频年病怯寒。

[注释]

①闲（xián）：没有事情、没有活动之意，与"忙"相对。②乾坤：指《易经》的乾卦和坤卦，一般代表天地、南北、阴阳，也指日月、国家、江山、天下、局势等。③彝除：移除。④桂魄：古代传说月中有桂，故此为月的别称。⑤衲（nà）衣：僧衣，代称僧人。⑥祇（zhǐ）：正，恰，只。

[名师赏析]

首联即说当自己感觉到在读书、做官之路上没有多少成就的时候，再后悔就显得太迟了；而做僧人做到老了的时候，才知道不要想功名成就想得太多，而要"闲"下来。这是他矛盾心态的反映：想成就功名，又想放弃功名专心做僧人。可是，做一名无所求的僧人又有点不甘心。这在他的《半僧先生传》中亦有明确体现："已弃儒矣，而终不能忘儒；已出家矣，而仍不离家。"一方面想有所作为，另一方面又想出家远离尘世与功名的这种矛盾心态恐怕和他所处的时代相关——明代末年，社会极不安定。"时而僧，时而俗，又时而僧"，也因此使他自命名为"半僧先生"，这就是诗人的真实写照。

颔联直接叙述闲下来的那种轻松——没有了"修齐治平"的追求，浑身自由自在，所以，不要一错再错将佛祖移除开了。"屡弃笔砚，绝交游，即显者名人文字相赠，一切焚却。"从此功名、人情世俗与我无关。

颈联写了一个别致的景致：一轮明月当空照，潺潺溪水畅快流淌，梅花纷纷从枝头飘落，落得满地都是，梅成了残枝败花，大有一种"无可奈何花落去"的感伤心态。

尾联则直接抒情，穿上了僧衣，可是自己的内心谁人能理解？眼看着自己一天一天老去，一天比一天多病、畏寒，我的归宿在哪？我该何去何从？说白了，直到自己做了僧人，也仍忘不了探寻人生的意义。也正是因其半僧

中篇　赏米

半俗、亦儒亦僧的特点，他即使身为僧人，也想用另一种方式入世——创立以劝人行善为主要教义的"横山堂"派。这就是"半僧先生"何南凤。

重游祥云岩①

再上峨峰石上眠，清霄皓月枕头边。

风生两腋宁知暑？势近三台②可问天。

一道泉声看不俗，千年树色总成仙。

叮咛从者非容易，信宿烟霞③是胜缘。

[注释]

①祥云岩：兴宁市境内，据说其洞奇，岩峻。②三台：星宿名。《晋书·天文志上》记载"三台六星，两两而居……在人曰三公，在天曰三台，主开德宣符也。西近文昌二星曰上台，为司命，主寿；次二星曰中台，为司中，主宗室；东二星曰下台，为司禄，主兵"。③信宿烟霞：信宿，连住两夜；烟霞，烟雾和云霞，也指山水胜景，这里指后者。

[名师赏析]

首联点明作者是第二次重游祥云岩，登上这座高峰，就石而卧，天空中一轮皓月正照映在枕头边。这种景致显得安宁、静谧。一个"再"字，直接点出作者喜欢到此游玩的兴致。

颔联则先写自己身处山中感觉清凉、爽快，风似乎也善解人意，从两腋吹过，吹走了暑气；再写在山石上枕石而眠，就像星星一样接近天，和天融为一体，犹如进入天界，如此自由自在。

颈联继续写景，用"泉声""树色"表达了作者对祥云岩自然美景的赞叹——泉声潺潺，不同于流俗。树色千年，郁郁葱葱有仙气。这与他第一次游祥云岩的感受是一脉相承的——"纷纷散玉花无种，片片垂云石有辉。"总希望美景常驻，自己能长留此间！

尾联则表达了自己的希望，希望跟从者（信众）要明白这样的景致不多，能在此连住两夜并观赏到如此美景，实在是一件值得珍惜的幸事。末句直接表达了诗人对祥云岩山水的喜爱和赞美之情。

九日宿丞相峰①

丞相峰高不可攀，秋风吹我入云间。

白浮远水天边净，翠列群山月下闲。

九日好怀开胜地，十年痴梦醒禅关②。

每从静里观人世，逐逐红尘那肯还。

[注释]

①丞相峰：原名"宝山"，兴宁古八景之一。海拔547米，整座山有三个高低不一的山峰，形如狮子，远处望去是座独立的高峰。传说兴宁建县选址是经过众多堪舆先生多方勘定的，特别是城门的对向，四面城门唯有东门有一座对向文峰——宝山山峰。东西南北中又以东为首，东门称为朝阳门，旧时一出东门就可以望见宝山青翠的文峰，含"一支文笔透青天"之意，希望多出文人。右丞相李纲、文天祥均到过宝山，故称宝山为"丞相文峰"。

②禅关：禅门，比喻悟彻佛教教义必须通达的关口，也指入佛门修道者。

[名师赏析]

首联开篇即说丞相峰太高，高到不可攀登，但"我"还是去登山了，并且夜宿丞相峰，一阵秋风吹过，让"我"感觉如在天界云间。此联一语双关：一层意思是丞相峰高不可攀；另一层意思是文天祥、李纲是丞相，丞相功业正是自己向往的，但又觉得很难达到他们的高度。

颔联则写自己看着远水天净、月下群山翠绿的景致，天净也是心净，心里干干净净的，又何必去想、去感慨丞相们的功名成就呢？不如看破红尘，远离世俗，且欣赏如此美景好了。这种转折反映了他内心其实是很纠结的。

颈联写今天是个好日子，登上丞相峰这个游玩胜地观赏美景，做了多年的功名梦突然就醒悟了——还是静观人世、超凡脱俗、多做善事为好啊！

尾联则写虽然自己很想脱离尘世，但无奈心中还是有世俗的牵挂，还是看不破红尘、离不开红尘，还是想有朝一日能建功立业。这种反复，正好淋漓尽致地表达了他半僧半俗的矛盾心态。

中篇 繁荣

李象元——学问文章"为粤东最"

人物档案

　　李象元（1661—1746），字伯猷，程乡县（今梅江区金山街道）人。李象元自幼聪明伶俐，勤奋好学，博览群书，学识渊博。幼年家庭贫困，无力购买各种书籍，"每闻人有异书"，必前往借抄，苦读强记，终于学有所成。清康熙年间，李象元中举后赴京参加会试，再经殿试，中进士并获授翰林院检讨。他的儿子李端、孙子李逢亨、侄子李直也相继成为翰林，名噪一时，因此有"公孙三翰院，叔侄四翰林"的美誉。

　　李象元工于诗，著有《赐书堂集》。据说，因在京多年未曾回家，某日，李象元接到妻子的来信，第二天，上朝奏请皇上求归。康熙知其才华，于是出题"霜飘枝结泪，花落蝶含愁"，要其代妻作诗，每字要作诗一首，第四句须用上该字，共十首，一天为限，能作出来即准假，否则受罚。李象元思路敏捷，半日即成，次日呈上，康熙看后龙颜大悦，准其回家省亲。

　　李象元生平喜好收集各种书籍，由京师归故里时，所携各种图书册籍充箱盈筐，归途中又到处搜求奇文异书，所以家中藏书丰富，有"嘉应二酉"之称。他在家拒绝官场中各种应酬，潜心研读，"数十年闭户摊书""目不停阅，手不停披"，到老也没有停止过阅读，对宋、明程朱理学有精湛独到的研究。

　　李象元秉性正直耿介，为官后仍布衣蔬食，淡泊名利，无意于仕途。任山东副主考后几年，便告病乞归，于梅城内金山之麓筑御书楼，匾"赐砚堂"。康熙帝曾前后两次征归，均以病辞。

　　李象元对教育后代、扶植后学不遗余力，乡里亲友受他的教育而成才者不乏其人。当时粤东地区士林认为开创粤东文运应该始于李象元。清《光绪嘉应州志》给予他高度评价，认为他之后"郡邑化之，文风日起"。钟应梅在其所著的《客人先生诗传·李象元》中赋诗云："三世宫袍玉殿来，文章有价自为媒。赐书堂外行人过，异代犹夸翰苑才。"对其造福乡亲给予充分肯定和赞扬。

深圳市客家研究会曾发表一篇文章认为："山寺栽松柏，家贫好读书。这是客家地区重视教育的真实写照，大量的客家子弟通过科举考试之路走上仕途，改变了命运。从私塾走出了不少相当有影响力的文化大家，其中梅江区有黄遵宪、李象元、梁伯强、林风眠、黄药眠等翘楚，对奠定梅州文化之乡的基础产生了决定性的作用，播撒了文明教化的种子，也为国家和社会输送了一大批的人才。"从此段述评可见李象元的历史地位之高。

经典诗文选读

梅①

梅花雪片共含春，素质清资各自新。
疏瘦寒葩堪比玉，霏微冷艳更离尘。
同承天泽原无竞，静玩瑶华②却有真。
调鼎③资梅耕赖雪，容颜虽异德仍均。

[注释]

①清代康熙皇帝想考查词臣们的才学，一次以"梅须逊雪三分白"为题命词臣们赋诗一首。当时李象元在翰林院轮值南书房，也参加了此次赋诗活动。本诗即当时所作，题目为编者所加。②瑶华：白玉色的花，有时借指仙花。③调鼎：烹调食物。

[名师赏析]

首联赞美梅花和冬雪，梅与雪"共含春"而且各自清新可人。作者不仅欣赏梅花之美，而且也懂得如何扣题抒发自己的情感。

颔联则借玉喻指梅花的高洁，以"离尘"映衬白雪的高洁。两两不相上下，梅高洁，雪亦高洁，相互衬托，互不相输。

为什么会互不相输呢？颈联回答了这个问题，原来是"同承天泽"，梅与雪不用互相竞争，皇天浩荡，天下之人，哪一个不受皇上的恩泽？静静地赏玩梅与雪，真真切切地感受到皇帝德泽四方。

尾联第一句描绘了一幅以梅调鼎、雪助农耕，梅和雪各司其职、各显其能的和谐一体的景象，第二句是说梅花和雪容貌虽然各不相同，却都有高洁

中篇 繁荣

的品德。这种盛赞太平盛世景象的诗句当然深得皇帝的喜爱。据说康熙皇帝看到这首诗后，龙颜大悦，钦定其为第一，还亲自书写王昌龄的《斋心》赠送给他。罗可群教授认为这是李象元诗文集名《赐书堂集》的由来。

山居新成①

白云生处是吾家，蔬有葱葵蔓有瓜。

冬至糯收多酿酒，春分雨润早尝茶。

偶逢旧识忘拘束，传到新闻杂诞夸。

野处那能全矫俗，无嚣无竞乐生涯。

[注释]

①山居新成：依山而建筑的房舍刚刚落成。

[名师赏析]

这是一首反映清初粤东地区平和乡村生活场景的好诗。梅州客家居住地因为地处丘陵地区没有多少平地可供建房，因而房舍大多依山而建。

本诗首联写实，"我"的家就在大山里面，在"白云生处"，房前屋后有很多葱、葵等蔬菜，藤蔓上还有各种各样的瓜果，物产丰富，应有尽有。诗人借田地里的果蔬，勾画了一幅宁静、悠闲、和谐的田园风光图。

颔联继续写实，选取了两个十分有代表性的节气：冬至和春分。冬至日是客家人糯米丰收后酿造娘酒（也称黄酒、老酒）的日子，梅州客家人认为冬至时的泉水清澈甘醇，用它酿造的酒可久藏不坏，柔和爽口，回甜生津，后劲很足，因此冬至酿酒的习俗传承至今。梅州有"千年茶乡"之称，茶叶生产历史悠久，农民素有种植茶树、制作茶叶的习惯。客家炒绿（又名客家炒茶、客家炒青）、单枞等是梅州客家地区的代表性特产，而春分正是出产早茶的绝佳时段，尝一口春茶，那真是沁人心脾的享受啊。这两个丰收的场景让人陶醉、令人向往！

颈联仍然写实，只是前两联实写的是房舍、房舍周围田园风光的美丽以及丰收和享受丰收的场景，而这一联运用白描手法描绘了普通百姓的常见活动场景，使得宁静的乡村变得灵动起来。偶尔相逢的老朋友见面哪里有什么拘束，只顾海阔天空地聊起来，互相问起对方的生活和新近发生的喜事，感觉生活越来越好。

尾联点明山乡野里到处都是人们朴实生活的场景，这里的人们过着安宁祥和、与世无争的太平生活。这样的生活显然是大多数客家人的梦想和追求。

四时读书歌①

春

我所爱分东风和，韶华②直上桃李柯。啼禽宛转上林③晓，游鳞出没扬清波。庭前绿草何其碧，浅白深红间挟蝶。大块文章④意思多，肯把光阴虚过隙？呜呼，我歌分歌且歌，坐对东风读周易。

夏

我所爱分南薰弦⑤，榴花照眼笑嫣然。数朵红莲开碧沼，绿槐阴里鸣新蝉。涟漪百尺飞寒玉，更有清风动修竹。北窗一枕冰簟凉，助我幽思开卷轴。呜呼，我歌分歌且续，遥听书声振林谷。

秋

我所爱分金风清，桂影扶疏月色明。梧桐一叶银床坠，萧然满耳皆秋声。南楼新雁芦汀落，更有寒蛩杂画角⑥，霜叶争红篱菊花，对之读书宁寂寞。呜呼，我歌分歌且乐，万籁虚声入寥廓⑦。

冬

我所爱分寒风惊，卷尽彤云散晚晴。几阵昏鸦栖不定，萧萧古木挂疏星。川崖水落白石出，峨嵋⑧凝积千峰雪。松柏似有故人请，相对书空复咄咄⑨。呜呼，我歌分歌且接，梅花开满罗浮月⑩。

[注释]

①四时：指春、夏、秋、冬四季。②韶华：指美好的时光，常指春光。③上林：古宫苑名，泛指帝王的园囿。④大块文章：指大自然锦绣般美好的景色。大块，大自然。⑤南薰弦：《孔子家语·辩乐》载"昔者舜弹五弦之琴，造《南风》之诗。其诗曰：'南风之薰分，可以解吾民之愠分；南风之时分，可以阜吾民之财分'"。后以"薰弦"指《南风歌》。⑥寒蛩（qióng）：深秋的蟋蟀。画角：古代乐器名，因其形如竹筒，以竹木或皮革制成，外加彩绘，故称画角。一般在黎明和黄昏之时吹奏，相当于出操和休息的信号，古代军中常用来昏晓报时，其声高亢动人，可振奋士气。⑦寥廓：辽阔的天空。⑧峨嵋：峨眉，山的名称。⑨咄咄：感叹声，表感慨或责备、惊诧。⑩罗浮月：浮动的月光像罗绮一样。

[名师赏析]

罗可群教授认为，勤于读书、乐于读书是李象元最显著的特点。这个观点很契合客家人普遍生活日常场景：很多人家庭贫困，买不起书，无书可读，上不起学堂，能够耕读（半耕半读）就已经很不错了。也正因为如此，

中篇
繁荣

梅州客家人读书成风，形成了尊师重教的优良风尚。李象元为了教育子孙要读书，便写下了这首诗。

全诗从吟咏四时风物入手，根据春、夏、秋、冬四时转换展示读书的乐趣，勉励人们珍惜光阴、勤于读书、认真思考、刻苦钻研；若能耐得住寂寞、经得起孤独等各种考验，一定会获得丰厚的回报。

四时每一季开篇两句直接抒情，并且以桃李、石榴、桂花、明月、彤云、晚晴多个意象，表明自己对四时的任何一个季节都充满喜爱之情。

每一季的第三句至第六句都是描述当季景物——春季万物苏醒，一派生机勃勃的景象，鸟儿婉转鸣叫、鱼儿追波逐浪，小草是如此碧绿，蝴蝶在花草中翩翩起舞；夏季数朵粉红的莲花落在碧绿的池塘里，浓浓的树荫里传出刚落生的蝉的鸣声，水面上泛起的微波如同粒粒玉石在飞动，微风过处是竹子摇动的声音；秋季梧桐的落叶铺满大地，满耳都是沙沙的落叶声，南楼那里还有刚飞来的大雁互相呼唤着纷纷落在芦苇丛中，蟋蟀的鸣叫声中夹杂着画角的吹奏声；冬季几只昏鸦栖息不定，几棵萧瑟古木上是稀疏的星星，山崖上的水位降下来显露出雪白的石头，山上凝积的是皑皑白雪。这些富有季节特征的景物，无一不在表达作者对家乡美景的赞美之情，而面对如此美景，怎么能不好好读书呢？

每一季的第七句到结尾，则是围绕读书来述说的。春季，那么多好文章等着我们去阅读，我们怎能虚度白驹过隙般短暂的人生光阴？珍惜时间吧，面对着春风来读《周易》吧！夏季则坐在靠北的凉席上，打开书卷思考书中的问题，继续读书吧，远远地就能听到读书声响震山谷！秋季呢，霜叶和菊花争着展示它们耀眼的身姿，"我"则以读书为乐事，宁愿忍受寂寞去读书，一直读到夜深人静、万籁俱寂。严寒冬季里，松柏是"我"的榜样，"我"将以坚强的毅力去战胜寒冬，充实空空的头脑，不断地读书啊，一直到梅花绽放在罗绮一样浮动的月光里。

全诗满怀激情，呼唤人们勤奋读书。"郡邑化之，文风日起"，梅州客家人读书逐渐成风，希望通过读书出人头地，以改变自己、家庭乃至家族的命运。这个理念渐渐成为梅州客家人的共识，而这些共识的形成与李象元等人的不断激励、号召有直接的关系。

重建状元桥题名簿序①

州城东四里，跨周溪有桥，曰"状元"②。自溪以东，诸山野村堡往来者，皆经之。及半，皆危栗③，水涨，则公私急务多被阻误。程乡④旧志云：

"石梁三间。因旧识云，百花洲尾齐州前，此地出状元。故以名。"桥后坏，永乐⑤年，架以木；又坏，弘治⑥年，伐石为之。正德⑦年，邑人重修。近百年来，人皆履木板，不知有石矣。然常苦大水漂失。

皇清雍正十一年，升县为直隶州，州政因革多端。⑧简调⑨之守多贤，而升迁亦速。四任而天长王公至⑩，明信公敏⑪，不满期而清宿案⑫二千余牍。明咨密访⑬，弊革利兴⑭，过状元桥而虑其将败，议易以石。又念工物艰重，迟回⑮未决。一日雨后，忽有地保报，周溪桥下，现出方石磊磊，不知其数。公喜，亲验果然。人皆谓贤守勤民实意⑯，感通鬼神助之。其效若此，吾等理宜劝捐，合众成就其事。⑰斯固王公一事之美，抑亦我民奕世⑱之福也。石有雕刻字号，当是宋明所遗，今乃应贤守之德政而现，孰谓天道幽远乎？

至于"状元"之名，起于宋谶⑲，至今数百年未有应者，适足令人愧。术家之言，何足深信！且人顾立品⑳何如耳。如其有德也，有才也，仕㉑有益于君民也，处㉒无愧于圣贤也，状元可，不状元亦可。苟其无德也，无才也，仕无益于君民也，处有愧于圣贤也，不状元犹可，果状元即大不可。贵贱命于天，不命于桥。

桥成，请吾序，诸君子可㉓。更请于王公，仍旧名乎？锡新名乎？予虽衰朽，愿扶杖隋㉔诸君子往观而乐之。

［注释］

①本文选自《乾隆嘉应州志》中的《桥渡》篇。②状元：状元桥，位于梅州市东山书院旧址前，为石砌墩柱式双孔平桥，异常坚固。该桥由东向西横跨周溪河，桥长约34米，宽约5米，周溪水经此桥流入梅江。③危栗：恐惧战栗。④程乡：古县名，设立之初辖境包括今梅江区、梅县区、蕉岭县、平远县全部及丰顺县一部分，隶属广州义安郡。程乡县因纪念南迁汉族名士程旼而以此命名。⑤永乐：明朝第三位皇帝明成祖朱棣的年号。⑥弘治：明朝第九位皇帝明孝宗朱祐樘的年号。⑦正德：明朝第十位皇帝明武宗朱厚照的年号。⑧升县为直隶州：把县升级为直隶州。州政因革多端：州里的政务因此进行了多方改革。⑨简调：选拔调任。⑩四任而天长王公至：四任之后，天长县（今天长市）的王先生（嘉应州知州王者辅）到任。⑪明信公敏：光明磊落（睿智）、诚信、公正、敏锐。⑫宿案：积压很久的案件。⑬明咨密访：明里暗里咨询走访。⑭弊革利兴：革除弊端，发展对百姓有利的事业。⑮迟回：犹豫迟疑。⑯贤守勤民实意：贤能的太守，勤劳的

中篇
紫荣

百姓，真诚的心意。⑰其效：上天的反应。劝捐：鼓励捐赠（钱物）。合众：聚合众人之力。⑱奕世：累世。⑲谶（chèn）：预言、预兆。⑳顾：注意、考虑。立品：树立品行，培养品德。㉑仕：做官。㉒处：与"仕"相对，指不做官，处于江湖之中。㉓诸君子可：诸位君子也认可。㉔隋：通"随"，跟随。

［名师赏析］

状元桥是梅州城区内始建年代较早并保存较为完整的古代桥梁，是梅州难得的历史文化景观。

本文第一段记述了状元桥重建前的情况。梅州在宋代以前，陆路交通极不方便，山溪险处，多以木桥作渡，故有"古梅州世路多榛芜，古道行客难，木桥跨深涧，夜梦惊魂战"的说法。状元桥始建于宋代，原建石梁三间，因为在旧的地方志中有"百花洲尾齐州前，此地出状元"之说，所以命名为"状元桥"。

第二段记录了此次状元桥重建的由来。清雍正十一年（1733），原为潮州府的程乡县升格为直隶嘉应州，统领兴宁、长乐、平远、镇平四县加上本属的程乡县，称"嘉应五属"，直属广东省辖。这一时期，嘉应州的政务进行了多方改革，选拔调任的官员大多贤明有能，所以很快就升迁了。乾隆十一年（1746）王者辅任嘉应州知州时，创办了嘉应州最高学府东山书院。他去书院视察时，状元桥是必经之路，因觉其已危及行人安全，于是主持重建成石桥，桥下建两个桥洞，上面建石栏，并请城内的翰林李象元写下这篇《重建状元桥题名簿序》。

文章第三段作者借桥名"状元"的由来，阐述了自己"贵贱命于天，不命于桥"的观点。"状元桥"之得名，传说有二，一说为宋王象之《舆地纪胜》载程乡景物百花洲下有旧谶云："百花洲尾齐州前，此地出状元。"故以"状元"名桥。一说为宋状元宰相文天祥于南宋景炎二年（1277），率勤王之师抗元，经福建漳州来梅州，曾过此桥，后人为纪念他，便称此桥为状元桥。此处李象元所取的是第一种说法，所以说"'状元'之名，起于宋谶"，然而自从桥修建以来，"至今数百年未有应者"，实在令人感到惭愧。不过，"术家之言，何足深信"！最重要的是"有德""有才"，树立品行，培养品德。为官时"有益于君民"，不做官时"无愧于圣贤"，如果能做到这样，"状元可，不状元亦可"；如果做不到这样，"不状元犹可，果状元即大不可"。李象元的这个观点与北宋名家范仲淹的"居庙堂之高则忧其民，处江湖之远则忧其君"的说法一脉相承。

李象元的"立品""立德"的思想，至今影响着一代又一代的客家人。"在客家人心中，修桥修路就是做功德。"从古代开始的木桥、石板桥，到现在的钢筋混凝土桥梁，一座桥梁就像一座碑石，铭刻着游子们对故里难以割舍的赤子情怀。例如始建于1931年的梅江桥，据《梅州市志》记载，梅江桥由梅县热心人士饶芙裳、黄燮南等倡议，发动华侨及居于国内的热心人士捐资建造。据统计，捐资建造梅江桥的海内外热心人士有8100多人。

中篇
繁荣

黄岩——开创广东本土小说先河者

人物档案

　　黄岩（1751—1830），字耐庵，又字峻寿，号花溪逸士。梅县区桃源人。约1794年发表的小说《岭南逸史》，是客家小说的发轫之作，也开创了广东本土小说的先河。黄岩是一个淡泊名利、习儒好诗，又嗜岐黄之书的人，虽然功名不顺，却拥有长寿人生。著有《花溪诗文集》《岭南荔枝咏》《医学精要》《眼科纂要》等，其中《眼科纂要》理论阐述不乏真知灼见，临床实践上还创制了多个眼科著名方剂。

　　清光绪年间张芝田编选、黄遵宪作序的《梅水诗传》认为："耐庵先生著作等身，诗尤苍老，纯乎唐音。刻竣后，始得搜以殿全集，庶无愧色。"而《岭南逸史》"最大的特色，就是形象地、典型地反映了客家历史文化的斑斑陈迹"（刘佐泉）。汤克勤也认为《岭南逸史》记载了梅州周边的山川风物、地名人情，并保留了大量的客家方言和近二十首古代客家山歌。例如：

　　第七回：大头竹笋作三哑（丫），敢好后生冒好花。敢好早禾冒入米，敢好攀枝冒晾花。

　　第九回：黄蜂细小螫人痛，油麻细小炒仁香。敢好娘儿郎不爱，郎心敢是铁心肠！

　　第十五回：柚子批皮瓤有心，小时则剧到如今。头发条条梳到底，鸳鸯怎得不相寻。

　　这些山歌的客家方言俗语，让客家人读起来特别亲切。罗可群在《广东客家文学史》中认为，《岭南逸史》是"客家小说的滥觞之作"。小说所透露出来的客家优秀文化的确值得我们后辈传承和发扬光大。

登凌风楼①书感

一去燕台②四百秋，应无魂魄上梅州。

江河破碎君安在？母弟飘零榇③未收。

不向崖门沉海底，空瞻亲舍逐云流。

多公诗句遥相忆，长使凭栏恨未休。

[注释]

①凌风楼：位于梅州老南门楼上（今义化路和凌风路交叉路口），原为四角亭，系明朝万历年间（1573—1620）潮州知府（当时梅州隶属潮州府）郭子章为纪念文天祥而建。在他的《程乡凌风楼记》中有这样的记载："子章读文信国公集，宋氏之季，公提勤王师，出入江闽，往来梅州，后系燕狱，追往忆故，至集杜句'楼阁凌风迥，孤城隐雾深，万事随转烛，秋光近青岑'，嗟乎！公于梅何拳拳也。"他便以文天祥集杜诗"楼阁凌风迥"取名"凌风楼"。清康熙三十一年（1692），知县曹延懿以凌风楼年久失修，且楼的四角偏射文庙为由改建成八角楼（后人俗称"八角亭"）。②燕台：指战国时燕昭王所筑的黄金台，故址在今河北省易县东南，相传燕昭王筑台以招纳天下贤士，故也称贤士台、招贤台。③榇（chèn）：棺材。

[名师赏析]

这是一首怀古诗。凌风楼是为了纪念民族英雄文天祥而建造的，黄岩登凌风楼作此诗，抒发了对这位民族英雄的缅怀。

首联落笔直接写文天祥在燕京柴市刑场就义距离今天已经四百年了，他的魂魄应该早已散去，没能回到他战斗过的地方——梅州。可是梅州人民并没有忘记他，甚至还修筑凌风楼来纪念他，并且使他的事迹流传至今。

颔联写的是国土被外族侵占、破碎的江山令我辈心痛，而文天祥你又在哪里呢？是否一直飘零在外乡，连棺材都还没有安放？黄岩生活在清代乾隆时期，时局稳定，但在汉人中间，尤其是汉族知识分子的心灵深处，一直对外族统治是很纠结的，尤其是觉得自己怀才不遇之时，对现实不满的情绪往往会流露出来。

颈联则写自己仿佛看到文天祥这位民族英雄护主心切，一直追随君王到天涯，而即使被追兵追到了天涯海角也不愿和君王一起自沉海底，希望能东山再起。只是"无可奈何花落去",最终还是失败被俘就义了,看着他住过的房舍也随着时间的流逝而烟消云散,悲壮之情油然而生。

尾联直抒胸臆,怀古伤今。多少代诗人怀念民族英雄文天祥,看如今,朝代更迭,现实黑暗,自己空有一身才华而无法施展,只能凭栏表达愤恨之情。

黄岩是一位医者,却能够写出如此高境界的诗歌,表明梅州客家人虽然生活在崇山峻岭之中,却心向英雄,心怀国家,这就是梅州客家人的胸襟和情怀!

咸阳①

咸阳宫殿丽于花,倏忽惟余草一涯。

夹路铜驼②归别主,广庭翁仲③委平沙。

胡云杳杳迷人远,湘水悠悠拂岸斜。

报道祖龙④无葬地,长城万里属谁家?

[注释]

①咸阳:陕西省地级市,位于八百里秦川腹地,渭水穿南,嵕(zōng)山亘北,山水俱阳,故称咸阳。②铜驼:铜铸的骆驼,古代一般将其置于宫门外。相传这对夹路的铜驼是汉皇在洛阳铸造的,其做工精巧,是太平盛世的象征,亦是兴亡的象征。这里借指京城、宫殿。③翁仲:原是秦始皇时的一名大力士,名阮翁仲。相传他身材高大,武艺高强,秦始皇令翁仲率兵守临洮,威震匈奴。翁仲死后,秦始皇为其铸铜像,置于咸阳宫司马门外。匈奴人来咸阳,远远看见铜像,还以为是真的阮翁仲,不敢靠近。于是后人就把立于宫阙庙堂和陵墓前的铜人或石人称为"翁仲"。④祖龙:指秦始皇。

[名师赏析]

这是一首吊古伤怀诗。借秦汉故事抒发作者对朝代更迭的感慨,也从侧面表达了作者对国家的关注和思考。

首联写景,一派芳草萋萋之景,昔日金碧辉煌、盛开着艳丽多彩的花儿的咸阳宫,几乎是一瞬间就只留下茂盛的野草,令人感慨万分。

颔联继续写景,窄窄的路上的铜驼已经归属了他人,那翁仲也已经湮没在漫漫黄沙之中了。借"铜驼""翁仲"抒发自己的感慨:世事真是沧桑,千古兴亡多少事,令人唏嘘。这两句诗,不但表现了咸阳城的荒芜衰败,而且增加了伤感的情调。是啊,昔日的辉煌如今已经萧条,无论多么宏伟的业绩,终将过去,诗人的伤感之绪油然而生。

颈联仍然写景，幽远的胡云是多么的迷人啊，悠悠的湘水斜拍着江岸。这是一幅多么美丽的令人神往的图景。大江南北处处是风景，如此大好河山，怎能不让人珍惜？

尾联则借秦始皇及其修筑长城的故事，表达读书人的一声长叹：始皇葬身之地在哪儿？万里长城又落到谁手里了？这些诘问深刻地表达了作者对国家命运的关心和思考——人们该从历史故事里汲取哪些教训呢？

饮酒

饮酒需对花，花是酒中友。

凌晨看花行，美酒常在后。

花香袭人衣，酒色荡春柳。

呼奴列杯盘，折花插左右。

酒不辨清浊，花不择好丑。

系①花便当看，系酒便适口。

日暮酒不续，对花殊愧负。

花若怜我情，语我谋诸②妇。

对花谢长揖，感于意良厚。

子当力自爱，吾当罄③所有。

[注释]

①系：客家方言，是。②诸：众、各。③罄：用尽或消耗殆尽。

[名师赏析]

这是一首很有客家味的诗，具体体现在将客家方言口语入诗，如"系"，即"是"的意思，因而很有客家韵味。本诗语言诙谐生动，富于口语化，因而通俗易懂，使得全诗充满了生活气息，也反映出诗人对生活乐观平和的态度。

全诗大体内容：喝酒需要有花，花是酒的好友，花与酒是如影随形的，早上赏花去，美酒伴身后，花香沁人心脾，酒色让人春心荡漾。要喝酒了，就要把花插在两旁——酒无论清浊，都是适口的，花无论美丑，都是好看的。而一喝就从早喝到晚，没有酒了，就对不起花了，花像是领会到了我的情意，告诉我和诸位妇人商量即可。我对花表示诚挚的谢意，感谢花对我如此情深，我将竭力自爱，倾尽所有！

诗题是《饮酒》，诗的内容却是以花为主角，表达的似乎是作者对花的喜爱和怜惜之情。但值得探究的是，诗中的花到底是"花"还是象征自己的

中篇
繁荣

追求，或是指花一样的三教九流的朋友？就看读者怎样去解读，但无论是何种意思，本诗写出了一个普通人对生活的满足和追求。如果说酒是"眼前的苟且"，是作者对现实生活状态的满足感，那么，花就是对某种生活情趣的追求，也叫作"诗和远方"——在作者眼里，可能还有小说创作。这也是当代很多梅州人拥有和想要拥有的生活状态。

宋湘——岭南第一才子

宋湘（1757—1826），字焕襄，号芷湾。广东嘉应州（今梅县区白渡镇象湖村）人。清代中叶著名的诗人、书法家、教育家，公正廉明的清官，与同时期诗人黎简双峰并峙，成为乾嘉年间岭南诗坛上光彩夺目的"双子星"。

1778年，23岁的宋湘中秀才，1792年赴省城参加乡试中解元。1799年，44岁的宋湘考中进士，被选为翰林院庶吉士。第二年，奔父丧返乡，任惠州府丰湖书院山长（院长），后又出任广州粤秀书院山长。1805年，50岁的宋湘返京任翰林院编修。他在京九年时间，曾先后担任四川、贵州乡试主考。1813年，58岁的宋湘出任云南少数民族地区的太守、道尹，为官十三年，勤政、廉洁，光明磊落，豪爽正直，疾恶如仇，为民着想，深受云南百姓的爱戴。1825年，升任湖北督粮道，统筹漕运。1826年冬，卒于任上，安葬于故乡。

宋湘是清代著名的书法家、杰出的诗人，有"岭南第一才子"的誉称。纵观宋湘一生所作的诗赋，根植民间，贴近生活，不饰雕琢，直抒胸臆，内容丰满，深刻地反映了当时的社会现实。在写作风格上明显受到杜甫和李白的影响。宋湘曾言"哭不能如老杜，歌不能如青莲，皆不必作诗"，但他又不完全沿用前人的经典套路，更多的是挥洒自如、豪迈奔放和直抒胸臆的表白。宋湘在诗赋的创作中很好地体现了"诗中须有我""作诗不用法"、弃"邯郸学步"、要有"自家曲子"等原则。评论家盛赞他是清初岭南三大家（屈大均、陈恭尹、梁佩兰）之后诗坛的领军人物。

宋湘一生创作勤奋，曾经有"一月十诗"的宏伟计划。他在京城客居十余年，所作诗不下千首。在惠州仅两年，作诗近200首。在云南十三年，作诗300余首。诗集有《不易居斋集》《丰湖漫草》《丰湖续草》《燕台剩沈》《南行草》《楚艭吟》《红杏山房试帖诗》《红杏山房试诗》《汉书摘咏》《后汉书摘咏》各一卷，《滇蹄集》三卷，共收诗900多首，合称《红杏山房集》；另有后人收集的《红杏山房集外集》，收诗150首。宋湘的传世诗赋作品有1000多首（篇），这些作品得到许多评论家的赞誉，也深受广大读者的喜爱，影响乾嘉以来两百余年间社会的各个层面，在岭南文学史上具有举足轻重的地位。

经典诗文选读

木棉花

其一

丹魂拍拍气熊熊，倔强虬龙烛烧空。

人到海头才眼孔①，花真汉后得英雄②。

越王台上春初日，广利祠③前夜半风。

万道红光擎南斗，为谁名压荔枝红。

其二

历落嵚崎④可笑身，赤腾腾气独精神。

祝融以德火其木，雷电成章天始春。

要对此花须壮士，即谈芳绪亦佳人。

不然闲向江干⑤老，未肯沿江卖一缗⑥。

[注释]

①眼孔：眼界开阔，有见识。②英雄：传说南越王赵佗（约公元前240)最早贡献一株木棉树苗给汉朝皇帝，称其为英雄花。③广利祠：传说南海海神祝融的封号为广利王，其地位仅次于东海海神广德王。粤西一带多处建有广利王庙或祠。④历落嵚崎（qīnqí）：嵚崎历落，比喻品格卓异出群。⑤江干：江岸、河边。《诗经·伐檀》有"坎坎伐檀兮，置之河之干兮"之句。⑥缗（mín）：穿铜钱的绳子，一串即一锱，一锱为一千钱。

[名师赏析]

木棉花是岭南地区特有的大型木本花卉，树高可达数丈，树干粗大遒劲，树龄则有过百年者。其花硕大如拳，五瓣润泽而肥厚，其色鲜红如血。每年仲春三四月开花时，满树红花冲天怒放，浓如火焰，艳若云霞，景象蔚为壮观，故有"英雄花"的美誉。每逢木棉花盛开的季节，观者皆容易被其满树通红如烈焰燃烧的壮观场面震慑。

第一首诗的首联写出了木棉花开得火红火红一大片的壮观景象。颔联"人到海头才眼孔，花真汉后得英雄"感慨人只有到了海的尽头领略了海的广阔才会大开眼界、长见识，木棉花在汉朝之后才得名"英雄"。最后四句"越王台上春初日，广利祠前夜半风。万道红光掣南斗，为谁名压荔枝红"，规模宏大的越王台，是后人为缅怀越王勾践卧薪尝胆复国雪耻而建。写出了越王台初春阳光明媚之日，广利祠前半夜风起之时，都能看到红红的木棉花，就像万道红光一样掣着南斗星，这壮观之红胜过荔枝之名气。

第二首诗开头两句"历落嵚崎可笑身，赤腾腾气独精神"就写出了木棉花品格卓异出群，独具气势旺盛的精神。颔联"祝融以德火其木，雷电成章天始春"写祝融以火施化材木，为民造福，雷电催醒万物才开始有春色。最后四句强调只有壮士才能与木棉花相比，就是从花的角度来论也是美貌女子。不这样的话，木棉花宁愿枯萎之后掉落在河岸边，也不肯被人沿街叫卖，体现了一种清高孤傲的王者气质。诗人以壮士自比，体现出作者的凛然正气和决不随俗俯仰的高洁情怀。

宋湘以精劲之笔描绘木棉花壮伟奇丽的英姿，诗句顿挫有致，意气高迈，与表达的内容相得益彰。没有见过木棉花盛开时气势的人，很难写出这样有气魄的诗句，也很难体会它"轰轰烈烈，堂堂正正，花中有此豪杰"（张维屏）的气概。清初陈恭尹的《木棉花歌》中就有"浓须大面好英雄，壮气高冠何落落"之句。近人陈柱评此诗云："咏物诗最易纤巧难浑成，而先生之作。则笔大如椽，浩然弥满。其因物咏怀，气象伟大如此，盖自古所希矣。"钱仲联对宋湘的这首诗也是极力推崇，说"宋湘不用典"，"是真本领"。由于有不同的生活经历和人品修养，所以宋湘这一类作品虽然也写性灵，但与袁枚的性灵诗风格迥然有异，表现出崇高、雅致的特色，"风格高超，出自其人品"。

种花三首

其一

北院槐树阴，日光午未杲①。

南院阴不到，杲杲达昏晓。

同时所种花，南黄北青了。

青者岂不喜？阴多露亦少。

黄者岂不怜？脉炼气深老。

不信待他日，花开看谁好。

人生立功名，岂在迟与早？

[注释]

①杲（gǎo）：明亮、光明，如"如海之深，如日之杲"。

[名师赏析]

本诗收录于《不易居斋集》，是宋湘六年"北漂"期间所作。这时的宋湘过的是漂泊无定的生活，处境艰难，心中万般愁苦不可告人，既有自省自勉、触景生情之意，也有思乡怀人、送别遣怀之情。

《种花三首》体现了作者的自省自勉，通过种花和育花之所见，联想到自己对待人生及科举功名的态度。

开头四句"北院槐树阴，日光午未杲。南院阴不到，杲杲达昏晓"交代了花的生长环境，指出院子北边因为槐树长得高大，遮住了阳光，到了中午也没有阳光。南边则遮蔽不到，阳光明媚，直到黄昏。"同时所种花，南黄北青了。"因为南北阳光不一，所以同时种下的花也呈现不同的状态，南边阳光下生长的花苗梗粗叶黄，北边树荫下生长的花苗娇嫩可爱。"青者岂不喜？阴多露亦少。黄者岂不怜？脉炼气深老。"此句表明作者既喜爱树荫下娇嫩的苗，也怜爱阳光下粗黄的苗。"不信待他日，花开看谁好。人生立功名，岂在迟与早？"表达了诗人对建功立业的坚定信心：若不信的话，静待时日，便可看出哪边的花开得好。人想要建立功名，就像南边和北边的花苗一样，不在于迟与早。

此诗表明作者悟出了一个道理：人生立功名，岂在迟与早？宋湘这年已经40岁，经历了近二十年科举应试的拼搏仍未达到目的，此时他也开始反思自己的人生：到底要达到怎样的高度才算成功？要怎样才能克服浮躁情绪面对失败？此时作者的心里已经有了许多的思考和心态上的调整。宋湘于乾隆五十八年（1793）三月首次应礼部会试落榜后，在北京度过了半年彷徨无助的流寓岁月。直至癸丑中秋才应恩师陈鹤翔之邀，来到直隶三河县（今河北省三河市）住下读书，总算有了比较安定的落脚点。之后三年宋湘大部分时间都在三河县度过，其间曾两次参加会试均告失败。对于自己一心想考中进士的目标和眼下茫茫未卜的前途，宋湘经常在思索体悟。此诗反映了作者虽然对人生的意义、对官场的富贵和读书的作用产生过疑惑，但追求科举功名和进入主流社会的信心还是坚定不移的。

家园杂忆四十韵

作客何其久，回头昨少年。

羁情空复尔，乡思故依然。

籍隶梅州古，村名白渡前。

衡门当水曲，老屋负崖巅。

鳞次比邻接，瓜绵一脉延。

世吾过二十，族众约三千。

鸡犬家家有，桑麻处处连。

先畴耕共牧，旧泽诵兼弦。

伏腊童翁集，堂阶子姓联。

豚蹄祈岁社，柏酒介眉筵。

乐事丘园旧，良辰景物妍。

冬初梅已笑，秋尽菊犹钿①。

是岸排篁②竹，逢桥有木棉。

楼浓红杏雨，溪淡绿杨烟。

树树飞蝴蝶，山山答杜鹃。

鹧鸪多草际，翡翠只沙边。

候过清明节，人忙谷雨天。

茶时偏麦熟，馌③日又蚕眠。

叱犊声喧野，湔④裙影倒渊。

蓑衣携锸⑤出，箬笠采山还。

有市才通里，凭栏即在川。

两三江上阁，七八渡头船。

风雨归渔筏，朝昏响涧泉。

桐蹊⑥开酒店，榕径歇柴肩。

笋蕨纷投筥⑦，鱼盐各守廛⑧。

檐堆柑子大，盘货荔枝鲜。

生小贪游戏，情闲那弃捐？

趁墟呼辈行，绕膝索馋钱。

遇钓敲针学，逢花卷袖搴⑨。

长歌爱樵答，短笛美牛牵。

九日登高屐，中秋斗饮拳。

踏青衫楚楚，访友带翩翩。

课旷愁师责，来迟得母怜。

江湖宁此志，漂泊竟成缘。

始尚依南粤，今仍滞北燕。

亭从五里别，月渐百回圆。

积面尘难扫，骑驴蹇⑩岂鞭。

化缁⑪原是素，入梦必于田。

便好留盟誓，终当问陌阡。

归来他日事，先倩⑫画图传。

[注释]

①钿（diàn）：这里指花仍盛开。②篁：竹林，泛指竹子。③馌（yè）：给在田里耕作的人送饭。④湔（jiān）：洗。⑤锸（chā）：古代一种掘土用的工具。⑥蹊：泛指路。⑦筥（jǔ）：圆形的竹筐。⑧廛（chán）：集市上的摊贩。⑨搴（qiān）：采摘。⑩蹇（jiǎn）：跛足。⑪化缁：成语"素衣化缁"。意为灰尘将白衣服染黑了，也引申为京城生活令纯朴的人变得势利。⑫倩：借助。

[名师赏析]

此诗描绘的是客家民俗、农村风情和山乡景致。

"作客何其久，回头昨少年。羁情空复尔，乡思故依然。"开头四句交代作者从24岁左右离开故乡，到写作时，已经客居他乡将近二十年。回忆起少年时代在家乡生活的场景，历历在目。不管羁旅在外有多久，思乡之情依然不变。"籍隶梅州古，村名白渡前。衡门当水曲，老屋负崖巅。"作者在诗句中表明自己的故乡古时称梅州。"古"是客家人对男子的称呼（客家男子叫××古，女子叫××妹）。村名叫作白渡前。老屋背靠大山，门前对着一条弯曲的小溪。"鳞次比邻接，瓜绵一脉延。世吾过二十，族众约三千。"民房鳞次栉比，一栋接一栋，人丁像瓜蔓一样绵延、繁衍，到作者这一辈已历经二十多代，人口约有三千余人。"鸡犬家家有，桑麻处处连。先畴耕共牧，旧泽诵兼弦。"家家都养有鸡和狗，庄稼地一片一片相连。先辈们都以耕田放牧为业，祖上的传统崇尚读书和礼乐。"伏腊童翁集，堂阶子姓联。豚蹄祈岁社，柏酒介眉筵。"每逢年节老人小孩都齐聚一堂，同族人都到祠堂祭祖。到了社日各家都用猪蹄祭神，若有老人做寿就用柏酒宴客。

"乐事丘园旧，良辰景物妍。冬初梅已笑，秋尽菊犹钿。"在故园旧居里办喜事，美好的日子里景物也异常妍丽。初冬时节梅花已经绽放，秋尽了菊花依然盛开。"是岸排篁竹，逢桥有木棉。楼浓红杏雨，溪淡绿杨烟。"河岸上长着一排排茂密的竹林，有桥的地方就种有木棉树。在楼上可以观赏细雨中艳红的杏花，溪边轻烟笼罩着杨柳。"树树飞蝴蝶，山山答杜鹃。鹧鸪多草际，翡翠只沙边。"暮春时节到处蝴蝶飞舞，山谷间响起一唱一和的杜鹃声。鹧鸪大多在草丛里做窝，而翡翠鸟只在水边觅食。

"候过清明节，人忙谷雨天。茶时偏麦熟，馌日又蚕眠。"清明谷雨时节，是一年中最忙的时候。采茶的时节偏逢上地里的麦子成熟要收割，农妇们一边要赶着给田里忙碌的男人们送饭，一边又要给家里的蚕儿喂食桑叶。"叱犊声喧野，湔裙影倒渊。蓑衣携锸出，箬笠采山还。"田野里响起农夫吆喝牛犊（犁田）的声音，小河里倒映出妇女们洗衣服的身影。下雨时，农夫们披着蓑衣扛着农具耕田，妇女们戴着竹笠挑着柴草回家。一幅农忙时节的山村风情画跃然纸上。

"有市才通里，凭栏即在川。两三江上阁，七八渡头船。"有集市就有通往每个小村庄的路，倚着家门前的栏杆上就可以望见远处的河谷。江上有几座凉亭，小船也静静地泊在渡口。"风雨归渔筏，朝昏响涧泉。桐蹊开酒店，榕径歇柴肩。"风雨中渔翁驾着小船归家，山涧里响着朝暮不歇的泉声。梧桐树下开着一家小酒馆，妇女们挑着柴草，累了都爱在榕树荫下歇脚。"笋蕨纷投笪，鱼盐各守廛。檐堆柑子大，盘货荔枝鲜。"闲时人们上山挖笋采蕨，放在竹篓里背回家，卖盐卖鱼的则各自守着摊子。门前摆放着要卖的柑子，荔枝又大又新鲜。"生小贪游戏，情闲那弃捐？趁墟呼辈行，绕膝索馋钱。"孩子们贪玩，遇上圩日怎么会放过？呼朋引伴去圩镇上游逛，缠着大人索要铜板买吃食解馋。"遇钓敲针学，逢花卷袖搴。长歌爱樵答，短笛羡牛牵。"看到有人在钓鱼，就偷拿缝补用的针烧红后敲弯，做成鱼钩去学钓鱼，路上碰到野花就卷起袖子摘了玩。大人们砍柴时唱着山歌，孩子们赶牛时吹着短笛，这样的生活令人羡慕。

"九日登高展，中秋斗饮拳。踏青衫楚楚，访友带翩翩。"九月九日重阳节大家爬山登高，中秋节喝酒猜拳。春天踏青都穿得衣冠楚楚，走亲访友都显得风度翩翩。"课旷愁师责，来迟得母怜。"孩子们逃学又怕先生责骂，回家太晚也能得到母亲的怜爱。

"江湖宁此志，漂泊竟成缘。始尚依南粤，今仍滞北燕。"初时踌躇满志要闯荡江湖，如今漂泊却成了常态。开始只是游荡在南粤找事做，而今却流落北方有家难归。"亭从五里别，月渐百回圆。积面尘难扫，骑驴蹇岂鞭。"自从在五里亭分别后，不觉间月圆已近百回了。现在自己满面灰尘，像一头跛脚的驴子，岂是鞭打就能走快的！"化缁原是素，入梦必于田。便好留盟誓，终当问陌阡。归来他日事，先倩画图传。"在京城住久了人也会变得势利，但我只要做梦就都是故乡的田园。我发誓最终要回归乡村的田园生活，但这都是以后的事，今日就像作画一样先写诗记述一下吧。

这首长诗是作者滞留在北京贫病交迫时写成的五言排律诗，全诗共四十韵八十句，以上平元字韵一韵到底。诗句用字古朴且对仗工整，景物描写细致逼真，场景描写形象生动，带着浓厚的客家味，读来音韵铿锵和谐，令人倍感亲切。作者诗中的每一字每一句都灌注了自己对故乡山水和人民的深深的眷恋和热爱。远离故乡的客家游子读到此诗必然会心驰神往、掩卷遐思，从而激起浓浓的怀念故乡的情绪。

李黼平——"粤诗冠冕"

　　李黼（fǔ）平（1770—1833），字绣子，又字贞甫，号著花居士，嘉应州（今梅江区梅城东郊）人。清朝嘉庆进士，以诗名世，是清朝时期嘉应五大诗人之一，也是当时颇有名气的汉学学者。他出生于书香世家，生平喜爱读书。14岁即精通音律，编写出用于戏曲演出的剧本《桐花凤传奇》。20岁考取秀才，30岁考中举人，36岁中进士获选为翰林院庶吉士。他饱学多才，在诗歌创作和经学研究两个领域创造出辉煌的成就。

　　李黼平天资聪颖，善于独立思考。"漕粮"是清王朝赖以生存的重要经济来源，每年都要把南方的粮食运到京都，但河窄船多，寸步难行。当时还在翰林院的李黼平，经过反复的考察和分析，为解南漕之困，便大胆向朝廷疏陈改由山东胶州、莱州转运之策，遗憾的是"所怀莫申"。直到二十年后，道光皇帝即位，朝廷才决定由海道转运漕粮，而运行路线跟当年李黼平提出的路线是一样的。

　　李黼平为政宽和仁厚、廉洁自持。嘉庆十三年（1808），李黼平授江苏昭文县知县。为官期间体恤民艰，志行诚朴。后因漕运亏空公款之由，被关进监狱数年。其间其父及夫人先后病故。后经多方调查，均没有他贪污的罪证。他在牢房里熬过了六年才得以出狱，为筹资返乡，无奈出任教职，又用了足足三年才凑够了南归路费。然未及抵家，母亲便辞世了。值此深哀剧痛、落魄潦倒之时，幸遇阮元，犹如良马之遇伯乐。由于阮元的器重和提携，李黼平的人生、学术从此步入坦途。

　　李黼平一生正直磊落却坎坷不已，他用诗歌真实地记录其人生历程和心路历程，宣泄内心的真情实感，风格沉凝、锤炼酝酿。李黼平用诗歌创作实践了他的主张：诗歌为"心声所发，含宫嚼羽，期与象箾胥鼓相应"，即诗歌都是发自内心，严守音律，与周文王时代的乐舞乐鼓相应和。

李黼平著有《著花庵集》《吴门集》《南归集》《读杜韩笔记》《毛诗
紬义》《易刊误》《文选异义》。其中《著花庵集》等三部诗集代表了李黼
平诗歌创作的最高成就，李黼平精通音律，他的诗歌表现出遣词精巧典雅、
音韵协调的风格，具有浓郁的推崇唐诗的特征，他在《读杜韩笔记》里对
杜甫和韩愈诗歌研究所阐发的诗论，是与此一脉相通的。李黼平还在遥远的
《诗经》中寻找传统的风雅，从而成就了他的另一部巨著《毛诗紬义》。《毛
诗紬义》是广东学人作品中唯一入选大型经学丛书《皇清经解》的著述。

经典诗文选读

新塘①曲

中塘②北出是新塘，画舸沿流目送郎。

却向别情洲畔过，一江凉月睡鸳鸯。

[注释]

①新塘：新塘镇，隶属于广州市增城区，位于珠江三角洲东江下游北
岸，西邻广州市黄埔区，东邻仙村镇，南与东莞市隔江相望，北接永宁街。
②中塘：广东省从化市鳌头镇下辖村，村委会位于鳌头镇东部。

[名师赏析]

这首诗风格清新明快，诗情画意的表达寄托着诗人对生活的热爱。

"中塘北出是新塘"点出了新塘的地理位置。"画舸"即装饰华美的游
船，新塘是水乡，颇有江南风味。"画舸沿流目送郎"，画船从中塘游至新
塘，沿途流转着女子满满的情意。"却"在此处应是回头的意思，"却向别
情洲畔过"指经过洲畔时仍不时回头，表达了作者依依不舍之情。"一江凉
月睡鸳鸯"，月凉如水，江月互相映衬，夜晚宁静优美，为鸳鸯的安睡营造
了恰到好处的氛围，同时也体现了男女主人公之间的情深意切。

整首诗对广州新塘的风物民情有着细腻的描摹，也传递出李黼平挚爱此
地的心声，表达了他对生活的极度热爱。

柯林寺①

神仙多荒唐，载访柯林寺。

浓荫蔽迴廊，落叶鸣初地。

谁将名贤宅，营作开士第？

疱皴②古菩提，异域讬③根蒂。

　　秦松半枯朽，汉柏全憔悴。

　　扶持仗佛力，累劫见苍翠。

　　列坐延清欢，怖鸽④时一至。

　　我闻獦獠⑤贤，根性实云利。

　　虚堂悬心镜，似识当年意。

　　风幡⑥两无声，令人涤尘思。

[注释]

　　①柯林寺：今之广州光孝寺。本是南越王赵佗孙赵建德的住宅，三国时期的名士虞翻曾在此讲学，因广植柯子树而有"柯林"之称。②疱皴（pàocūn）：疱同"疱"。疱皴，粗糙而有疙瘩。③讬（tuō）：同"托"，寄托。④怖鸽：佛教传说，"一鸽为鹰所逐，飞向佛旁，佛以身影蔽鸽，鸽乃不怖"。后诗文中常以"怖鸽"意指穷无所归。⑤獦獠：对古代南方少数民族的称呼。典出自《坛经》，惠能到黄梅参拜五祖弘忍，诚心学佛，五祖面试时说："汝是岭南人，又是獦獠，若为堪作佛？"惠能回答："人虽有南北，佛性本无南北，獦獠身与和尚不同，佛性有何差别？"⑥风幡：风中的旗幡，此处用典。惠能从五祖弘忍那里继承了衣钵后，却遭到了以神秀为首的师兄弟们的追杀。惠能一路南下，隐姓埋名十六年。唐高宗上元三年（676），惠能听说广州光孝寺来了大法师印宗，遂来到这里。某天夜晚，印宗法师正在讲经，惠能悄悄地进去恭听。忽然吹来一阵大风，悬挂在大殿的佛幡被吹得左右摇动，弟子们议论纷纷。有的说"幡是无情物，是风在动"，有的说"明明是幡动，这哪里是风动"？一时间双方各执一词。惠能在旁边听着，觉得双方均未能识自本心，便说"不是风动，也非幡动，而是人的心在动。如果仁者的心不动，风也不动，幡也不动了"。在座的人一听，无不感到震惊。印宗法师见惠能语出不凡，便邀请他入室详细询问，与其畅谈佛法。

[名师赏析]

　　这首诗的文化内涵极为丰富。三国名士虞翻死后，施宅为寺。柯林寺是中国佛教史上具有重要地位的寺庙，达摩禅师从天竺带来的菩提树植在这里，六祖惠能显迹也在这里。

　　开头起句不凡，"神仙多荒唐，载访柯林寺"，作者假托说神仙也不正常，每年都到柯林寺来，突出了柯林寺的重要地位。"浓荫蔽迴廊，落叶

中篇繁荣

鸣初地"，突出寺庙环境清幽，浓密的树荫遮蔽了回廊，树叶落地时发出声响。"谁将名贤宅，营作开士第？"意为谁把明贤的住宅当成了讲学之处。"皰皴古菩提，异域讬根蒂。秦松半枯朽，汉柏全憔悴。扶持仗佛力，累劫见苍翠。"粗糙而有疙瘩的古菩提树，在别的地方寄生根蒂。秦时栽种的松树已经枯朽过半，汉时栽种的柏树也已憔悴，全依靠佛力维持下去，历经磨难才显出苍翠的样子，点出了寺庙的历史变迁和环境特点。"列坐延清欢，怖鸽时一至。"在座的都是受邀的清雅恬适之士，引得怖鸽时而到来。继而发出由衷的赞颂："我闻獦獠贤，根性实云利。虚堂悬心镜，似识当年意。"——我听说獦獠贤能，实际上却谈利，高堂悬挂着明镜，好像能照映出初心。"风幡两无声，令人涤尘思。"风和幡两者都没有动，只是人的心在动，这见解让人心得到洗涤。最后两句表达了作者对六祖惠能的无限景仰之情。

本诗既有深邃的历史感，又有浓郁的现实性。李黼平对广州有着浓厚的感情。这里，是乡试之所，三年一次的乡试曾为他带来了仕途的希望；这里，有着众多的客家同乡，有共同的语言可慰乡情；这里，在李黼平经历了牢狱之灾、坎坷仕途后，给了他无穷的慰藉。

李忠定公①草仓祠诗碑

高堂黝黯②见古碑，审是吾家忠定诗。

激昂感喟读始罢，萧条四壁回飙③吹。

建炎中兴继光武，公也首相参皋伊④。

朝纲军防渐修整，一木正赖支倾欹⑤。

无端汪黄⑥肆馋诋，书生伏阙将何裨。

关山苍苍暗烟雾，金鱼玉带⑦趋荒祠。

孤臣窜逐安足惜，二帝霄⑧郡堪嗟咨。

反思内禅兵革滋，调和父子无嫌疑。

两河三镇孰割之，青城欻见氍车驰。

从来反国事非易，孙申瑕吕皆瑰奇。

朝廷肯雪列圣耻，四方自聚勤王师。

风云浩落入胸臆，不觉下笔神淋漓。

公昔飘零湖海湄，推论作者确不移。

少陵思君托槐叶，左徒去国吟江蓠。

今观短章极忠爱，议论欲仿鸱鸮⑩贻。

惜当偷安忘恢复，冰天坐恸龙胡垂。

潘公⑪集古爱此词，巧勒巨石穷砻⑫冶。

流传响搨⑬逾百载，体质完好无磷淄⑭。

蛟蛇夜呵鬼手护，怜公道路私忧时。

　　　　君不见，

东南浮家⑮竟终局，遗民又咏冬青枝。

[注释]

①李忠定公：李纲（1083—1140），字伯纪，江苏无锡人，宋朝抗金名将。宋徽宗政和二年（1112）进士。他和赵鼎、李光、胡铨合称"南宋四名臣"。宋高宗绍兴十年（1140）正月去世。死后被赠少师称号，谥忠定，后世人称他为李忠定公。草仓祠：位于江苏无锡锡惠公园。②黯黮（yǎn dàn）：指昏暗。③飙（biāo）：指暴风。④皋伊（gāo yī）：皋陶和伊尹的并称。传说皋陶是虞舜时刑官，伊尹是商汤时贤相。⑤倾欹（qīng qī）：倾覆。⑥汪黄：汪伯彦、黄潜善，南宋抗金中的主和派。⑦金鱼：形状如鲤鱼的金符，标志官阶的一种佩饰。玉带：用玉装饰的官服腰带。⑧霫（xí）：中国古族名，属于契丹。⑨欻（xū）：忽然。氈：同"毡"，用兽毛制成的片状物。⑩鸱鸮（chī xiāo）：鸟类的一种，俗称猫头鹰。⑪潘公：传说潘公是尤溪梅坪村人，他自幼与邻村蔡肇旺为同窗好友并结拜金兰，曾勤学苦读，立志报效朝廷。⑫砻（lǒng）：用于去掉稻壳的农具，形状略像磨，多以竹、泥制成。⑬搨（tà）：同"拓"。在刻铸有文字或图像的器物上，涂上墨，蒙上一层纸，捶打后使其凹凸分明，显出文字图像来。⑭磷：谓因磨而薄。淄（zī）：同"缁"，谓因染而黑。后以磷淄比喻受外界条件的影响而起变化。⑮浮家：形容以船为家，在水上生活，漂泊不定。

[名师赏析]

诗歌开篇即以高亢的笔调，抒写出对南宋抗金名相李纲的敬仰。庄严肃穆的气氛、慷慨激昂的情怀跃然纸上。进而对李纲诗的写作背景、写作心态及诗歌的影响，予以生动的描绘。

"高堂黯黮见古碑，审是吾家忠定诗。激昂感喟读始罢，萧条四壁回飙吹。"在房屋的正室厅堂昏暗处看到一座古碑，细细审查原来是"本家"李忠定公的诗。诗人激动感慨地读完，发觉四面墙壁回荡着萧瑟的风。

"建炎中兴继光武，公也首相参皋伊。朝纲军防渐修整，一木正赖支倾欹。"南宋建炎中兴（宋高宗即位）继承东汉光武帝的中兴，任命忠定公为丞相，朝纲军务逐渐修整，一人支撑着整个快倾覆的王朝。不料遭到汪伯彦、黄潜善等主和派的诋毁排挤，文臣向皇帝上书奏事，武将有何助力？关山苍茫烟雾昏暗，忠定公官阶被贬，回到偏远的福州。金鱼、玉带则是运用了借代手法，借指为官者。

"孤臣窜逐安足惜，二帝霉郡堪嗟咨。反思内禅兵革滋，调和父子无嫌疑。"政见孤立被贬谪有什么值得惋惜的，二帝被困契丹才值得慨叹。反思内部帝位禅让导致战争滋生，只有调和父子关系才不会生嫌隙。

"两河三镇孰割之，青城欻见毡车驰。从来反国事非易，孙申瑕吕皆瑰奇。"两河三镇（两河指河北、河东；三镇指中山镇、河间镇、太原镇）割让哪一个都不行，在青城（呼和浩特）忽然看到毡车飞驰。自古以来推翻国家都不是一件容易的事，无论姓甚名谁都能创造传奇。

"朝廷肯雪列圣耻，四方自聚勤王师。风云浩落入胸臆，不觉下笔神淋漓。"如果朝廷愿意收复失地一雪前耻，那么四面八方的人都会聚集团结起来，与朝廷的军队一起抗击。想到此，忠定公胸中一片慷慨激昂，写起诗来不觉地也酣畅淋漓起来。

"公昔飘零湖海湄，推论作者确不移。少陵思君托槐叶，左徒去国吟江蓠。"忠定公辗转飘零在各处，但心志仍坚定不移。杜甫借托槐叶想念君主，遭贬谪离开国家只能在江边吟唱哀思。此处借用杜甫的典故表现忠定公忧国忧民的哀思。

"今观短章极忠爱，议论欲仿鸱鸮贻。惜当偷安忘恢复，冰天坐恸龙胡垂。"现在看忠定公的碑文觉得极富忠贞爱国之情，评论就像猫头鹰遗留的影响一样。可惜当年为了偷得短暂的安宁就忘记了收复失地，而今处于冰天雪地的境况之中也只能低头悲痛。

"潘公集古爱此词，巧勒巨石穷砻治。流传响搨逾百载，体质完好无磷淄。"潘公饱览群书偏爱此词，用农具巧妙地在巨石上雕刻，让很多拓片流传超过百年，且材质保存完好没有被磨薄、被染黑。

"蛟蛇夜呵鬼手护，怜公道路私忧时。君不见，东南浮家竟终局，遗民又咏冬青枝。"蛟蛇鬼手在晚上呵气保护，怜惜忠定公在路旁被人私下惊扰。你没看见，东南的百姓竟然以船为家，在水上生活，漂泊不定，亡国之民又在歌咏顽强的生命。

在南宋王朝岌岌可危的关键时刻，李纲进行了艰苦卓绝的斗争。李黼平以"本家"李纲而骄傲，讴歌先贤，荡气回肠，令人感慨万千。

温训——"唐宋大家裔派"

温训（1787—1851），字宗德，一字伊初，别号登云山人，五华县登畲下滩村人。20岁为县学生员。清嘉庆十七年（1812）赴汀州探亲，拜见伊秉绶太守于秋水园，被视为优秀人才。二十三年（1818），入广州粤秀书院肄业三年，后就读于两广总督阮元所设的学海堂，数获奖赏。擅长古文，所作《观运》《观民》《西关火》等称著于时。道光五年（1825）考取拔贡。十二年（1832）乡试中举人。十五年（1835），北上会试不第，受聘为顺天府尹署家庭教师，与名士结古文诗社。十八年（1838），因母死辞归，又遭父丧，在家筑"梧溪石屋"，又称"登云山房"。

道光十九年（1839），受聘为《新宁县志》总纂。二十四年（1844），在惠阳教学。二十五年（1845），知县侯坤元聘请其总纂《长乐县志》，完成后，知县欲向上申报奖励，温训坚辞，后受两广总督徐广缙聘请，撰写《海晏》《嘉禾》两颂。咸丰元年（1851），温训病逝于家中，终年65岁。

温训一生多作诗文，其为文立论正直，笔力雄健，其诗托体杜韩，风骨雅尚，为时贤所推重，被当时文坛客家名人宋湘称为"不失为唐宋大家裔派"。因写《弭害续议》禁烟论文而震撼朝野，文名扬世；温训主纂《长乐县志》，为家乡留下了千古不朽之业。温训与黄遵宪、宋湘、丘逢甲同称为"清代梅州客家四才子"，著有《登云山房文集》四卷、《梧溪石屋诗钞》六卷。

夕阳

万峰青未了，天半入斜阳。

闪烁金银气，玲珑水草光。

山河行渺渺，今古去茫茫。

无限升沉感，登高眺八荒①。

[注释]

①八荒：八方荒远之地。

[名师赏析]

这首诗前四句以写景为主。傍晚时分，快要落山的夕阳，笼罩着天空，映照在远处的山峦上，山色不尽，青山连绵不绝。背景大气磅礴、气势恢宏。整个天空笼罩在金色的余晖里，夕阳斜照，江面上微波粼粼，柔嫩的水草在水光下显得晶莹剔透。诗人由远而近，由远处的夕阳写到山峰，又由山峰写到近处的水草。

后四句由景入情，面对如此壮丽的景色，诗人不禁发出感慨：山河渺渺，何处为家？"行渺渺"写出了诗人心里的茫然，是对前程的迷茫，更是对国家的担忧。诗人纵观古今，放眼历史，"今古去茫茫"，不能不让人感慨人生短促、时间易逝。诗人深感人生短暂，宇宙无垠，心中无限的"升沉"感油然而生，只好登上高处眺望远方，然而看到的却是荒凉的家乡之景。

这首诗抒发了诗人对个人前途的担忧和对祖国的热爱之情。在艺术上，诗人展现了一幅境界雄浑、浩瀚空旷的艺术画面；在结构脉络上，夕阳下的绚丽之景，与空间的辽阔无限和诗人孤单悲苦的心绪形成对比，富有意蕴。这首诗是温训的成名作，曾惊动诗坛，诗人也因此被誉为"温夕阳"。

秋思

流萤点点度高楼，楼上西风雁唳愁。

月影荒凉孤客梦，笛声横裂四山秋。

梧桐露冷萧萧落，星斗天寒作作①流。

关塞苍茫望不极，几人齐唱大刀头②。

①作作：形容光芒四射。②大刀头："还"字的隐语。《汉书·李陵传》记载，汉武帝时李陵败降匈奴，昭帝即位，遣李陵故人任立政等三人至匈奴招陵。单于置酒赐汉使者，"立政等见陵，未得私语，即目视陵，而数数自循其刀环，握其足，阴谕之，言可还归汉也"。刀环在刀之头，后即以"大刀头"为"还"字的隐语。宋方岳《水调歌头·九日多景楼用吴侍郎韵》的"旧黄花，新白发，笑重游。满船明月犹在，何日大刀头"？也有此用法。

［名师赏析］

这是一首借景抒情的七言律诗。

首联写的是小小的流萤在高楼边乱飞，西风已起，天空中传来一声大雁的叫声，叹息秋天的天气转凉了。颔联写的是荒凉大漠中的月影，四周传来的笛声撕裂了戍守关塞将士的思乡梦。颈联则写梧桐树叶在冷露中萧萧下落，满天的星斗在寒天中闪闪发光。尾联用典，描绘了苍茫的边塞望不到头，大家齐唱归家曲的场景。

诗歌通过将流萤、高楼、西风、雁唳、月影、笛声、梧桐、冷露、星斗、关塞等多种意象并置，构成一幅深秋边塞月夜图。戍守关塞的游子形象出现在一派凄凉的背景上，从中透出令人哀愁的情调，抒发了戍守关塞的游子在秋天思念故乡、盼望归家的凄苦愁楚之情。该诗语言极为凝练却容量巨大，意蕴深远，结构精巧，顿挫有致。

舟宿鹤园①

孤舟独宿夜，月影照零丁。

林际露微火，草根数流萤。

秋山馨晚桂，寒水浸疏星。

寂寂江天外，谁怜水上萍。

［注释］

①鹤园：地名，今五华县安流镇鹤园村。

［名师赏析］

这是一首情与景交织在一起的五言诗。欲抒情，先绘景，情随景发，是这首诗显著的艺术特点。

全诗除了结尾的诘问"谁怜水上萍"一句外，其余都是刻意绘景。以"独"字统起，前六句意象密集：孤舟、月影、林际、微火、草根、流萤、秋山、晚桂、寒水、疏星，造成一种意韵浓郁的审美情境。所有景物的挑选都独具慧眼，一静一动、一明一暗，江边岸上，景物的搭配与人物的心情达到了高度的契合与交融。诗人通过描绘秋江月夜的景色，寄情于景，间接而自然地抒发了诗人旅途中的孤独寂寞之愁思和壮志未酬的失落之情。

温训年少时才思敏捷，志存高远。清道光五年（1825），温训选取拔贡，取得了参加朝廷考试的资格。道光十二年（1832），时年46岁的温训乡试中举人。为了参加进士考试，温训先后于1826年、1833年、1834年到北京进行准备工作后参加了道光十五年（1835）的进士考试。由于种种原因，温训落第了。为此，温训写了不少感叹的诗篇，这便是其中的一首。道光三十年（1850），64岁的温训仍然抱着无限的希望，再赴北京参加礼部主办的博学鸿词科考试，大家普遍认为温训当能"应诏而出"，最后却因"部议不行"而无法得偿夙愿。这次落第回到家乡后不久，温训就病逝了。

黄钊——"梅诗三家"之一

　　黄钊（1787—1853），字谷生，号香铁，蕉岭县蕉城镇陂角霞黄村人，清代著名诗人、方志学家和教育家。嘉庆二十四年（1819）己卯科举人，充国史馆缮书。中举人后次年参加"大挑"，被取一等以知县用。之后回广东从教，遂"改授教职"，由吏部分派候补，郑亲王等挽留仍未改其意。道光元年（1821），黄钊从京师返，以"无地筑债台，有牍荐宾馆。由来乞米书，乃是士恒产。行当潮州去，坐看南风转"被荐在龙湖书院坐馆。此后，他几次往返于鲁、苏、京、杭和潮州、镇平之间。在潮州城南书院，黄钊授课童蒙以求馆谷，身处贫困却自得其乐。在潮州东山书院（韩祠）任教时，被吏部直授为广东潮阳儒学教谕，后再任翰林院待诏。

　　黄钊自幼聪敏过人，过目不忘，能诗善文，在京师与广东阳春县（今阳春市）谭敬昭、吴川县（今吴川市）林辛山、顺德县（今顺德区）吴秋航及黄小舟、番禺县张维屏、香山县黄香石六人，并称"粤东七才子"。在嘉应州（今梅州）与宋湘、李黼平齐名，被誉为"梅诗三家"。他学富五车，佳作甚丰，有《读白华草堂诗集》《石窟一徵》与《梅水诗传》十卷、《诗纫》八卷、《赋钞》一卷、《经后》四卷、《铁盒随笔》以及《落叶诗》等大量诗文著作。所著《石窟一徵》（又名《镇平县志》）为蕉岭最早的地方志，是一部重要的客家文献，对了解清代梅州的政治、经济、文化和教育以及研究客家地区源流、文化、民俗等都有重要价值。

中篇
繁荣

落叶诗①

其一

清晨鹿迹冷苍苔②，残叶纷纷卷作堆。

万点乌鸦盘阵起，四山风雨逼秋来。

看如老将成功退，悟到高僧解脱回。

删尽繁芜存质干，不应枯槁比寒灰。

[注释]

①《落叶诗》有四首，此为其一。②苍苔：青色苔藓。

[名师赏析]

黄钊四首《落叶诗》所吟咏的落叶，并非客家地区独有的风物，古往今来，吟咏落叶的名句名篇数不胜数，然而黄钊《落叶诗》新创的意境，却使京城士人大为折服，交口称赞，由此"黄落叶"的美称不胫而走，那么黄钊所创作的《落叶诗》传达的意境究竟有何不同？

本首诗首、颔两联写秋天常见之景，清晨小路可见鹿留下的痕迹，清寒的秋风拂过路面青色的苔藓，更显孤寒，树下早已掉落的黄叶此时随风卷起汇聚成黄叶堆；乌云压阵，远处空中无数乌鸦顺风而起，盘阵袭来，四面八方的山风山雨更加凸显出秋的凉意。

诗人一反"自古逢秋悲寂寥"的悲凉、颓废之传统，颈、尾两联写秋天的落叶如同老将一生征战，即将功成身退，又犹如高僧参悟一世，终得彻悟。凤凰涅槃，于秋天落叶，留下树干，这是大自然的规律，这不正如人生中删去繁芜、舍弃丛杂的过程？为何要将秋之落叶渲染得如此悲凉，形同槁灰呢？

全诗没有眼泪，没有悲戚，没有同情，却真切地表现了这位客家士子富有生气的情怀。"落叶"，在中国文学传统中，向来都是悲愁、衰败的景象，而黄钊咏衰败事物却毫无衰败迹象，似乎在传达自己对事物的观察有着独特的视角，对大自然万物发展规律有着独特的感悟，实际也可见诗人对人生的乐观情怀，这便是这位粤东才子的魅力所在。诗中将"落叶"吟咏成充满希望和生机之物，意境深远，发人深思。

汲县道中①

雪意空林搁②，芒芒麦秀③墟。

寒溪仍有钓，废冢④久无书。

夜饮人投店，朝歌客下车。

低回大仁里⑤，遗俗近何如。

［注释］

①选自《读白华草堂诗二集》卷十，上海古籍出版社2009年1月版。②雪意：将欲下雪的景象。搁：放置，引申为停滞。③芒芒：广大辽阔的样子。麦秀：指麦子秀发而未实。④废冢：指汲冢。晋太康二年（281），汲郡人"不准"盗发魏襄王墓（或言安釐王冢），得数十车竹书，人称"汲冢书"。⑤大仁里：仁者居住的地方。《论语·里仁》有"里仁为美"之句，后泛称风俗淳美的乡里。

［名师赏析］

本诗写于道光十四年（1834）冬，作者由大梁北上，路过汲县，有感而发，作《汲县道中》。

本诗首联描述路过汲县道中的景象：时值寒冬，甚是料峭，似乎不久大雪将至，一丝丝寒意席卷全身，为避雪而将车停于空林之中。往远处看去，茫茫原野，尽是秋后遗留下的未成熟的麦墟，一片颓然之势。诗人置身此处，由此想到汲县本是在殷商都城朝歌之郊，是牧野大战之地，此情此景不禁让诗人怀古伤今。

颔联"寒溪"应指姜尚所钓之磻溪，"废冢"指出土《竹书纪年》的古冢。寒溪依旧有人在垂钓，古冢依旧尚存，只可惜垂钓者不是姜尚，而《竹书纪年》的书写者也早已不在，旧迹仍在，但前人不存，让人顿生物是人非之感。

颈联写诗人夜晚投店，心中情绪久久不能疏解，于是拿起酒杯独自在寒夜中饮酒。而此时"夜饮"不由得让人想起"酒池肉林"来，"下车"又使人体会到"墨子回车"的深意。

尾联写诗人心绪萦绕低沉。这些都是大仁之故里，即仁者居住的地方，曾经都让人心驰神往，时过境迁，如今这些地方风俗还淳美吗？

诗人"低回"在这些具有历史意义的地方，不禁引发人思考历史变迁的意义。昔日的繁华热闹已经远去，留下的却是现在的清冷孤寂，和如今诗人所处的寒冬雪景一样冷。诗人不停留于眼前景象，而是怀古伤今，令人神往的大仁里，如今是否依旧存在那些具有高尚品德的人呢？是否还能感受到那淳美的风俗呢？由此可见，诗人向往古之仁人所在之地，更向往仁人身上之过人之处。

中篇

紫荣

吴兰修——岭南词坛的报春花和拓荒牛

人物档案

吴兰修（1789—1839），原名诗捷，字石华，号荔村，清代藏书家、学者，嘉应州（今梅县区松口）人。嘉庆十三年（1808）举人，官信宜县（今信宜市）训导，曾出任粤秀书院监课。阮元任两广总督时，于广州越秀山越王台故址改建学海堂，作为粤秀书院、羊城书院、越华书院、端溪书院四大书院诸生研习经史之所，因赏识吴兰修博通经史，任命他为第一任学长。

吴兰修笃好文史，喜治经学，治学严谨，自称经学博士。曾建书楼于粤秀书院，藏书三万余卷，名为"守经堂"。曾参与刊刻《岭南丛书》，撰修广东《封川县志》，并为《广东通志》十二总校刊之一。著有《端溪砚史》《宋史地理志补正》《荔村吟草》《学海堂集》《学海堂丛刊》《吴兰修词选》《石华文集》等。

吴兰修还是我国著名的史学家，对南汉史的著述成就较大。他竭十年之精力，写成《南汉纪》五卷，此书广征博采，考据精详，矫正吴志伊《十国春秋》讹错甚多，被史家称为"十国纪事之书之冠"。后又著成《南汉地理志》一卷、《南汉金石志》二卷及《考定南汉事略》等，这些著述为南汉史的研究提供了大量珍贵的资料。

吴兰修擅长诗文和填词。吴兰修词作不拘一格，转益多师，出唐入宋，体现出情感真挚、表意婉曲、语言清丽的特色。吴兰修可以说是嘉庆、道光以后岭南词坛的报春花和拓荒牛。其所著《桐华阁词》备受赞誉。就内容而言，这部词集是其羁旅人生的心灵记录，具体表现为对浮生若梦的哀婉之叹，对爱情、友情的渴望珍重，对归隐故园的热烈向往等。吴兰修一生精通经史，却为词名所掩，深以为憾，曾言："唤作词人，死不瞑目。"虽然他以"词人"为恨，后人研究清代词学尤其是岭南词坛时，却必举其名。

吴兰修还擅长算术，著有《方程考》等。

吴兰修不仅在学术方面有很高的造诣，而且关心时政，富有吏才。清代叶衍兰《清代学者象传》中记载他"居乡时，闭户著书，不干外事，惟于民间利病，无不力言其要于地方官"。

可惜天不假年，吴兰修51岁即积劳成疾，最终病逝于学海堂。

卜算子·绿蒻一窗烟

园绿万重，月不下地，夜凉独起，冰心悄然，惜无闲人同踏深翠也。辄倚横竹写之，时甲戌七月十三夜。

绿蒻①一窗烟，夜漏②如何许。碧月蒙蒙不到门，竹露听如雨。

独自出篱根，树影拖鞋去。一点萤灯隔水青，蛩作秋僧语。

[注释]

①蒻：缭绕。②夜漏：又叫作"更漏"，古代滴水计时的器具。

[名师赏析]

本词是吴兰修的小令名作。小序交代了写作时间：甲戌七月十三，即嘉庆十九年（1814）初秋。词人独居僻处，此时万物荣而未衰，园中仍有万重之绿。初秋之夜，夜渐有凉意，而诗人的"冰心"则由"夜凉"而来，"独起"与"悄然"，不仅写出了自己单独一人，更写出了词人"惜无闲人同踏深翠也"的孤独之感。如此环境，如此心情，给全词奠定了冷寂、清雅的基调。

整首词通过作者所见所闻，描绘了一幅园林秋夜图。上阕写夜已深，天渐凉，词人从睡梦中醒来，望向窗口，看到的竟是绿雾如烟。远处传来更漏声，也不知夜晚已到了几时。窗外明月朗照，而园中树竹茂密，枝叶繁盛，遮断了月光，融融的月色下，只留下斑驳的绿荫了。作者从屋内写到室外园中。一个"蒻"字把绿烟缭绕、流动的气韵描摹得生动形象。树枝竹梢上的露水悄然下落，在这幽静的夜色中如同细雨一点一点地打落在词人的心头上，更增添了几分孤独寂寞之感。"一窗烟"与"露如雨"则从侧面烘托了室外的"园绿万重"之美。此景此境更触发了词人孤居独处的寂寞之情，也为下文写乘兴夜游蓄势。

下阕写词人被室外夜景吸引，于是乘兴夜游。溶溶月色透过繁茂的枝叶，将斑驳的树影洒在林间的幽径上。词人独自走出篱墙，在这清幽的小径上，尽览这园林秋夜的胜境。"拖"字运用了拟人手法，连鞋子也好像被这满径斑驳的树影拖着前行。一个"独"字不仅写出了自身处境的孤单，也表现了词人沉醉于此境时的恬适和宁静。不远处，小溪边的萤火虫闪烁着点点"灯光"，映照在青青的秋水上；篱墙下草丛中，蟋蟀频频送来幽淡的吟唱。词人以动写静，以有声写无声，反衬出了周围世界的静谧悠远，而作者自己也在这宁静中得到了愉悦和安慰。词寓静景于动态之中，深得"蝉噪林愈静，鸟鸣山更幽"之妙。总之，全诗色彩清晰明丽，似淡而实浓。孤独而不哀伤，无凄凉萧索之感，有较强的艺术感染力。

吴兰修的词作清新可人，字斟句酌，往往简单几笔就能形象地勾勒出一幅色彩淡雅的水墨画，给人以美的享受和回味，正如陆以湉在《冷庐杂识》中所言："（吴词）清空婉约，情味俱胜，可称岭南词家巨擘。"

满江红·自题二十岁小像

弱冠①书生，看画出，亭亭清绝。剪双瞳，湛然秋水，照人冰雪。叔宝都夸神似玉②，广平自许心如铁③。笑无端，面目换今吾，添华发。

卞和④足，张仪舌⑤。千年事，休重说。只轮蹄万里，壮怀空热。击筑厌听秦塞曲，拥花拼醉扬州月。算男儿，三十未封侯，非人杰。

[注释]

①弱冠：古时汉族男子20岁称弱冠。②叔宝：是晋人卫玠的字。《晋书》曾记载"（卫玠）总角乘羊车入市，见者皆以为玉人，观之者倾都"，后"玉人"可喻指男子美貌。③广平：宋璟，唐玄宗时名相，被封为广平郡公。宋璟为人刚正不阿，因此后人多以"心如铁"誉之。④卞和：春秋时期楚国人，是和氏璧的发现者。⑤张仪：战国时期著名的纵横家、外交家和谋略家。早年入于鬼谷子门下，学习纵横之术，后得到秦惠王赏识，封为相国，奉命出使游说各国。张仪年轻时有一段落魄的经历，《史记·张仪列传》记载，张仪曾因被怀疑偷盗相君之璧，被掠笞数百，归家问妻子"视吾舌尚在不"？妻笑曰："舌在也。"仪曰："足矣。"后"张仪舌"用以指代能言善辩的口才，亦可喻指安身进取之本。

[名师赏析]

这首词大约作于词人年近30岁时，主要表达了词人观自己20岁时画像所引发的感慨。

上阕主要描绘画像中自己昔日清雅至极的风采。词人运用白描手法，重点突出双眸的明澈，表现自己年轻时神采奕奕及聪明磊落。紧接着词人用卫玠、宋璟二人的典故突出自己既英姿挺拔、清秀俊美又正气凛然的特点，颇有自许自得之意。"笑无端，面目换今吾，添华发"，笔锋陡然一转，以如今容颜暗换、愁生华发之凄凉状结束上阕。

下阕承接上阕，以卞和、张仪自比，感叹自己像卞和一样，怀抱宝玉（才华）而不被重视；像张仪一样，虽有济世经邦之才，却仍要四处奔走，政治上没有得到赏识，也未能获得施展才能的机会。虽然怀才不遇是自古以来士人们不得不面临的人生困境，但青春空逝，"壮怀空热"的凄恻之感已成胸中挥之不去的遗憾和愁怨，此情此景，词人不愿击筑听悲歌，只愿通过拥花、喝酒、赏月等乐事来暂且排遣这份悲凉，然而这份悲凉终难以断绝。想当年，词人20岁，正是乡试中举之年，此时词人意气风发，满怀壮志，然而十年之后，年届而立，却仍未能封侯，希望成空，壮志难酬，欲为人杰却实非人杰。

在这首词中，词人以一张画像为写作缘由，引出十年人生的境遇以及十年前后自我心境的巨大落差，对比鲜明，抒发了词人年华易逝、功业难成的悲慨。全词情感大起大落，哀婉动人。

道光六年（1826）出任学海堂学长时，吴兰修已经38岁。一位志向高远的青年才俊，终其一生，官职不过止于学海堂学长及信宜县训导。可以想象，吴兰修的后半生该是何等的失望，兼以孤身漂泊的种种寂寞凄凉、苦痛辛酸，渐渐构成了其创作时的心理底色，许多时候自觉或不自觉地流露于笔端。

萧伯纳曾说过："人生有两出悲剧，一是万念俱灰，二是踌躇满志。"读完这首词，读过吴兰修，也许我们对这句话的理解会更为深刻。

九日登白云山①望海

晓来喜听樵夫语，今日重阳不风雨。

出门一笑双瞳青，海色山光净如许。

我访白云云忽生，石根缕缕炊痕轻。

随风荡漾作波势，似闻万壑流云声。

此时海上云亦起，曼衍鱼龙②幻无比。

吹上螺青③不可攀，蓬莱缥缈秋烟里。

须臾山海两不分，千里万里同一云。

空际有人吹玉笛，骖鸾④仿佛云中君。

大风西来卷如席，六合苍茫去无迹。

倒挽南溟洗碧空，海山寸寸皆秋色。

从来过眼如云烟，秦灰汉劫知何年。

负郭⑤耕云自怡悦，岂必鸡犬皆成仙。

况今中外无戎马，醉后茱萸不须把。

四海农夫但望秋，云兮为霖雨天下。

[注释]

①白云山：位于广州市白云区，为南粤名山之一，自古就有"羊城第一秀"之称。山体相当宽阔，由30多座山峰组成，为广东最高峰九连山的支脉，占地面积20.98平方千米。②曼衍：连绵不绝，或散漫流衍，延伸变化。③螺青：一种近黑的青色，这里指山峰。④骖鸾：指仙人驾驭鸾鸟云游。⑤负郭：亦作"负廓"，靠近城郭。

[名师赏析]

白云山峰峦叠嶂，溪涧纵横，山体相当宽阔。雨后天晴，山间白云缭绕，白云山由此得名。在古代，民间有重阳登高的风俗。是日，诗人登上白云山，写下了这首瑰丽的诗篇。

全诗共二十八句。

第一、二句点明诗人登白云山的时间、缘由。因为早上从樵夫处得知今日不下雨，诗人心情愉悦，攀登白云山。

第三至二十句写诗人登上白云山所见之景。第三、四句写由于天气晴朗，诗人登高望远，豁然开朗、精神振奋，故有"出门一笑双瞳青，海色山光净如许"之感。紧接着第五至十六句，诗人以一系列的比喻来描摹山间和海上形态各异、曼妙多姿的白云：袅袅飘散的像缕缕炊烟，连绵铺开的像随风荡漾形成波势的海涛，被风吹出形状的仿佛是波涛中的鱼龙。而"生""起""曼衍"等动词使得画面极富动态的美感。更精彩的是，诗人并不止于描摹云海之形态，更是在比喻的基础上借助联想和想象，将我们带入了一个如梦如幻的情境中。如"似闻万壑流云声"一句，在视觉描写中加入了听觉上的想象，正是因为把云想象成了海浪，才仿佛能听见千山万壑之间传来阵阵波涛声（现实中也许是风吹动树林发出的松涛声）；正是因为山间海上都弥漫着厚厚的云层，使人忍不住想象，这里是否就是传说中的蓬莱仙山，其中是否有吹着玉笛、驾驭鸾鸟云游的仙人？正当在仙境中徜徉之时，诗人转眼间又打破了眼前的一切。第十七至二十句描绘的景象则全然不同：一阵大风吹散了山间的云雾，天地间仿佛由朦胧变为清明，一时间碧空澄净如洗，海上的山纷纷露出了真容，层层的树林显露出了"本色"，令人感到如梦初醒。

第二十一至二十八句由写景转入抒怀。在云来云去的变幻中，诗人领悟到：人生在世，一切如过眼云烟，转瞬即逝，既然如此，何必趋名逐利，不如淡泊守拙，安享这份快乐。更何况如今天下太平，民生安乐，无须插上茱萸辟邪消灾，四海农民只盼风调雨顺，粮食丰收。

描写名山大川的诗词作品不在少数，本诗写景想象奇特，境界开阔而富于变化，气魄宏大，即使放在古今众多相同题材的佳作中亦不逊色。

《登云山人①文稿》序

登云山者，长乐之南镇也②。万石巉岩③，与天皆碧，其西麓温子庐焉④，乃自署曰"登云山人"。山人谓余曰：每薄晓，云气如炊，缕缕从石罅⑤出，肤寸而合⑥，弥漫无际。耕者樵汲者与鸡犬常在云中，造访者非云去不得途⑦也。余家去此二百余里。山人常贮云赠之。出囊如絮，尚有苔石气云。山人故健甚，穷幽造极⑧，云之所到，足必及之。故其为文深峭幽折，各出生面，境使然也。

余宿与山人、勉士为莫逆交⑨，而为文各不相类。今春入都，见龚定庵舍人文⑩，理伟渊奥，如黄山云海，不可方物⑪，语魏默深云⑫："定庵之文，人不能学，亦不必学。"默深韪⑬之。夫六合之内⑭，山匪一形⑮；一日之间，云不一状。天下之文犹山也，一人之文犹云也。作者且莫测其变之所极，而况于学者哉！然则此集故山人之一体，而非山人之全能。他日等身著作，吾当持是说以证之。

山人名训，字伊初。长乐县诸生。道光三年⑯九月序。

[注释]

①登云山人：温训。温训，字伊初，长乐（今广东五华）人，结庐于该县的登云山山麓，因而自署"登云山人"。②长乐：古县名，今五华县，属梅州。镇：重镇，一方之主山。③巉岩：高而险的山岩。通常和峭壁连用，称巉岩峭壁。④麓：山脚下。庐：作动词用，结庐而居。焉：兼词"于之"，在这里。⑤石罅（xià）：石头的缝隙。⑥肤寸：古人以一指宽为寸，四指宽为肤。肤寸而合，指云雾聚合很快，才划开，又聚拢。⑦非云去不得途：云不散开，（到访的人）便找不着路径。⑧穷幽造极：穷尽其幽深之境，到达其极致之处。穷，尽。造，到达。极，极顶点处。⑨宿：同"夙"，平素，向来。勉士：曾钊，字勉士，南海人，曾任学海堂学长，博通群籍，长于训诂，为文根底甚深，气息亦厚。⑩龚定庵：龚自珍，号

中篇 紫米

定庵，晚清著名思想家、文学家，曾任中书舍人。⑪不可方物：不能以物比拟。方，比方，比拟。⑫语（yù）：对……说。魏默深：魏源，字默深，晚清启蒙思想家、经史学家，著有《海国图志》《默觚》《古微堂诗文集》等，今集为《魏源全集》。⑬𫍲（wěi）：是。用为动词，表示首肯，意同点头称是。⑭六合：上下和东西南北四方，指整个天宇。⑮匪：非，不是。⑯道光三年：1823年。

[名师赏析]

登云山位于五华县南端，据1948年出版的《五华县志》记载："雷公嶂北出一峰曰登云山，山有三成高八百丈，形如笔架，山半有坪冈，可容万人，多田，可获谷数百石。有石门遗迹。相传文丞相登此。"清代嘉应州"四大才子"之一的温训在登云山上著书立说，因而自称"登云山人"。本文是吴兰修为温训的《登云山人文稿》所作的序言。

序言开篇写登云山，登山就是入云，将山与云联系起来，突出山中云气的特点，"云气如炊，缕缕从石罅出，肤寸而合，弥漫无际。"紧接着将山与山人联系起来，这种被云气包围的生活环境深深影响着"登云山人"：温训来往山中，"穷幽造极，云之所到，足必及之"，这样他体魄"健甚"；云又带给"登云山人"生活情趣和审美体验，有时"贮云"赠人，"出囊如絮"，进而使"其为文深峭幽折，各出生面"。所谓"各出生面"，主要指文无定格，贵乎自得。人在山中，文也如云，由此提出本文的核心见解："六合之内，山匪一形；一日之间，云不一状。天下之文犹山也，一人之文犹云也。作者且莫测其变之所极，而况于学者哉！"修养之形成，"境使然也"；文格之多变，心使然也。序言以云为喻表现文学见解，读者似伸手便能把捉而又无定形，正见其高妙之处。

吴兰修在此序言中说此文集只是"山人之一体，而非山人之全能"，而清咸丰年间福建举人林昌彝则评价温训曰："粤东岭南三家以后，其诗之卓然大家者，顺德黎二樵简也，钦州冯鱼山敏昌也，嘉应宋芷湾湘也，李秋田光昭也，番禺张南山维屏也，嘉应温伊初训也。……伊初以浑朴胜。"他在《射鹰楼诗话》中评价温训作品"雄于古文词，其《登云山房文稿》，高者直入周、秦、两汉之室，海内论文者，罕有其匹"。

丁日昌——洋务运动先驱

丁日昌（1823—1882），又名丁禹生、丁雨生、丁持静。丰顺县汤坑镇人，"梅州八贤"（指广东第一才子宋湘、爱国侨领姚德胜、爱国革新政治家丁日昌、抗日保台志士丘逢甲、中国葡萄酒之父张弼士、"亚洲球王"李惠堂、诗界革命巨子黄遵宪、客家学奠基者罗香林八人）之一，中国近代洋务运动的风云人物。丁日昌少年丧父，随母亲黄氏一边砍柴、织布，一边读书。他刻苦攻读，才智过人，有"神童"之誉。丁日昌是晚清爱国革新政治家、洋务运动实干家，与梁节庵、罗瘿（yǐng）公、黄晦闻并称"清末岭南四诗家"（又称"岭南四家"），为近代中国工业、军事、海防发展做出了杰出贡献。

清道光二十七年（1847），丁日昌于汤坑圩倡建蓝田书院，咸丰四年（1854）办团练，剿潮州土匪。咸丰七年（1857），升任琼州府学训导。咸丰九年（1859）任江西万安知县，翌年任吉安府邑庐陵县令。不久入曾国藩幕府，继续打击太平天国的军队，获得曾国藩赏识，自此以后青云直上。同治元年（1862），太平军攻占广东高州，丁日昌被两广总督调赴高州帮办军务，主张在燕塘设炮局，铸造开花大炮。同治二年（1863）被李鸿章从广东调到上海后介绍容闳赴美国购买机器，筹办军事工厂；在苏凇太道内，协助曾国藩和李鸿章办洋务，推荐唐廷枢等开办开平煤矿和轮船招商局。同治七年（1868）任江苏巡抚。光绪元年（1875）任福建巡抚，兼督船政，被李鸿章评价为"才力过人"、"不避劳怨，操守亦甚清严"，保奏赏加三品顶戴并三代封典。光绪二年（1876）曾两次巡视台湾，促进了台湾的经济、交通和文化的发展。光绪六年（1880）会办南洋海防，节度水师，并任兼理各国事务大臣。

丁日昌任江苏布政使时，首创轮船航运事业；在办理天津教案时，主张自强和抵御外侮；在福建任职期间，从福州船政局选送35名优等生赴欧留学。此外他还领导建设电报线路，筹办矿务和铁路，制定《海难救护章程》，整顿吏治，惩办贪官，安排人员翻译出版西方书籍，推行洋务运动。丁日昌好藏书，多宋元校抄本，在其持静斋中藏书达六万多卷，其中不乏宋刻元刊，与李盛铎、朱学勤齐名，史称"三大藏书家"。

光绪八年（1882）因病卒于广东揭阳，终年60岁。丁日昌潜心经史，编有《持静斋书目》五卷，当时与范氏天一阁、黄氏百宋一廛（chán）齐名。著有《丁禹生政书》三十六卷、《抚吴公牍》五十卷、《百兰山馆诗》五卷和《百兰山馆政书》十四卷等传世。

经典诗文选读

东巡台湾恒春

东瀛已是天将尽，况到东瀛最尽头。

海水自来还自去，罡风①时发复时收。

徙薪曲突②知谁共，衔石③移山④且自谋⑤。

饱听怒涛三百里，何人赤手掣蛟虬⑥！

[注释]

①罡风：高空之风，后亦泛指劲风。这里用来比喻恶势力。②徙薪曲突：把烟囱改建成弯的，把灶旁的柴草搬走。比喻事先采取措施，才能防止灾祸。徙，迁移。薪，柴草。曲，弯。突，烟囱。③衔石：衔石填海，比喻为实现既定目标，不惧力微而奋斗不息。④移山：移山不止，典出《列子·汤问》所载"愚公移山"的寓言。后多用以比喻不怕困难、坚持不懈的决心或称颂"有志者，事竟成"的坚毅精神。⑤自谋：善自为谋，善于替自己打算。也指替自己好好地想办法。⑥掣：牵制、控制的意思。蛟虬（jiāoqiú）：比喻奸邪之臣。

[名师赏析]

1875年，丁日昌任福建巡抚兼福州船政大臣。当时台湾仍属福建省管辖，设两个府——台湾府和台北府。任职期间，他分别于1875年冬和1876年冬两次到台湾巡视。其中光绪二年（1876）十一月，巡视台湾，一直到次年四月才回福建。其巡视路线，先北路，回鸡笼，历苏澳、艋舺、竹堑、彰化、嘉义到台北，又由南路直达恒春、澎湖等。

这首诗是丁日昌巡视恒春时所作。当时的台湾，吏治腐败不堪。针对台湾贪吏横行无忌、百姓怨声载道的局面，他两次到台湾巡视，经过调查和实地考察后，提出开山"抚番"、训练军队、奖励移民的措施，进一步建设台湾，并且特别注意对台湾吏治进行整顿。丁日昌有感于他所面对的严峻形势，1876年在巡视台湾途中，写下了这首《东巡台湾恒春》。

诗的首联，诗人陈述此时身处恒春，远在天边，面对台湾孤悬海外、朝廷鞭长莫及的局面，深感自己肩上的责任重大。

颔联借海上反复无常的"罡风"，比喻台湾官吏的贪暴之风，揭露了横行无忌的邪恶势力给台湾带来的极大祸乱。

颈联用典，上句用"徙薪曲突"的典故表明了丁日昌的政治远见。针对台湾的局面，他已经预见到了危机，认为只有事先采取措施，才能防止灾祸发生。下句用"衔石移山"的典故，表达了他整顿吏治、建设台湾的百折不挠、坚定不移的决心。

尾联以海上的汹涌波涛衬托诗人此时的激动，"赤手掣蛟虬"显示出诗人只身面对奸邪之徒，即使空手也无惧风雨，誓要整顿台湾吏治的豪情，抒发了他报效朝廷、一心为国的情感。

诗中多处用典，意蕴丰富，语言凝练，言近旨远，把诗人的未雨绸缪和坚定不移表现得淋漓尽致。尾联更是力透纸背，掷地有声，向我们展现了一位热血正直、无惧无畏的爱国将领形象。

留隍①道中

肩舆远出画桥②西，密密人家傍柳堤③。

一路山光迎客笑，半林鸠鸟背人啼。

园蔬破甲④香犹湿，野笋添丁绿未齐。

自笑劳劳⑤缘底事，浮生镇日寄轮蹄⑥。

[注释]

①留隍：地处韩江流域的核心地段，是梅州对接潮汕地区的"桥头堡"，这里潮客交融，乡贤众多，通用潮州话。留隍镇在春秋战国属百越地，又名万江市。汉时，隶属南海郡揭阳县，宋朝绍兴十年（1140）县城曾设此处，后才迁揭阳玉窖村。相传宋末皇帝南逃时曾在万江古庙求神庇护，躲过了追兵，取"万江古庙可留皇"之意而得名，后为避元朝耳目，将"留皇"二字加上"阝"旁，成"磂隍"（后改为"留隍"）并沿袭至今。②画

桥：雕饰华丽的桥梁，此词指美丽的街巷河桥。③柳堤：植有柳树的堤岸。④破甲：谓植物种子裂开外壳，初生嫩叶。⑤劳劳：指辛劳、忙碌。唐代元稹《送东川马逢侍御使回十韵》有诗云"流年等头过，人世各劳劳"。⑥轮蹄：亦作"轮踶（lún dì）"。原意指车轮与马蹄，这里代指车马。

[名师赏析]

诗人丁日昌于咸丰七年（1857）离开家乡，十多年来一直在外，其间曾两次返粤，均因公务繁忙，来去匆匆，无暇回乡。同治九年（1870）十二月，丁日昌"在津闻母病得谕旨回苏，逾月丁艰扶榇（fú chèn，指扶柩）南还"，"十三年服阕"（摘自张撝之、沈起炜、刘德重等主编的《中国历代人名大辞典》）。据此，《留隍道中》应作于此时。

诗中首联写留隍村的美丽景致和繁荣景象。"肩舆"，指轿子，点出此时诗人行至途中的状态。当轿子穿过如画的长桥向西渐行渐远时，诗人回首看到的是杨柳如烟的街巷河桥，错落有致的房屋傍着绿堤而建，风景美丽如画。此联以"画桥""柳堤"之语描绘出一幅堪比《望海潮》词之图景的苏杭美景，"密密"这一叠词的使用也更凸显此地人口密集、一片繁荣的景象，令人印象深刻。此处留隍，美如苏杭！

颔联承首联之行踪，继续写村郊风光。一路的山野风光似乎也为了欢迎诗人一行而笑脸相迎。林中"鸠鸟"婉转啼鸣，有声有色，动静得宜，把这村郊美景衬托得生动无比。"迎客笑"用拟人手法，赋村郊山野风光予人的感情，诗人融情于景，把客家人天性中的热情好客也转移到了山林树木之上，此刻看每一处草木春花，皆是笑脸相迎。

颈联调动多种感官写景，既写了目之所见一片新绿，"香犹湿"三字又从嗅觉和触觉两个角度写了空气中的香味与湿润。描绘了村郊田园中蔬菜刚刚抽芽，山林中竹笋即将长出，一派生机勃勃的景象。

尾联抒情，诗人面对这样的田园风光，自嘲整日的奔波忙碌不知为了何事。"浮生镇日寄轮蹄"一句更是对自己一生竟然都在车马奔波中度过的感慨。

全诗描绘了诗人途经留隍道中所见景致，抒写了诗人心中所感。前三联，处处写景，描绘出留隍村村里村外的如画美景。最后一联即景抒怀，田园风光本该悠闲赏之，但诗人离开家乡后，忙于公务，总是来去匆匆，更无暇返乡一览田园风光。此刻看着沿途美景，心中感慨颇多。自嘲整日奔波却一事无成，看是自嘲，实是自谦。正是因为诗人志向高远，一心为国，才有这等奔波一生却功业未竟之憾。

何如璋——首任驻日公使

何如璋（1838—1891），字子峨，大埔县湖寮双坑村人，我国早期杰出的外交家，中日两国正式邦交的开创者，第一任驻日公使。

何如璋出身农民之家，清道光三十年（1850），因为家里贫困而辍学，在家放牛，并在家中自学。其姑父看到他很上进，于是帮助他复学。咸丰六年（1856）补廪生，咸丰十一年（1861）中举人。同治四年（1865）为福建署汀州知府朱以鉴的幕僚，参与镇压汪海洋所率太平军余部，奖叙知县，加五品衔。同治七年（1868）考取进士，授翰林院庶吉士，次年改授编修。光绪三年（1877），得李鸿章推荐，晋升为翰林院侍讲，加二品顶戴，充出使日本大臣，成为中国首任驻日公使，时年40岁。何如璋归国后，于光绪九年（1883）九月，出任福建船政大臣，主管马尾造船厂。中法马尾海战中国战败后，受到牵连，被贬戍张家口，在戍三年。光绪十四年（1888），主讲潮州韩山书院。光绪十七年（1891）九月，病逝于韩山书院，时年54岁。

何如璋著有《使东述略》《使东杂咏》《使日函牍》《管子析疑》和《塞上秋怀》《袖海楼诗钞》等诗文。

奉诏出国

丁丑七月，奉到国书，如璋谨赍以行。航海数十日，皆无大风，行人安稳，知海若亦奉天子威灵也。

　　相如①传檄②开荒③去，博望④乘槎⑤凿空⑥回。
　　何似手赍⑦天子诏，排云直指海东来。

［注释］

①相如：汉朝司马相如。汉武帝曾任命司马相如为中郎将，令持节出使，笼络西南夷。②传檄：指传布檄文。③开荒：在某一领域开创、开拓，做一些建设性的工作。④博望：博望侯张骞。中国汉代杰出的外交家、探险家，丝绸之路的开拓者。⑤乘槎（chéng chá）：亦作"乘楂"。指乘坐竹、木筏。后用以比喻奉命使。⑥凿空：有开通道路、凭空无据、穿凿等意思。此处指开通道路。⑦赍（jǐ）：携带，持。

［名师赏析］

这是何如璋接受使命后，怀着兴奋的心情从北京启程赴任时吟咏的一首诗。

第一、二句举了两个例子，一个是司马相如持节出使，笼络西南夷，去边地开拓，建功立业；另一个是博望侯张骞率领一百多人出使西域，打通了汉朝通往西域的道路。作者以这两个人的事例自我勉励，希望自己也能够像他们一样完成出使任务，为国家建功立业。

第三、四句写自己今天也像手持天子诏书一样出使，取道东海，意气风发直向日本而去。光绪三年（1877）十月二十二日，何如璋率驻日使团一行十余人，并带跟役二十六名，共四十余人，登上江南第五号"海安"兵船，从上海黄浦起航。这是中国政府有史以来第一次派出驻日外交使团，可谓中日关系史上的重大事件。

以何如璋为首的使团驻日四年有余，他们悉心查访日本的民情政俗，深入考察日本明治维新，力倡西方科学思想以改造中国传统文化、改变封建专制，渴求强国之道。他们笃邦交、争国权，为促进中日文化交流和两国人民的友谊所绘写的多彩篇章，直至百年后仍被世人称道。

月界僧院①

十二月二十一日，移寓东京芝山月界僧院。院外万松盘郁，风起涛声，与山寺疏钟相答，都市中殊得山林之趣。

负郭②芝山郁万松，漫天风雪舞群龙。

客居③自笑耽④幽癖⑤，时听寒涛杂晓钟⑥。

［注释］

①月界僧院：东京芝山月界僧院。1878年1月，以何如璋为首的出使团定居于此。②负郭：亦作"负廓"，靠近城郭之意。③客居：在外地居住，旅居。④耽：指沉溺、迷恋。⑤幽癖：高雅的情致。幽是指高雅、闲

适。癖是指因长期的习惯而形成的对某种事物的偏好、嗜好。⑥晓钟：报晓的钟声。

[名师赏析]

第一、二句写景，点出作者寓居靠近城郭，芝山里松林翁翁郁郁，蓬勃茂盛；漫天飞雪像群龙在起舞，风景特别优美。

第三、四句叙事，写自己客居他乡，闲适时沉醉于自己高雅的情致当中，在月界僧院，不时能听到阵阵寒涛之声以及远处传来的报晓钟声。整首诗传达出一种闲适自得之情。在何如璋笔记中，曾这样描述："院后小园，绿树环植……外距芝山数百武，古松满径，苍翠万重，风起涛生，与海浦惊潮、山寺疏钟相答。虽居都市中，大有林栖幽趣。"可见当时居住的环境是非常清幽的。

何如璋一行于东京芝山月界僧院设清使馆办公，许多热爱中国文化的日本友人和汉学家纷纷前来拜访，伊藤春辅、重野成斋、岩谷六一、日下部东作、石川英、宫本鸭北、青山季卿、冈鹿门等和黄遵宪一起出游，结下深厚情谊。虽然中日语言不同，但何如璋等与日本友人通过汉字形式留下大量笔谈，涉及两国政治、风俗、文艺，是研究当时中日关系史及明治维新史的珍贵资料。

驻日期间，何如璋十分关心数千旅日侨胞的利益，积极要求增设领事。旅日侨胞有了本国政府支持，一改过去被歧视、受凌辱的地位，侨胞们莫不感恩戴德。何如璋积极致力于考察日本在明治维新后所起的深刻变化，确认中国欲自强必须效法日本。他所撰写的《使东述略》，对日本"三权分立制"做了详细介绍，并热情鼓励他的助手黄遵宪撰写《日本国志》。这两部书在中国知识界曾引起强烈反响，康有为发起"戊戌变法"，就是从这些书中得到了启示。

梅①

日本外务官饯别于芝山酒楼，席间以画梅属韵，因书五绝一首。

铁干②横古梅，本是吾家树。
题赠素心人③，岁寒交益固。

[注释]

①题目为编者所加。②铁干：树干像钢铁，树枝像龙，形容树木的不屈姿态。③素心人：指不会胡思乱想，没有欲望杂念的人，也指心地纯洁、世情淡泊的人。

[名师赏析]

这首诗的开头描绘了坚贞不屈的梅花形象，转笔而述梅花本是"我"家乡的树，现在画梅题诗赠送给"我"这位心地纯洁、世情淡泊的友人，在这个困难的时期更显得我们的友谊坚固。

梅，作为传春报喜、吉庆的象征，从古至今一直被中国人视为吉祥之物。梅具四德：初生为元，是开始之本；开花为亨，意味着通达顺利；结子为利，象征祥和有益；成熟为贞，代表坚定贞洁。此为梅之"元亨利贞"四德。梅开五瓣，象征五福，即快乐、幸福、长寿、顺利与和平。

早期，人们对梅花的认识主要局限于梅子的实用性上。唐以前，咏梅诗数量不是很多，但人们对梅花的欣赏已经上升到精神层面了。宋、元时代，梅花文化的发展进入兴盛时期。梅诗、梅文、梅书、梅画纷纷问世，其作品之多为历朝历代之最，梅花也于此时确立了百花独尊、群芳之首的地位。而且赏梅至南宋始盛，并逐渐形成了"梅以韵胜，以格高，故以横斜疏瘦与老枝奇怪为贵"（范成大《梅谱·后序》）的审美情趣。

明、清两代是梅花文化的发展期，在咏梅诗创作上，明、清两代人才辈出，无论在诗的意境、内涵，或是审美观念上都有独到的创新成就。在绘画创作上有"扬州八怪"等，尤以金农、李方膺为代表，树起一座座咏梅、画梅的高峰。

使东述略（节选）

窃以欧西①大势，有如战国：俄犹秦也；奥与德其燕赵也，法与意其韩魏也；英则今之齐楚也；若土耳其、波斯、丹、瑞、荷、比之伦，直宋、卫耳，滕、薛耳。比年②来，会盟干戈，殆无虚日。故各国讲武设防，治攻守之具，制电信以速文报，造轮船以通馈运，并心争赴，唯恐后时。而又虑国用难继也，上下一心，同力合作，开矿制器，通商惠工，不惮③远涉重洋以趋利。夫以我土地之广、人民之众、物产之饶，有司④为之资，值不可不为之日，若必拘成见，务苟安，谓海外之争与我无事，不及此时求自强，养士储才，整饬军备，肃吏治，固人心，务为虚，坐失事机，殆⑤非所以安海内、制四方之术也。

明治以还⑥，改革纷纭，尝按其图籍，访其政俗。其官制：内设三院九省，而外以府县、开拓使辖之。三院者：曰大政院，有大臣、议官佐王致治，以达其政于诸省；曰大审院，掌邦法者也，内外裁判所奴之；曰元老院，掌邦议者也上下各议员隶之。九省者：曰宫内，以掌王宫；曰外务，以理邦交；曰内务，为治邦事；曰大藏，以制邦用；曰司法，以明邦刑；曰文部，以综邦教；曰工部，以阜邦才；曰陆军、海军，以固邦防。省置辅卿，分其属，专其事，而受成于大政官。史馆、式部、电讯、铁道、图书、农商等局，皆分隶于诸省，外建三府、三十五县，北海道别设开拓长官。

其兵制，王宫近卫外，分为六镇：曰东京城，统三师，分驻武藏；曰大阪城，统三师，分驻摄津；曰仙台城，统二师，分驻陆前；曰名古屋，统二师，分驻尾张；曰广岛城，统师，分驻安艺；曰熊本城，分驻肥后；常备兵额十三万二千人，此陆军也。海军之制：第一提督府驻相模大津港；炮船十五号，常备兵额十三万二千人。此外，尚有警卒、捕役，分布市间[7]，游击巡缉，属之警视厅。新仿德制，行古者寓兵于农之法，课丁[8]抽练，按期更替。实力行之，不数十年，将全境皆兵矣。

其学校：都内所设，曰师范，曰开成，曰理法，曰测算，曰海军，曰陆军，曰矿山，曰技农，曰农，曰商，曰光，曰化，曰各国语，曰女师范，分门别户，节目繁多。全国大学区七，中小之区以万数，学生百数十万人。

其国计[9]：岁入五千余万金，地租为巨，关税次之，其他禄入有税，车船有税，牛马有税，券纸杂器有税，暨[10]铁道、电信各局制造所收入，百方搜括，纤悉不遗，岁出之款，官吏月俸自八百金至十二金不等，加之以养兵、雇役、开拓、营缮、宫省府县各经费，度支恒苦匮乏。

[注释]

①欧西：泛指欧洲及西方各国。②比年：近年。③惮：怕，畏惧。④有司：指主管某部门的官吏，泛指官吏。⑤殆：大概。⑥以还：以后，以来。⑦市间：指市场。⑧课丁：旧时依法纳税服劳役的男子。⑨国计：国家的经济，国家的财富。⑩暨：及。

[名师赏析]

本文节选自《使东述略》。《中华近代文化史丛书·走向世界》一书称该文为"中国关于日本的第一篇正式报告"。《近代中日文化交流史》一书称"《使东述略》作为中国第一任驻日公使的亲笔实录，仍不失为近代中日文化交流史上有价值的史料"。日本学者称其"是中国人对明治维新的日本，认识最早、最切实的一本著述"。有现代学者称其"是中国人走向世界的又一个标志"。

在选文中，何如璋以封建分封制下的诸侯国类比资本主义制度下的列强虽不科学，却显示了自己对激变中的世界政治和经济版图的初步认识，这对于处于封闭状态下的朝臣而言，实属难能可贵。受李鸿章、沈桂芬举荐而履新的何如璋，置身广阔的国际空间，耳目所触皆为新异物事，这使其眼界放得开，洋务精神因之表露得异常明确，但也暗含着焦虑的心情。第二次鸦片战争（1856—1860）的创痛并未从心底消去。作为驻外使臣，何如璋得以从跨文化交际中审视。他认为当时的国家关系很似中国上古时代的情况，因而他以春秋战国时期的诸侯国做比，希望让国人据此进行客观推量，厘清思路。19世纪的世界，列强发动的战争颠覆了传统的国际秩序，在地缘政治版图发生迅速变化的情势下，当朝者亟须调整秉政方略，重构民族自信、文化传统和大国心理，使古老社稷在冷酷的国际竞争中奋起图强，延缓向半殖民地泥沼沉陷的速度，努力从严峻的民族危机中自拔。

何如璋的目光更多地投向明治维新这场政治改革运动。日本改革后新确立的政体，即国家政权组织形式，引起了他的特别注意。略述三权分立的政权组织架构，是《使东述略》一书中极富价值的部分，此种政权机构的设置，大异于封建专制制度，这是他前所未闻的。政治体系如何运作，权力资源如何配置，都是他开始思考的内容。官制之外，他亦论其兵制、学校、国计等。对这个东亚邻国，他是持有大局观的，日本的国家大势皆在何如璋胸中。

黄遵宪——走向世界的诗人

黄遵宪（1848—1905），字公度，嘉应州（今梅江区）人，中国近代杰出的爱国者。有"近代中国走向世界第一人""近世诗界三杰之冠"之称。清朝著名爱国诗人，外交家、改革家、教育家、文学家、史学家、民俗学家，维新志士、中日友好的先驱使者。

1876年中举人，以五品衔挑选知县用。是年末，翰林院侍讲何如璋被任命为首任出使日本大臣，举荐黄遵宪为驻日使馆参赞。后历任美国旧金山总领事、驻英国二等参赞、新加坡兼马六甲总领事、江宁洋务局总办等职，戊戌变法期间署湖南按察使，助湖南巡抚陈宝箴推行新政。

黄遵宪早年即经历动乱，关心现实，主张通今达交以"救时弊"。从1877年至1894年，他以外交官身份先后到过日本、英国、美国、新加坡等地。通过亲自接触资产阶级文明和考察日本明治维新成功的经验，他明确树立起"中国必变从西法"的思想，并在新的文化思想激荡下，开始诗歌创作的新探索。他深感古典诗歌"自古至今，而其变极尽矣"，难以为继。但他深信"诗固无古今也"；"苟能即身之所遇，目之所见，耳之所闻，而笔之于诗，何必古人？我自有我之诗者在矣"。他沿着这条道路进行创造性的实践，突破古诗的传统天地，形成了足以自立、独具特色的"新派诗"，成为"诗界革命"的巨匠和旗手。

黄遵宪的诗"诗之外有事，诗之中有人"，广泛反映时代，具有深厚的历史内容，是我国古典诗歌转向革新的标志。反帝卫国、变法图强是黄遵宪诗歌的两大重要主题。在反帝方面，从抵抗英法联军到庚子事变，他的诗都有鲜明反映。特别是关于中日战争，他写下的《悲平壤》《哀旅顺》《哭威海》《台湾行》《渡辽将军歌》等系列诗作，反帝卫国思想尤为突出。诗人

中篇 豪杰

在这类主题的作品里颂扬抗战，抨击投降，充满爱国主义激情和深挚的忧国焦思。其中不少篇章，气势宏伟，形象生动，表现出诗歌大家的气魄和功力。

晚年的黄遵宪，将普及教育视为救中国的不二法门，自己也勤于阅读各种近代自然科学书籍。光绪二十九年（1903），他邀集地方人士设立嘉应兴学会议所，自任所长，以"人境庐"为会所，并筹办东山初级师范学堂。次年，又创立嘉应犹兴会，讲习新学，培养自治精神，并派遣青年赴日本留学。

黄遵宪的生平著述以诗歌为主，辑为《人境庐诗草》十一卷、《日本杂事诗》二卷及《人境庐集外诗辑》。其诗长于铺叙，刻画人物生动，气度恢宏，感情浓烈，有近代"诗史"之称，黄遵宪也被公认为晚清成就最大的诗人。

经典诗文选读

赠梁任父同年

寸寸山河寸寸金，侉离①分裂力谁任。

杜鹃②再拜忧天泪，精卫③无穷填海心。

[注释]

①侉（kuǎ）离：这里是分割的意思。②杜鹃：传说是中古代蜀国的国王望帝所化。望帝把帝位传给丛帝，丛帝后来有点腐化堕落，望帝便和民众一起前去劝说丛帝，丛帝以为望帝回来夺取皇位，就紧闭城门，望帝没有办法，但他誓死也要劝丛帝回头，最后化成一只杜鹃进入城里，对着丛帝苦苦哀叫，直到啼出血来死去为止。③精卫：古代神话中的鸟名，炎帝的女儿溺死在东海里，化为精卫鸟，经常衔石投入东海，想要把大海填平。

[名师赏析]

《赠梁任父同年》这首诗是1896年黄遵宪邀请梁启超到上海办《时务报》时写给梁启超的一首诗。诗中表现了作者为国献身、变法图存的决心和对梁启超的热切期望。

诗题中梁任父即指梁启超。梁启超号任公，父是作者对梁的尊称。旧时"父"字是通假字，通"甫"，是一种加在男子名号后面的美称。"同年"，旧时科举制度中，同一榜考中的人叫作同年。

首句"寸寸山河寸寸金"：诗人起笔便饱含深情地赞美祖国的大好河山，诗人的爱国之情溢于言表。叠词"寸寸"深化了诗人对祖国河山的情感。

次句"侉离分裂力谁任"：指当时中国被列强瓜分的现实，面对着山河破碎、风雨飘摇的受灾受难的国家。诗人希望有人来力挽狂澜，以收拾破碎的山河。

第三句"杜鹃再拜忧天泪"：据传说，望帝始终在叫着这样的话——"民为贵，民为贵。"这句是对第二句的深化，这里是诗人自比杜鹃，表达了深切的忧国之情，表现了诗人愿意像杜鹃一样啼叫哀求，呼唤着国家栋梁之材，共同为国家出力。再拜，古代的一种礼节，对尊者行礼时每次要拜两次，表示隆重，此处体现的是诗人的爱国之心。

最后一句"精卫无穷填海心"：用精卫填海这个典故作为力量虽然微弱，斗志却极坚定的象征。这句诗歌借精卫填海典故表达了作者自己的决心，同时也勉励梁启超——要像精卫那样，为挽救国家民族的危亡而鞠躬尽瘁，死而后已。

今别离

其一

别肠转如轮①，一刻既万周。

眼见双轮驰，益增中心忧。

古亦有山川，古亦有车舟。

车舟载离别，行止犹自由。

今日舟与车，并力②生离愁。

明知须臾③景，不许稍绸缪④。

钟声一及时，顷刻不少留。

虽有万钧柁⑤，动如绕指柔⑥。

岂无打头风⑦？亦不畏石尤⑧。

送者未及返，君在天尽头。

望影倏⑨不见，烟波杳悠悠⑩。

去矣一何速？归定留滞不。

所愿君归时，快乘轻气球⑪。

[注释]

①轮：早期蒸汽机轮船两侧的双轮。②并力：合力，一起。③须臾：片

刻、短时间。④绸缪：形容缠绵不断的离别之情。⑤万钧柁：几万斤重的船舵。万钧，形容分量重或力量大。钧，古代重量单位之一，三十斤为一钧。柁，即舵，这里指轮船后面的发动机。⑥绕指柔：这里形容发动机转动之灵活。⑦打头风：迎面吹来的风，逆风。⑧石尤：石尤风。传说古代有商人尤某娶石氏女，情好甚笃。尤远行不归，石思念成疾，临死叹曰"吾恨不能阻其行，以至于此，今凡有商旅远行，吾当作大风为天下妇人阻之"。后称逆风、顶风为石尤风。⑨倏：疾速，忽然。⑩烟波杳悠悠：形容轮船驰去之迅疾，让人远望兴叹。此句化用了唐人崔颢《黄鹤楼》诗中"白云千载空悠悠""烟波江上使人愁"两句。⑪轻气球：指海上飞的汽艇。

［名师赏析］

《今别离》既是乐府旧题，又反映了近代人别离的意识，是当时"诗界革命"和黄遵宪"新派诗"的代表作品。光绪十六年（1890），黄遵宪在伦敦任驻英使馆参赞，以乐府杂曲歌辞《今别离》旧题，分别歌咏了火车、轮船、电报、相片等新事物和东西半球昼夜相反的自然现象，本诗选择了第一首咏火车和轮船。

诗人巧妙地将近代出现的新事物，与传统游子思妇题材融为一体，以别离之苦写新事物和科学技术之昌明；又以新事物和科学技术之昌明，表现出当时人们在别离观上的新认识。古、今别离的不同，首先在于别离时所用交通工具的不同。不同的交通工具所激发的离情别绪就有快慢程度、强度和类型的不同。此诗咏火车、轮船，即以古代车舟反衬，以当今火车、轮船的准时、迅速，表现近代人离情别绪的突发与浓烈。

开头第一、二句"别肠转如轮，一刻既万周"写离情别思就像那轮船的双轮一样飞转，顷刻间已经绕了千万圈。运用比喻和夸张手法强调离情之多。第五至十句"古亦有山川，古亦有车舟。车舟载别离，行止犹自由。今日舟与车，并力生离愁"通过古之车舟与今之车舟对比，诗人突出全诗的情感核心是"离愁"。第十一、十二句"明知须臾景，不许稍绸缪"，作者将轮船和火车拟人化，它们明明知道人们分手的时刻那么短暂、宝贵，却不让人们稍有缠绵之意。"钟声一及时，顷刻不少留"也说明出发之准时。轮船有马力巨大的"万钧柁"，不畏打头的石尤风。"送者未及返，君在天尽头"，强调其行驶之迅疾。"望影倏不见，烟波杳悠悠"，行者既不似李白"孤帆远影碧空尽，惟见长江天际流"之缓慢，更无郑谷"数声风笛离亭晚，君向潇湘我向秦"之从容，倏忽之间，人已不见，留下送别者站在原地怅然若失，突出其离愁到来之突然。此时只有希望君归来之时，"快乘轻气球"——能够快点见到你。对他日君之归来的期盼，也是诗人离情的一部分。

据考证，这首诗的用韵与句意受到唐代诗人孟郊《车遥遥》的影响，但诗人的感受已完全不同于古典诗歌所写的离情别绪，而是倾入了一种现代性的体验。这首诗与《车遥遥》虽同是抒写男女离愁的苦痛，同是以舟、车作为离别的抒情载体，但黄遵宪的感受有别于孟郊，《今别离》中的人生体验具有了时代标志，也体现了现代性。

己亥杂诗
其三十一

一声声道妹相思，夜月哀猿和《竹枝》①。

欢是团圆悲是别，总应肠断妃呼豨②。

[注释]

①竹枝：《竹枝词》，本为巴渝（今四川东部）一带民歌，唐诗人刘禹锡据以改作新词，歌咏三峡风光和男女恋情，盛行于世。后人所作也多咏当地风土或儿女柔情。其形式为七言绝句，语言通俗，音调轻快。②妃呼豨：为古乐曲中的助声词，无义。

[名师赏析]

龚自珍有著名的组诗《己亥杂诗》，龚诗的己亥年是1839年，而同样开时代风气的黄遵宪也有一组《己亥杂诗》，正好相隔一个甲子——六十年，所作时间为1899年，那是戊戌变法失败的第二年。

黄遵宪是维新变法的积极分子。据翁同龢日记，在变法失败前几天，徐致靖向光绪皇帝保荐一批新派人物，其中有康有为、张元济、黄遵宪、谭嗣同、梁启超等，但是慈禧的政变已经实施。那时黄遵宪正准备奉使日本，人在上海，就给了他个就地免职处分。自1898年以后，他回到了老家广东梅州。第二年是己亥年，他写下《己亥杂诗》八十九首。此时的黄遵宪已至暮年，而他一生的经历确实丰富。他一生主要搞洋务，出使过日本、美国、英国、新加坡，眼界开阔，思想新颖，被李鸿章称为"霸才"，又极为张之洞赏识。他的传统学问也好，熟读经典，诗才纵横。所以，居闲时，心不闲。他回顾一生，潮起潮落，无数事件、无数故人在心中萦回，便成就了这一组诗。这情况也酷似当年的龚自珍。

诗人的家乡广东省梅州市是"山歌"的摇篮，有唱山歌的传统习俗，男

中篇
繁荣

女隔山唱和，一字一句千回百转，令人魄荡心驰。在这种环境中，诗人从小就受到熏陶。这首诗就是描写家乡的这种风俗。

前两句"一声声道妹相思，夜月哀猿和《竹枝》"，是说在月明之夜，男女一声声唱和《竹枝词》，声音哀怨凄绝，就像哀猿长啼。《竹枝词》本是川东民歌，后代诗人写《竹枝词》咏当地风光和男女恋情的很多，这里的《竹枝》就指那些歌咏男女恋情的民歌，"妹相思"是唱和的歌词。这两句在读者面前展现出一个静谧而又充满生命力的月明之夜，这种夜晚是神秘的、优美的，男女青年趁着明洁如水的月光，用婉转悠扬的歌声，传递着纯真的恋情，交流着爱的信息，表达对生活的热爱和对幸福的憧憬，读者好像能从这种声、景、情、境中想象出一对对情侣天真无邪、纯朴可爱的神情。

接着两句"欢是团圆悲是别，总应肠断妃呼豨"写歌声和诗人的亲身感受。"妃呼豨"是古乐曲中的助声词，就如现在歌曲中的"呼儿嗨哟""依儿哟依哟"。诗人在这里写了听到不同声调的山歌后自己的推想：那欢快的歌声一定是在倾吐团圆后的喜悦；那悲凄的歌声一定是两人要分别了，在互诉心头的痛苦与依恋。"肠断"是说山歌的作用，特别是那哀叹婉转、充满情思的"妃呼豨"的声音深深打动着人的心，荡气回肠。"肠断"前用"总应"表示肯定，进一步说明歌声的醇美和感人至深。

这首诗语言通俗自然，口语化，具有浓郁的民间文学气息，在我们面前呈现出一幅清新鲜明的梅州民俗图。

冯将军歌①

冯将军，英名天下闻。将军少小②能杀贼③，一出旌旗云变色。江南十载战功高，黄褂色映花翎飘④。中原荡清更无事，每日摩挲⑤腰下刀。何物岛夷⑥横割地，更索黄金要⑦岁币⑧。北门管钥⑨赖将军，虎节重臣⑩亲拜疏⑪。将军剑光方出匣，将军谤书忽盈箧⑫。将军卤莽不好谋，小敌虽勇大敌怯⑬。将军气涌高于山，看我长驱出玉关⑭。平生⑮蓄养敢死士⑯，不斩楼兰⑰今不还。手执蛇矛⑱长丈八，谈笑欲吸匈奴⑲血。左右横排断后刀，有进无退退则杀。奋梃⑳大呼从如云，同拼一死随将军。将军报国期死君㉑，我辈忍孤㉒将军恩！将军威严若天神，将军有令敢不遵，负将军者诛及身㉓。将军一叱人马惊，从而往者五千人㉔。五千人马排墙进㉕，绵绵延延相击应㉖。轰雷巨炮㉗欲发声，既㉘戟交胸刀在颈。敌军披靡㉙鼓声死㉚，万头窜窜纷如蚁。十荡十决无当前㉛，一日横驰三百里。吁嗟乎！马江㉜一败军心慑㉝，龙州㉞拓地㉟贼氛压㊱。闪闪龙旗㊲天上翻，道、咸㊳以来无此捷。得如将军十数人，制梃能挞虎狼秦㊴；能兴灭国㊵柔强邻㊶，呜呼安得如将军！

[注释]

①此诗作于光绪十一年（1885）。冯将军：冯子材（1818—1903），字南干，号萃亭，钦州（今属广西）人。行伍出身，累官至提督。1885年三月，已解职归乡的老将冯子材奉命率军抗击法国侵略军，先后取得了镇南关（今友谊关）、谅山大捷。此诗即咏谅山大捷。②少小：少时。③杀贼：指镇压太平天国革命。诗中将农民起义军称为贼，表现了诗人的阶级局限。④江南十载战功高，黄褂色映花翎飘：《清史稿·冯子材传》载冯子林"同治初，将三千人守镇江，寇攻百余次，卒坚不可拔。事宁，擢广西提督，赏黄马褂，予世职"，咸丰初，以征剿有功，曾获赏戴蓝翎，赏换花翎。黄褂，黄马褂，清代的一种官服，为皇帝的高级侍卫官、守卫紫禁城禁军的高级将领等人穿戴，后也特赐给朝廷有功的文武官员。花翎，清代官员在帽后饰以孔雀翎，以翎眼的多少区别品位的高低。⑤摩挲（suō）：用手轻轻按着一下一下地移动。⑥岛夷：古代对海岛居民的称呼，后渐含贬义。此指法国侵略军。⑦要：要挟。⑧岁币：对外族屈膝求和，每年向其输纳的钱财。⑨北门管钥：《左传·僖公三十二年》有"杞子自郑告于秦曰：'郑人使我掌其北门之管'"。后以北门管钥喻镇守军事要地。⑩虎节：古代帝王授予军事大臣的信符。虎节重臣，指时任两广总督的张之洞。⑪拜疏：臣下向皇帝上疏。⑫谤书盈箧：诽谤攻讦的书函很多。《战国策·秦策》载"魏文侯令乐羊将攻中山，三年而拔之。乐羊返而语功，文侯示之谤书一箧"。箧（qiè），小箱子。⑬将军卤莽不好谋，小敌虽勇大敌怯：此处为诽谤冯子材的话。⑭玉关：玉门关，古代通向西域的要道，在今甘肃敦煌西北。此代指镇南关。⑮平生：平时。⑯敢死士：指冯子材平时训练的数百名藤牌军。⑰楼兰：是西汉时的西域国名，在今新疆罗布泊西。古人常用"破楼兰"以代指平定国患，此处沿用原义。⑱蛇矛：古代兵器。⑲匈奴：古代北方民族，常南下骚扰、掠夺。此处代指法国侵略者。⑳奋梃：举起棍棒。语出苏轼《表忠观碑》"奋梃大呼，从者如云"。从如云：指跟随他的人众多。㉑期死君：期望为君主而献身。㉒孤：辜负。㉓负将军者诛及身：《清稗类钞·战争类》载，开战前，藤牌军队长向冯子材表示，愿意率队冲锋在前，而后继以大军，如有怕死后退者，"当刎颈以谢"。㉔从而往者五千人：仿效黄景仁《余宣忠祠》诗句"将军已死殉合门，纷纷部曲呼其群。曰余将军死死君，我辈何忍孤将军，从而死者千余人"。㉕排墙进：士兵排列成人

墙前进，言人多。㉖绵绵延延：连续不断。相击应：战斗时相互接应。《孙子兵法》云"击首则尾应，击尾则首应，击中则首尾俱应"。㉗轰雷巨炮：震天炮，古代火炮名。㉘既：一会儿工夫。㉙披靡：比喻军队溃败。㉚鼓声死：形容败阵。㉛十荡十决：晋代乐府《陇上歌》云"丈八蛇矛左右盘，十荡十决无当前"。荡，冲杀。决，突破。无当前：无人敢在前面抵挡。㉜马江：马尾港，在福州东南闽江口。㉝慑：恐惧。㉞龙州：在今广西龙州县北，时为南部边防要地。㉟拓地：指冯子材率军出关，开拓战地。㊱贼氛压：意谓将法军的气焰压下去了。㊲龙旗：清代的国旗。㊳道、咸：道光、咸丰年间。㊴制梃能挞虎狼秦：《孟子·梁惠王上》有"可使制梃以挞秦、楚之坚甲利兵矣"之句。制，通"掣"，拿。挞，打。虎狼秦，借指外国侵略者。㊵兴灭国：复兴将要灭亡的国家。㊶柔强邻：使强邻柔顺服从。

[名师赏析]

本诗热情歌颂了老将冯子材在中法战争中的不朽勋绩。作者希望能多出一些像冯将军这样的人物，以抗击帝国主义列强的侵略，拯救民族于危亡。

诗歌总写冯子材将军"英名天下闻"之后，便转述其人生的起点。冯子材早年加入清军，镇压太平天国革命军，守镇江，以此战绩，一步步被提升为广西提督。在法国殖民主义者从越南逼近中国边境并攻破镇南关的紧急时刻，冯子材将军怀着"保土安民"的雄心壮志毅然到广州接谕受命，虽然投降派坚决反对再起用冯子材，诽谤冯子材人老体衰、腹中无墨、胸无韬略不能战，但冯将军毅然决然出兵镇南关。

长诗简述了清朝内部两派尖锐斗争后，紧接着写"平生蓄养敢死士，不斩楼兰今不还。……将军有令敢不遵，负将军者诛及身"，突出冯子材将军的声威之重。冯子材将军平时爱护士卒，蓄养士气，得到广大将士的热烈拥护。冯子材从钦州奔赴中越边界上已被法军蹂躏的镇南关，就是抱着"报国期死君""不斩楼兰今不还"的钢铁意志而来的。为了抗击侵略者，保境安民，冯将军威严似神明不可犯，军令重如山不能移，谁敢不敬畏，谁能不佩服？兵士们都义无反顾地与他并肩前进，都视死如归地跟他上战场；左右决荡，有进无退，上下勠力，斩将搴旗，克敌制胜。

接着诗文正面描述了镇南关长墙下英勇杀敌的壮烈战斗场面。镇南关长墙下的决战是非常激烈的，但作者仅用了10句诗来描述："将军一叱人马惊，从而往者五千人。……十荡十决无当前，一日横驰三百里。""五千人马"仅指冯子材从钦州带来的嫡系部队，再加上其他友军，猛将如云，强兵逾万，把侵略者打得溃不成军。具体情况是侵略者以重兵重炮轰击，企图占领这一高地以控制战局，但他们的大炮刚刚轰击了一阵，就被刘永福派来支援镇南关战役的小分队打哑了。就在这个时候，守军一齐举大刀长矛把敌军杀得人仰马翻，敌军扔下大炮，丢下同伴尸首，争相逃命。之后冯子材召集各将领开战地会议，决定乘胜追击，不给敌人喘息的机会，连战连胜，一举收复了镇南关。长诗最后九句热情歌颂冯将军在中法战争中沉重地打击了侵略者，取得了自道光、咸丰以来罕见的辉煌战绩，大长中国人民的志气，打击了侵略者的威风。最后作者笔锋一转，感慨道：如果能起用敢于抗击外国侵略者，使已经被灭掉的国家复兴，使强大的邻邦温顺服从的将才十数人，就会使清朝再度强盛起来。但是，哪里能得到像冯子材那样的深谋远虑、英勇善战的将军呢？全诗感情跌宕起伏，引人深思。

《人境庐诗草》自序

余年十五六，即为学诗。后以奔走四方，东西南北，驰驱①少暇，几几②束之高阁。然以笃好深嗜之故，亦每以余事及之。虽一行③作吏，未遽④废也。士生古人之后，古人之诗，号专门名家者，无虑⑤百数十家。欲弃去古人之糟粕，而不为古人所束缚，诚戛戛⑥乎其难。虽然，仆尝以为诗之外有事，诗之中有人。今之世异于古，今之人亦何必与古人同？尝于胸中设一诗境：一曰复古人比兴之体；一曰以单行之神，运排偶之体⑦；一曰取离骚乐府之神理而不袭⑧其貌；一曰用古文家伸缩⑨离合之法以入诗。其取材也，自群经三史⑩，逮⑪于周秦诸子之书，许郑诸家之注⑫，凡事名、物名切于今者，皆采取⑬而假借之。其述事也：举今日之官书⑭、会典⑮、方言俗谚，以及古人未有之物，未辟之境，耳目所历，皆笔而书之。其炼格⑯也，自曹、鲍、陶、谢、李、杜、韩、苏⑰讫于晚近小家，不名一格，不专一体，要⑱不失乎为我之诗。诚如是，未必遽跻⑲古人，其亦足以自立矣。然余固有志焉，而未能逮也。诗有之曰虽不能至，心向往之⑳。聊书于此，以俟他日。

光绪十七年六月在伦敦使署，公度自序。

[注释]

①驰驱：奔走，效力。②几几：几乎。③一行：一旦，一经。④遽：遂，就。⑤无虑：大约。⑥戛戛：困难的样子。⑦以单行之神，运排偶之体：与下文"用古文家伸缩离合之法以入诗"对应，单行、散体，相对骈俪而言。⑧袭：蹈袭，因循。⑨伸缩：比喻在一定范围内的变通与变化。⑩三史：指《史记》《汉书》《后汉书》。⑪逮：及，到。⑫许郑

诸家之注：许慎、郑玄等诸家的注解。⑬采取：择取，选用。⑭官书：官方收藏、编撰或刊行的书。⑮会典：记载一个朝代典章制度的书。⑯炼格：熔炼出自己的艺术风格。⑰曹、鲍、陶、谢、李、杜、韩、苏：分别指曹植、鲍照、陶渊明、谢灵运、李白、杜甫、韩愈、苏轼。⑱要：应当，必须。⑲跻：升，达到。⑳虽不能至，心向往之：这两句诗并非出自《诗经》，而是出自《史记·孔子世家》，原文为"虽不能至，然心向往之"。这是司马迁谦称自己向往孔子的话。这里当是作者误记。

[名师赏析]

这篇文章是黄遵宪为自己的诗集《人境庐诗草》所作的序言，详细阐述了自己在诗歌方面的追求和创作主张。

首先，作者交代了自己的经历，表明了自己对诗歌的"笃好深嗜"，介绍了成书之由。随后，在承认诗歌创作难有新意的前提下，提出自己的观点："诗之外有事，诗之中有人。今之世异于古，今之人亦何必与古人同？"认为时代变迁，作者所经历的事、所遇见的人与古代有很大的不同，诗歌的创作内容也不必与古人相同，而可以拥有全新的内容。从而表现出自己在诗歌创作上力求革新的主张。

其次，他具体介绍了自己心中理想的"诗境"，从不同角度表明了创作的要求。其理想"诗境"包括四点：一是复兴"古人比兴之体"；二是"以单行之神，运排偶之体"；三是"取离骚乐府之神理而不袭其貌"；四是"用古文家伸缩离合之法以入诗"。主要是从语言表达方面提出了创新。作者认为"比兴"是传统诗歌的表现手法，但"取离骚乐府之神理而不袭其貌"，却表现出重视"神理"而不拘于形式的创新精神；而"以单行之神，运排偶之体""用古文家伸缩离合之法以入诗"的主张，则强调将散文自由变化的句式融入诗歌创作，字句不避长短，可自由伸缩，有利于更好地反映新的内容。对于诗歌的材料，黄遵宪认为应该以出自经史古籍且贴近现实的词汇来入诗，应该不避流俗，以现代社会的官书、会典、方言、俗语来入诗，应该记叙"古人未有之物，未辟之境"。作者在选材的丰富性、生动性方面做出了新的尝试，这方面是同时代旧派诗人所不及的。对于诗歌的风格，黄遵宪则认为应该借鉴曹植、鲍照以后至晚近大家，但又应"不名一格""不专一体"，摆脱旧的束缚而创造出"为我之诗"，有自己独有的风格。

总体而言，黄遵宪在诗歌理论上强调创新，强调开辟古人未有的境界，从他的创作实践来看，的确是"我手写我口"，不避流俗，成为后来胡适等人倡导的白话文学的先导。他能熔铸新思想于旧风格，取材新鲜，形式生动，是新旧过渡时代的成功诗人。他站在中国古典诗人行列之中，但他又被称为中国近代诗界革命的旗手，他的革命思想上承林则徐，下启梁启超。他用诗歌记录下了一个中国知识分子眼中的世界。在民族存亡的黑暗中，他举起了中国近代化思想启蒙的火炬。中国人称他为"19世纪最后一位伟大的诗人"，外国人则称他是"中国的但丁"。

中篇 繁荣

胡曦——"晚清嘉应三大诗人"之一

人物档案

　　胡曦（1844—1907），字晓岑，号壶园，兴宁县（今兴宁市）兴城镇大巷里人。家境贫寒，致力于学，6岁能诗，"少负大志，慨然以时局为己任"。咸丰十年（1860），年届17岁的胡曦赴嘉应州城参加"岁考"，考取了秀才；同治六年（1867）丁卯科考通属优行生员，胡曦在所录的26人中，"被取第一"；同治十二年（1873）八月，30岁的他到广州，与黄遵宪、陈元焯同考拔贡，胡曦为嘉应州属第一等第二名。但此后的多次乡试中，却都未能中举。光绪十一年（1885），他又到广州参加乙酉科考试，这时，胡曦已经年过不惑，"出闱后"，他畅然意满，自认为一定能中，但等到揭榜时，又再次落榜了。于是他从此绝意仕进，在家乡杜门不出，专心以著述为务，直至去世。光绪三十三年（1907）六月十一日，胡曦病卒于家，享年64岁。

　　胡曦一生勤于治学著述，擅诗文，精考据，工书法，与黄遵宪、丘逢甲并称"晚清嘉应三大诗人"。胡曦"兼工书法，超拔凡近，得晋人王子敬气韵"（罗斧月语），罗香林教授誉他为"清代客家书翰之大殿"，后人把宋湘、伊秉绶和胡曦列为清代客家三位书法名家。他著述颇丰，主要有《湛此心斋诗集》《湛此心斋文集》《兴宁图志》《兴宁图志考》《壶园外集十种》《广东民族考》《梅水汇灵集》《读经机记》《读史机记》等。

经典诗文选读

山家（组诗）

农夫爱春春喜迎，鞭春①来看省农亭。

农夫不解纳音意，只愁土牛头角青②。

入春祈谷又祈年，伛偻③神祠古道边。
削得竹竿还剪纸，同侪④来去挂田钱⑤。

耰锄⑥被襫⑦出柴门，谷雨兹田村复村。
垂髫小妹送茶㪶⑧，折腰大妇撑秧盆⑨。

[注释]

①鞭春：客家民俗把迎春鞭牛叫作"鞭春"。②土牛头角青：在客家农谚中，"土牛头角青"表示"春无水"。③伛偻（yǔ lǚ）：弯腰曲背。表示恭敬的样子。④同侪（chái）：一起。客家话保留了"侪"这个文言词，与"沙"谐音，如丰顺客家歌曲《侪家都是丰顺人》。⑤挂田钱：梅州客家在准备播种前，要举行一个"挂田钱"的祈丰仪式，在削好的竹竿上粘上纸钱，挂在秧田中间。⑥耰（yōu）锄：亦作"耰锄"。耰和锄，都是农具名，可泛指农具，也可指耕种。⑦被襫（bó shì）：一种粗制蓑衣，可防雨，客家地区常见。⑧茶㪶（kē）：盛茶水的容器。⑨撑秧盆：胡曦原注"插秧时，积水田亩，秧贮盆，乘水推而东西之，曰撑秧盆"。

[名师赏析]

梅州自古是广东的山歌之乡，客家山歌与梅州客家人的生活是息息相关的。张元济在为何藻翔的《岭南诗存》作跋时，曾这样描述道："月夜之时，男女隔岭相唱和，兴往情来，尔音袅娜。"一般而言，哥妹情爱、劳动欢愉、季节风物，红喜白丧等日常生活种种，无不可以入歌。因此，欲了解历代客家人的民情礼俗，谣谚山歌是一个绝佳的研究载体。

胡曦诗中最有客家地方特色的便是著名的《兴宁竹枝杂咏》，它表明了胡曦在诗歌通俗化方面的努力。《兴宁竹枝杂咏》按内容分为"古迹"20首、"山家"22首、"闺情"27首、"景物"29首，另补编2首，共100首。它是用竹枝词的形式歌咏家乡的山川风物、民俗风情，展示了客家地区的文化特色，具有鲜明的地方风格。

这组《山家》的选诗中的"鞭春"、"土牛头角青"、"挂田钱"、"被襫"、"茶㪶"、"撑秧盆"等词语都是客家常见的风物，其中"挂田钱"是梅州客家特有的祈丰仪式，"撑秧盆"为客家地区插秧时最普遍的插秧方式，直到20世纪80年代末盛行"抛秧"后才逐渐消失。可以说，这些竹枝词真实地反映了兴宁的风土民情，既有独特的地方特色，又有鲜明的时代印记。

胡曦的家乡兴宁是山歌盛行之地。胡曦自少年时便对客家山歌十分喜爱，至老而不减。当代客家文化学者罗香林便曾论及胡曦和黄遵宪关于客家山歌的一段诗歌交往：黄遵宪在光绪十七年（1891）任驻伦敦使馆参赞之时，一次曾雅兴大发，将客家山歌整理出15首，并欣然寄予胡曦，所附书信中，他提道"我晓岑最工此体，当奉为总裁"（黄遵宪《山歌题记》）。其实，只要了解胡曦诗歌创作的人，就会明白黄遵宪这番评价绝不单纯是朋友之间的客套谀美之词。因为在黄遵宪属意于山歌这种艺术形式之前，胡曦早已刻意对客家山歌的曲韵、风格加以惟妙惟肖的模仿，并写成了《莺花海》四卷，"性质与山歌相仿，格创调逸，最为公度所服"（罗香林《客家研究导论》）。除了胡曦之外，不少的兴宁文人对山歌也是非常热衷的，甚至仿照起历朝文人雅士结社吟对之传统，成一时之盛。对此，胡曦在《湛此心斋诗话》中曾有记录："道光乙巳丙午之交，吾邑喜为诗社，有竹枝新刻。"最有价值的莫过于胡曦还对诗社雅集之时诸多名篇佳句都做了精彩的记录。譬如有陈昌谟的"暮春三月野花开，麦饭坟边杂纸灰。一队红裙归步倦，武婆城畔踏青来"，胡瑶的"崩厓残碣锁烟芜，荒冢清明叫鹧鸪。莫向道南亭畔过，江流呜咽泣清姑"，陈锺章的"妾家住近鹿山阿，郎为收茶出外多。好是鹧鸪能解事，不将行事劝哥哥"等，皆深具客家山歌韵味，而又不失文人化的雅致熨帖。

九日神光山登高①

少小干戈一再经，西风依旧整吟身。

山真太古②都无恙，石不能言此最灵③。

赛社④酒宜倾老瓦，悲秋天竟属诗人。

登高只合看桑梓，怅望东南剧怆神⑤。

[注释]

①九日：重阳节。神光山：位于梅州兴宁，海拔360米，山高100米，山上林木参天，曲径通幽，古迹甚丰，为历代文人墨客畅游之地。每年重阳节赴神光山登高、祭祀、赛神会等已有八百多年历史。②太古：指远古。③石不能言此最灵：从神光山西边山口，拾级而上，可见到一棵千年古榕和一座古茶亭，在旁边原有一块巨石，名曰"石古大王"。兴宁地区流传着各种关于石古大王的美丽传说。④赛社：客家习俗。一年农事完毕后，陈酒食以祭

田神，相与饮酒作乐。⑤剧怆神：剧，非常。怆神，伤心。

[名师赏析]

本诗是诗人在家乡的神光山重阳登高时所写，在描摹山水的同时，表达了诗人忧国忧民的感情。

首联交代诗人所处的时代背景。他出身贫寒，清廷当时正处于衰势，日薄西山，内忧外患日甚一日，天灾人祸连续不断，故曰"少小干戈一再经"。胡曦凭借敏锐的感受力，从现实中看到了自己的可悲命运和广大人民的水深火热，他将这种关心国事的情怀，付诸诗歌之中。

颔联和颈联描写神光山的风景民俗：神光山自古以来风景怡人，流传着各种神奇美丽的传说；重阳节祭祀，客家的农民百姓在秋收后陈酒食以祭田神，相与饮酒作乐。在一片欢乐祥和中，只有诗人陷入了深深的悲愁之中，这是为什么呢？

尾联作者回答了自己"悲秋"的缘由，登上美丽的神光山，自己只敢看着眼前这美丽的故乡兴宁，却不忍心往东南方向望去，只要一望东南就非常伤心。那么此时神光山的东南方是何处呢？是台湾。虽然诗人写此诗的年代已不可考，但从胡曦所处的时代看，当时应是中日甲午战争爆发，《马关条约》签订，台湾被迫割让，东南沿海动荡不安之际，所以，诗人发出了"怅望东南剧怆神"的悲号。

"修身齐家治国平天下"是儒家学者的政治理想，也是胡曦的人生目标。尽管他仕途不通，居于草莱，然而，"位卑毋敢忘忧国"，他始终关注着国家的前途和命运。1900年，八国联军攻陷天津、北京，年近花甲的胡曦虽然家境贫寒，却"购阅日报，每日必将重要电讯，摘为时事长编"。讲学时，命学生作文，也常以时事为题，如策论"无铁舰铁路之地，究何以能兴艺策"等，这种关心国事的情怀，时时显现于他的诗歌之中。正如他写给挚友陈雁皋的诗中所说："杜陵野老江头哭，丛菊关心泪在诗。"

咸丰己未御寇纪略①（节选）

九月，嘉应经办善后，余亦往州应童试②。芜城一片，举目荒凉。北门紫金山一带，髑髅③白骨暴露草际，城隍庙侧土阜，藁葬④百数十颗头颅，不及迁移，城中垣颓户破，十室九空，人血溅屋壁及丈，朱殷未消。时友人有赁居十字街高园者，深夜睡熟，并闻庭际黑影凛凛，翻鼎搅釜，喉际嗃⑤吸声，数十齐举，旋作左右搏击、东西奔走之势。咸闭户惕息⑥，不敢出驱。早起迹⑦之，菜畦侧委饭狼藉，遍作青靛色矣。

— 99 —

中篇　紫荣

州人为余言，有素好友二人某，并嗜鸦片，其一被难⑧，事后其一得烟枪于市，识为某物，爱之购以归。一夕，烟罢倦而假寐⑨，觉某至，坐其榻如平时，共与吸食。食已，携枪起曰："偕子至余居可乎？"应曰："诺。"不觉随之，行抵柳染塘沿，蓊然而没。此人悚惕汗下，顿悟某死，走归扫榻，烟枪已不见矣。某盖⑩城陷时自沉是塘水中也。死有余恋，殆未悟其死欤。

州试及竣⑪，归者八九，余偕数友南寓北城骐骥街杨氏屋。时当十月，天气薄寒，束装前一夕四更，甫醒，微雨凄然，忽闻前厅旋风怒号，突有千百无头厉鬼，淄湥⑫鼎沸，探喉作响，遂风声呜呜而起。墙东群犬嗥然相逐，直趋北门铁汉楼⑬以去，余此际毛发飒洒⑭，怖几失魂。

[注释]

①咸丰己未：咸丰九年，1859年。这一年，太平天国翼王石达开的部将石镇吉、石镇常率部进入嘉应州。②童试：明、清两代取得生员资格的考试。③髑髅（dú lóu）：死人的头骨。④藁（gǎo）葬：草草埋葬。⑤噏（xī）：同"吸"。⑥惕（tì）息：指心跳气喘。形容极其恐惧。⑦迹：同"迹"。⑧被难：因灾祸或重大变故而丧失生命。⑨假寐：不脱衣服小睡。⑩盖：大概，大概是，恐怕。⑪竣：完成，事毕。⑫淄湥（chì jǐ）：（水）涌起的样子。⑬铁汉楼：位于梅州古城北门，20世纪拆城后，铁汉楼也一并拆毁了，仅余楼前一条街，叫作元城路。铁汉楼和元城路都是为了纪念宋朝谏官刘安世（字元城）而建。刘元城为宋哲宗年间从学于司马光之谏官，因屡以直言进谏而被贬谪梅州。其为人刚正不阿，著名诗人苏轼称其为"真铁汉"。他谪居梅州后，不畏艰难，建书院于城内，开梅州兴学办教育之先河。此后，梅州文教渐兴，后人感念其德其才，遂建楼纪念他。有种说法，认为刘元城之于梅州，堪比韩愈之于潮州。⑭毛发飒洒：头发舞动。形容心中恐惧。

[名师赏析]

本文以日记的形式，记载了咸丰九年（1859）胡曦在太平军进入嘉应时的所见所闻。

太平天国运动是中国近代史上影响深远的重大事件，在前后长达十四年的太平天国运动中，太平军曾两次进入胡曦的家乡嘉应（今梅州）。第一次是在咸丰九年（1859）初，太平天国翼王石达开的部将石镇吉、石镇常率部进入嘉应，也就是文中所说的"咸丰己未御寇"；另一次则是在同治四年

（1865）五月，太平天国康王汪海洋率十万大军在嘉应州做最后挣扎。

太平军两次在嘉应州的活动对梅州乃至整个岭南的社会生活都产生了重大影响，对于这两次重大的历史事件，岭南地方史志均有较全面的记述。但这些记述多侧重于宏观的概括介绍，胡曦的记载是其亲眼所见、亲耳所闻，比一般地方史志的记载更详细，为我们真切地描绘了一幅幅凄惨的历史画面——"芜城一片，举目荒凉"；"髑髅白骨暴露草际"；"藁葬百数十颗头颅"；"垣颓户破，十室九空，人血溅屋壁及丈，朱殷未消"。

胡曦在第二段中记述的是当时的传闻怪谈，第三段中描写的则是自己寄寓在"北城骐䴢街杨氏屋"时的幻听幻觉，虽然未必是历史事实，但其如小说般的描写，无疑使我们更直观地感受到了当时的历史事变。它与史志的抽象记述，可谓相得益彰。

中篇 繁荣

丘逢甲——诗界革命巨子

人物档案

丘逢甲（1864—1912），字仙根，又字吉甫，号蛰庵、仲阏、华严子、别署海东遗民、南武山人、仓海君。辛亥革命后以仓海为名。晚清爱国诗人、教育家、抗日保台志士。祖籍嘉应州镇平（今梅州蕉岭县），出生于台湾省苗栗县。其入粤的十八世祖丘仕俊，在清乾嘉年间迁到台湾彰化县，到丘逢甲已经是迁台后的第四代。丘逢甲念念不忘自己的祖籍镇平，1895年内渡后，回镇平定居。辛亥革命胜利后，组织临时政府，丘逢甲作为广东代表赴南京，参加筹组临时政府。

丘逢甲自幼天资聪颖，读书过目不忘。在其父的教授下，六七岁即能吟读、属对。14岁时赴台南应童子试，获全台第一。1888年参加乡试，中试为举人。1889年春，赴京参加会试进士，中进士，钦点为工部虞衡司主事。此时丘逢甲年仅26岁，但他却无意仕途，以"亲老告归"，回到台湾，在宏文书院、罗山书院、崇文书院等处主讲，撰文写诗，抒情明志。

1894年，中日甲午战争爆发，他预见到台湾将有危难，以"抗倭守土"为号创办义军，自己带头变卖家产以充军费，并动员亲属入伍。1895年4月17日，李鸿章与日本首相伊藤博文签订了丧权辱国的《马关条约》，激起了全国人民的义愤。丘逢甲悲愤交加，当即刺血上书，抗议李鸿章的卖国行径。刺指血书"拒倭守土"四字，率全台绅民上书反对割台，表示要与桑梓之地共存亡，清廷不纳。后日军沿铁路南侵直达新竹，丘逢甲率义军与日本侵略军血战20多个昼夜，进行了大小20多场战斗，给日军以沉重打击。终因"饷尽弹尽，死伤过重"而撤退。

同年秋，丘逢甲失败后离台内渡，七月回祖籍镇平定居。后顺应时代潮流，从赞同维新保皇逐渐倾向革命，掩护同盟会员的反清活动，致力于兴办学校，推行新学，培植人才。先后担任两广学务处视学、广东教育总会会长、广东咨议局副议长等。辛亥革命胜利后，以广东代表身份赴南京参加筹组临时政府，被推举为参议院议员。1912年初，扶病南归，随即病故。他弥留之际，嘱咐家人："葬须南向，吾不忘台湾也！"

丘逢甲一生写了大量诗篇，现存一千多首，诗集有《岭云海日楼诗钞》《仓海先生丘公逢甲诗选》等。这些诗大都表现了他爱国思乡的炽热感情和渴盼祖国统一的强烈愿望。其诗风开放，不为格律所拘，语言明快流利，在当时诗坛上颇有盛名，梁启超誉之为"诗界革命巨子"，柳亚子亦盛赞"丘诗英气过人"。

经典诗文选读

春愁

春愁难遣强看山，往事惊心泪欲潸。

四百万人①同一哭，去年今日割台湾②。

[注释]

①四百万人：指台湾当时的总人口。②去年今日：指光绪二十一年三月二十三日（1895年4月17日），清王朝与日本签订丧权辱国的《马关条约》，将中国台湾割让给日本。

[名师赏析]

《春愁》写于《马关条约》签订、割让台湾的一年后。诗仅四句，却将忧国怀乡之情表现得深沉强烈、动人心魄，是传诵一时的名篇。

春天本来是草长莺飞、花红柳绿的美好季节，可此时的诗人却说"春愁难遣强看山"，他没有闲情逸致去欣赏外面的景致，但为了排遣内心的愁闷，他强迫自己打起精神去"看山"。一个"愁"字写出了诗人为国事担忧愁闷。但"看山"也并没有让自己的心情好起来，登高远眺，那让他挥之不去的往事此时又清晰地浮现在眼前，诗人禁不住潸然泪下。第二句"往事惊心泪欲潸"，一方面渲染了"春愁"的分量，另一方面又暗中布疑，为后两句蓄势。到底什么样的往事让诗人如此黯然神伤？诗的前两句欲露又止，将吐还吞，极力蓄势。

后两句使足千钧笔力，道出底蕴："四百万人同一哭，去年今日割台湾。"原来到今天，台湾被割让已经整整一年了，世代繁衍生息的故园就这

中篇　繁华

样被割让给了异族，这怎能不让四百万生于斯长于斯的台湾同胞放声痛哭？作者着重标明时间——"去年今日"，就是由于这个日子对于他以及四百万台湾民众来说都是刻骨铭心的；"同一哭"道出了全体台湾同胞的共同心声，这是他们从心底发出的血泪呼喊，也是他们满腔爱国激情的强烈迸发！由于前两句的蓄势，后两句感情的抒发才酣畅淋漓，给人以强大的感染力和震撼力。

这首诗语句警拔，撼人心魄，虽然只有短短28个字，却道出了全体国人的共同心声，饱含着诗人爱国爱乡、盼望祖国统一的强烈愿望，感人至深，因而成为传诵一时的名篇。

镇海楼①

高踞仙城②最上头，万方多难此登楼。
金汤③空抱筹边略，觞咏难消吊古愁。
绝岛风尘狮海暮，大江云树虎门秋。④
苍茫自洒英雄泪，不为凭栏忆故侯。

[注释]

①镇海楼：又名望海楼，位于广州市越秀山（越秀公园）小蟠龙冈上。全楼高25米，外观呈长方形，阔31米，深16米。建于明代洪武十三年（1380），是当时镇守广州的永嘉侯朱亮祖所造，由于楼高五层，又称五层楼。镇海楼的兴建，与明代抗击倭寇有关，镇海楼之名，就是"雄镇海疆"的意思。②仙城：指广州。古代传说有五个仙人乘五色羊执稻穗来到广州，广州因而又称五羊城。③金汤：金城汤池，比喻城池防守坚固不可摧毁。④绝岛：这里指被占领后的台湾。狮海：指珠江入海处的狮子洋。虎门：在今广东东莞西南，是鸦片战争前夕林则徐销烟的地方。

[名师赏析]

1896年，丘逢甲从蕉岭来到广州，登上广州镇海楼，感慨万千，以《镇海楼》为题，写了两首七律，这是其中第二首，第二首诗的主题正如第一首诗的结句"倚栏欲写兴亡感，依旧江山霸气雄"所云，怀古伤今，抒发了对国家民族兴亡的感慨。

首联第一句"高踞仙城最上头"，这是指镇海楼的地理位置。它矗立在广州城的最高处，气势雄伟，登楼远眺，广州景物尽收眼底。诗人独上层楼，驰骋思绪，感慨时危。唐代诗人杜甫在《登楼》诗有"万方多难此登临"的诗句，第二句"万方多难此登楼"即化用杜甫的诗句。这里的"万方多难"，指的是国家民族的危难，既包括政府卖国、官吏昏庸，也包括帝国主义的侵凌，正如他在《秋兴》《春感》诗中所云："割地奇功酬铁券，周天残焰转全轮。后庭玉树仍歌舞，前席苍生付鬼神。""九州无地不胡尘，难觅名山老此身。屡划鸿沟开鬼国，更穆狃狱避祆神。"这些悲愤遗憾之情，正是"万方多难"的最好注脚。

颔联诗句写了诗人有保卫边疆的良策，但又有什么用呢？"空抱"二字，点出了胸怀救国才能，却不为当政者所用的悲愤之情。丘逢甲一生怀抱救国之志，日寇侵占台湾，毁家纾难，他投笔从戎，誓死抗战，从台湾内渡以后，时以雪耻复土为念，别署"台湾之遗民"。他常常"翘首仰天，连发叹声"，教诲后人"台湾同胞四百万，尚奴于倭，吾家兄弟子孙当永念仇耻，勿忘恢复！"但是，丘逢甲内渡以后，不仅复台之事无所作为，而且国难益重，列强瓜分中国的阴谋正步步实现，家乡沦亡，山河破碎，他忧心如焚，"觞咏难消吊古愁"，这正是诗人忧心国事的形象写照。

颈联怀古伤今，"绝岛风尘狮海暮，大江云树虎门秋"，在这两句诗里，诗人让思想不拘于时间空间：时而台湾，时而大陆；时而吊古，时而伤今；诗人从越秀山巅，遥望暮色苍茫的狮子洋；从珠江一带的云烟草树，思忆几十年前林则徐在虎门销烟的英雄壮举……焦点则是家乡台湾沦亡的惨痛，对着国难益重、山河破碎的祖国大地，真是情意殷殷，动人心魄。

在镇海楼上，清人彭玉麟撰有对联："万千劫危楼尚存，问谁摘斗摩星，目空今古；五万年故侯安在，使我依栏看剑，泪洒英雄。"丘逢甲在诗的最后用"苍茫自洒英雄泪，不为凭栏忆故侯"作结，是化用了这副对联的含义，又联系当时纷乱的时世而翻出了新意。诗人屹立在镇海楼上，面对苍茫的景色，他不是凭栏吊古，而是沉浸在国亡家破的感慨之中。他为当年在台湾抗日斗争失败，愧对台湾父老而洒下英雄泪，一腔爱国热血，化作纷飞泪雨，洒向灾难深重的祖国大地，洒向正在日本帝国主义统治下的台湾故土。

丘逢甲的诗，在风格上大多悲壮慷慨，感慨时艰，具有浓郁的时代气息，其中尤以念台诗最为突出。柳亚子曾有"战血台澎心未死，寒笳残角海东云"的赞誉，从《镇海楼》诗中，也可以看出这种艺术特色，诗人从镇海楼台，凭栏远眺，驰骋思绪，感慨时艰，萦念台湾，字字句句饱含着诗人爱国的激情，蕴含着浓厚的时代气息，具有强烈的感人力量。

中篇 繁荣

元夕①无月

三年此夕月无光，明月多应在故乡。

欲向海天寻月去，五更飞梦渡鲲洋②。

[注释]

①元夕：农历正月十五之夜。②五更：以前把一夜分成五更，一更大约两小时，此处指深夜。鲲洋：指台湾海峡。

[名师赏析]

《元夕无月》写于1898年，即光绪二十四年农历正月十五之夜，它是一组诗的题目，共有五首，这里介绍的是第二首。

第一句"三年此夕月无光"，说的是丘逢甲从离开台湾时的1895年，到写这首诗的时候，时间已过去三年了。这一句从字面上来看，似乎是在叙述三年来正月十五夜的天气情况，其实不然。我们知道，农历每月十五的月光是一个月中最为明亮的，元宵之月更是迷人。然而在诗人的眼里，却感到月色无光，而且三年来，年年如此。这就不能不使读者心生疑问：是什么原因使他有这种感觉呢？

第二句"明月多应在故乡"，诗人化用了诗圣杜甫的"月是故乡明"，而又发展了杜甫咏月的诗意。杜甫的咏月意在思念家人，而丘逢甲的咏月，意在怀念沦亡的台湾和被蹂躏的台湾人民，这就突出了诗人的爱国情怀和民族气节，超越了杜甫咏月的意境。诗人借助这样的描写，把流落异乡、怀念故土的感情曲折地表现出来。而且丘逢甲对故乡的怀念不仅是一般的乡恋，而且是充满了对敌人的仇恨和对祖国山河的热爱。

第三句"欲向海天寻月去"，诗人想渡过浩瀚的大海，去寻找故乡的明月，但是去不了。为什么呢？因为他心中的明月——台湾，已受日本殖民统治，他已无法回到那里去了。一个"欲"字，把诗人急切而又无奈的心情，非常细腻地刻画出来了，诗意悲凉沉郁。

第四句"五更飞梦渡鲲洋"，鲲洋指台湾海峡。台湾南部有两个海口，一个叫七鲲身，一个叫鹿耳门，一向以海涛壮观著称，是台湾的名胜。这里以"鲲"代指台湾。由于现实是不能回到台湾去，他只好在五更的梦中飞越台湾海峡了。这句充分表现了他对故乡、对祖国领土的热爱。

这首诗写得凝练、含蓄，全诗虽然只有四句话，但主题却很深远。以"月"贯穿全篇，诗人从望月到想月，再到寻月。他把深刻的思想内容、炽热的爱憎感情，隐藏在质朴平静的叙述和描写之中，让读者自己去感受、去体会。作者在诗里所表现的，不是一般的乡愁别绪，而是对祖国领土的怀念，是一种强烈的爱国主义思想，因此，也就更加打动人心。

山村即目①

一角西峰夕照中②，断云东岭雨蒙蒙③。

林枫欲老柿将熟，秋在万山深处红。

[注释]

①山村：山中村庄。此处指作者离台湾内渡后，定居在祖籍粤东镇平（今蕉岭县）的滄定山村。②西峰：指滄定村西的庐山。③断云：断裂之云。

[名师赏析]

这是诗人1899年所写的一组诗，共三首，此诗原为第二首。此诗写南方山村秋天一个傍晚所见的景色，表达了作者对故乡的热爱。

梅州地属山区，气候比平原地区复杂。诗的第一、二句就给我们描绘出一幅"西边夕照东边雨"的特殊天气。向西望，"一角西峰夕照中"，傍晚的阳光仍照耀着山峰的一角；往东看，"断云东岭雨蒙蒙"，山岭却笼罩在一片乌云中，细雨蒙蒙。西峰夕照、东岭云雨，都同样富有诗情画意，并且因为强烈的对比，更让人感受到大自然的奇妙。

诗的前两句，侧重写山中的气候之奇，第三句"林枫欲老柿将熟"，眼前火红的枫林和柿林，是秋色之奇美。诗人来得正是时候，看到了山村深秋最壮美的景致。因为枫叶一老就会枯落，柿子一熟就会掉落，只有枫叶将老不老、柿子将熟不熟的时候，才会红得艳丽，充满生机。从"欲"、"将"二字，我们可以看出诗人对"秋红"的浓烈、纯正是多么重视和挑剔。第三句在全诗中处于最关键的位置，它既是从单纯写景到借景抒情的转折，又是末句借景抒情、揭示题旨、提升诗歌境界的基础。

末句"秋在万山深处红"，是诗人对山中秋色的概括和提炼，是全诗的精华所在，是对第三句具体描写的自然升华。"秋红"二字是诗人对山村秋景的高度概括，以一个"红"字压阵，足见诗人对红色之秋是多么赞赏。同时，"红"在这里用作动词，是"变红"或"染红"，把秋色的静态美转化成了动态美，因而更具艺术感染力。诗人远望或想象，将万山深处一片红的壮丽景色尽收眼底，使我们的心胸随之开阔，精神为之振奋。

柳亚子称丘逢甲诗多"英气"（《论诗六绝句》），钱仲联称丘逢甲诗"沉郁顿挫，悲壮苍茫"、"似陆剑南，似元遗山"（《梦苕庵诗话》），"接近杜甫"（《清诗三百首》）。先贤所论，固侧重其感怀旧事、伤心时

中篇 繁荣

变的主旋律作品，但验诸其他"闲篇"，亦十分恰当，《山村即目》即其中一例。一首即兴的七绝能写得如此雄浑峭拔、深邃精警、境界浑成，可见其足以担当"诗界革命巨子"和"天下健者"的美誉。

创设岭东同文学堂序（节选）①

国何以强？其民之智强之也；国何以弱？其民之愚弱之也。民之智愚乌乎②判？其学之有用无用判之也。中国之学，统集大成于孔子；孔子之学，有用之学也。自孔教不得其传，而中国人士乃群然习为无用之学。百年来西人乃以有用之学傲我，其国自士农工商兵以及妇孺，无不有学。其为课也有定程，其为效也可预计，其大旨则无非推本③于民生日用之常，而有关于国计盈虚之数。

西人已以学强其国，于是乎遂侵凌远东④：东方之国，首中国，次日本。日本志士，相与奋发为学，不三十年，亦遂以学强其国；而土地人民十倍于日本之中国，乃犹鄙弃西学不屑道，或仅习其皮毛，于是遂驯致于贫弱而几危亡。

夫谓我中国之人不学，国之人不任受也，曰：吾学孔子之学也。而问其何学？曰八股，曰试帖，曰大卷折。⑤嗟乎！以此为孔学，恐我孔子亦必不任受也。其上自王公大臣，而下至百姓执事，叩以六洲之名茫勿知，询以经世⑥之条瞠勿答。遇交涉则畏首而畏尾，值兵争则百战而百败。其负文学重名而自命通才者，亦不过求之训诂词章⑦，以为事故学之能事已毕。语以贫弱，则曰吾学不言富强；语以危亡，则曰是有天运。通国之人心若此，上习若此，无惑乎外人竟嗤我为睡国，比我为病夫，夷我为野蛮、为土番也。德国报至有谓华人之种甚贱，惟当以数点钟顷尽轰沉海底，别遣人传种其地，始为善法者。呜呼！吾闻此语，未尝不心惊肉颤、抚膺太息⑧泣血，为我四万万同胞齐声一哭也。且以我中国人之聪颖秀异，岂真仅能为无用之学，而不能为有用之学者？毋亦为科举所累耳。……

方今国势积弱，外人予取予求、视为可唾手得。二万里之广，无地不可为胶、旅、港、龙之续，即无人不在杀掳淫掠焚烧驱迫之中。……及今不振刷精神，破釜沉身，力图自立，顾尚日奔走于无用之学，借口于国家之荣途不外于此，几幸于西人之刀锯或不我及⑨。譬犹大厦火已四起，坐其间者不思设法救扑，尚抚摩室中无足重轻之物，以为火尚未着吾身，姑且待之；岂知待火已着身时，虽悔亦无可追矣！悲夫！悲夫！

我潮同志等患中国之弱之由于民之不学也，因思欲强中国，必以兴起人才为先；欲兴起人才，必以广开学堂为本。爰立庠序⑩，广呼同类特创设岭东同文学堂，举我邦人士与海内有志之徒而陶淑⑪之。夫今日之祸，不特灭国，抑且灭种。种何以不灭？则以教存故。教何以存？则恃学在。今日之学何在？曰以中学为体，西学为用；中学为纲，西学为目。以我孔子，为"圣之时"，苟生今日，其必以此言为然也。中学者何？曰学孔子。西学条目繁，时乎已迫，求其速效，不能不先借径东文，此本学堂之宗旨也。非不知荒陬僻陋，神州大局，岂遂借此挽回？然蚁驮一粒，马负千钧，各竭力所为，亦我同人不得已之志之可共白者也。坼裂之惨，普海皆同，岂止潮州一隅，二十二省、一百八十八府、四十二直隶厅、七十二直隶州之魁儒巨子，忧时惧祸之志士，庶几接踵⑫而起者耶！

[注释]

①本文选自《丘逢甲集》，岳麓书社2004年版。文章有删改。②乌乎：同"恶乎"，疑问代词，怎样，怎么。③推本：探究，寻究根源。④远东：西方国家开始向东方扩张时对亚洲最东部地区的通称，他们以欧洲为中心，把东南欧、非洲东北称为"近东"，把西亚附近称为"中东"，把更远的东方称为"远东"。⑤八股：八股文，是明清科举考试的一种文体，也称制义、制艺、时文、八比文。试帖：唐代明经科试士之法。在试卷上抄录一段经文，另用他纸覆在上面，中开一行，显露字句，被试者即据此以补上下文。卷折：科举考试的考卷。⑥经世：治理国事。⑦训诂：中国传统研究古书词义的学科，是中国传统的语文学，包括音韵学和文字学。词章：同"辞章"，诗文的总称。⑧抚膺：抚摸或捶拍胸口。太息：叹息，叹气。⑨不我及："不及我"，否定句的宾语前置句。⑩庠序：指古代的地方学校，后也泛称学校或教育事业。⑪陶淑：陶冶使之美好。⑫庶几：希望，但愿。 接踵：指脚尖脚跟相接，形容人多如流。

[名师赏析]

丘逢甲于1899年撰写了《创设岭东同文学堂序》，系统地阐述该学堂的办学宗旨和具体办法。

本文开宗明义，指出了开发智力对富国强民的重大意义："国何以强？其民之智强之也；国何以弱？其民之愚弱之也。"中国的国学孔学原本是"有用之学"，但因为"不得其传"，中国人乃"群然习为无用之学"。而在同时期的西方国家却是"自士农工商兵以及妇孺"，无不在学"有用之学"。

第二段作者以事实说明了兴学与强国的关系。"西人已以学强其国，于

中篇 荣枯

是乎遂侵凌远东：东方之国，首中国，次日本。日本志士，相与奋发为学，不三十年，亦遂以学强其国。"

接着，文章分析了中国的现状，指出了中国上至王公大臣，下至百姓执事，不识天下"六洲"及"经世之条"，"语以贫弱，则曰有天运"，完全没有国家兴亡、匹夫有责的责任与担当。因此，无怪乎外国人会说中国人是"东亚病夫"，也无怪乎外国人敢那样肆无忌惮地侵割中国的领土，残酷地蹂躏中国同胞了。这些都是"为科举所累耳"。

面对"国势积弱"，外国侵略者凶残地侵略我国大好河山的事实，可知中国已到了国家存亡的紧要关头。作者以"大厦火起"为喻，形象地指出如果"及今不振刷精神，破釜沉舟，力图自立"，则"待火已着身时，虽悔亦无可追矣"，发出了国人要自救的紧急呼声。

最后一段，丘逢甲道出了创设岭东同文学堂的原因："我潮同志等患中国之弱之由于民之不学也，因思欲强中国，必以兴起人才为先；欲兴起人才，必以广开学堂为本。爰立庠序，广呼同类特创设岭东同文学堂，举我邦人士与海内有志之徒而陶淑之。"他提出了"中学为体，西学为用；中学为纲，西学为目"的指导思想，这与当时维新派的观点是一致的，他认为中学即学孔子，西学先"借径东文"，这是该学堂的办学宗旨。

《创设岭东同文学堂序》通篇文笔犀利，材料丰富，痛陈时弊，促使民族觉醒，表现了作者忧国忧民的心情和重振国威的强烈愿望，是他一生作品中的杰作。文章所表现出来的先进教育思想，与当时的康有为、梁启超等先进人物相比毫不逊色，可称得上是我国近代史上具有代表性的重要教育文献之一，并为岭东同文学堂的正式成立奠定了理论基础。

温仲和——"岭东三杰"之一

人物档案

温仲和（1848—1904），字慕柳，号柳介，嘉应州（今梅县区）松口大塘村人。少读私塾，17岁入嘉应州学，与黄遵宪同窗。后随父去佛山，就读于陈兰甫京卿门下，为"菊坡精舍"专课生。初学训诂声韵，继专治三礼。清光绪十一年（1885）试得优贡，后入国子监南学。光绪十四年（1888），考中顺天乡试举人。翌年殿试中进士，钦点翰林院庶吉士。散馆后授翰林院检讨。在翰林院任职四年后归里，到潮州主讲金山书院，并任院长。1901年他与同科进士、爱国诗人丘逢甲及粤东人士何寿朋、温丹铭在汕头创办岭东同文学堂，并在该堂讲学。1903年，丘逢甲离汕，岭东同文学堂由温仲和主持。温仲和深受维新思想影响，力主改良教育，提倡西学，亲自制定《同文学堂章程》，提出"以欧西新法教育青年，以维新鼓舞士气"，要求学生"要关心时事政治"，向学生教以西学和灌输爱国思想。他与黄遵宪、丘逢甲一起，主张废科举、兴新学。今之松口中学的前身松口公学，就是在他积极倡议下由梅东书院改建的一所新式学堂。

温仲和才学渊博，治学严谨，不但对天文、气象、算学、理化、经史、地理等方面很有研究，且精诗文、善书法。光绪十六年（1890），知州吴宗焯倡修《嘉应州志》，由温仲和任总纂。他精心设计，组织了一批学者和测绘人员广征博采，从光绪二十年（1894）始，历时八年编成三十二卷70余万字的《光绪嘉应州志》。这是温仲和对梅州文化事业做出的可贵贡献。

光绪三十年（1904）温仲和病逝于家乡，终年57岁。黄遵宪亲临吊唁，有挽联云："少年同志，卅载故交，寥落数星辰，伤哉梁木材颓，又弱一个；旧学商量，新知培养，评论公月旦，算到松江名德，同列二何。"把温仲和与客家先贤李二何并列，足见黄遵宪对温仲和的敬重。丘逢甲亦亲撰

中篇
繁荣

《柳介温公墓志铭》，称誉他是"旧学界之经济家，新学界之教育家"；"弟子多成林者"。温仲和生前著述有《求在我斋集》（四集七卷）、《三礼汇纂》《读春秋公羊札记》《为学通义》《其观通》及诗文集等。

经典诗文选读

归思

今我不乐思故乡，明月皎皎照我床。

我独胡为①在他方，忽梦入月凌风翔。

照见闾井②明东厢，东厢老人豪眉③长。

顾④我笑语安而康，我跪上寿罗⑤酒浆。

莱衣起舞⑥何洋洋，晨馐兰膳常侍旁。

家人相聚喜欲狂，问我何来叙温凉⑦。

我欲言之不可详，汝今供职在玉堂。

八千里路遥相望，山川间阻郁苍苍。

何从得路履康庄，惕然省觉⑧心彷徨。

依旧明月照流黄⑨，鸡鸣喔喔夜未央⑩。

[注释]

①胡为：何为，为什么。②闾井：指房屋、水井等建筑物。③豪眉：长眉，借指高寿。④顾：回头看，泛指看。⑤罗：罗列酒菜。⑥莱衣起舞：相传春秋时期楚国人老莱子侍奉双亲至孝，行年七十，犹着五彩衣，为婴儿戏。后以"莱衣"指小儿穿的五彩衣或小儿的衣服。着莱衣表示对双亲的孝养。⑦温凉：寒暖，借指生活情况。⑧省觉：苏醒，睡醒。⑨流黄：黄紫相间的丝织品。这里指帷帐。⑩夜未央：意指长夜漫漫无穷尽，还没有到高峰。

[名师赏析]

温仲和是近代岭东诗派中的重要成员，他的诗在当时备受推崇，人们把他和黄遵宪、丘逢甲并称为"岭东三杰"。《求在我斋集》卷七共载诗79题108首，其中不乏表达儿女情长的佳作。这首《归思》情真意切，表达了"我"对故乡的思念之情。

诗歌起句用叙述的语气，直接叙写自己作为远客的思乡之情，但也意味深长，耐人寻味。作客他乡的人，大概都会有这样的感觉吧：白天倒还罢了，到了夜深人静的时候，思乡的情绪就难免一阵阵地在心头泛起波澜，更何况是月明之夜！对孤身一人远"在他方"的"我"来说，月亮触动了"我"的旅思，"我"凝望着月亮，想到故乡的一切，想到家中的亲人。想着，想着，渐渐进入了梦乡。

接下来诗人以梦境入诗，在梦中凌风飞翔，回到了家中。家中的"东厢老人"高寿安康，在他慈祥的笑语中，"我"为老人祝寿，罗列酒菜，莱衣起舞，晨馐兰膳，孝养双亲。正当家人相聚，欣喜欲狂之际，家人问起"我"从何而来，生活过得怎么样。"我"欲言又止，无法详说。自己此时正在"八千里路"外遥远的京城里任职，两地之间隔着无数山川。想到这里，诗人猛然在梦中察觉自己原来"身是客"，于是"惕然"从睡梦中惊醒了。诗中的这段梦境写得迂回曲折，荡气回肠。温仲和漂泊异地，回乡的愿望在现实中难以实现，于是他梦里回乡，以梦来超越无法回家的现实，以梦来安慰自己的思乡之情。

"依旧明月照流黄"中的"依旧"二字耐人寻味，此时他已经完全清醒过来了，明白自己身处何地。而当他抬起头来，顺着光线向上望时，窗外那皎皎的明月仍然静静地挂在夜空中。那对家乡的思念，对亲人的牵挂之情，都如同这照在帷帐上的月光，无处不在，长夜漫漫无穷尽，诗人再也无法入眠了。

温仲和的这首《归思》清新质朴、婉转如歌，恰切地反映了外出游子的静夜思乡之情。

松口铜琶桥①对联

忆昔日小溪方涨，大河前横，正柳边人待归船，茫茫彼岸；

喜今朝樵子负薪，牧童驱犊，看桃洞花随流水，隐隐飞桥。

[注释]

①铜琶桥：位于松源河与梅江的交汇处，是磐安桥的俗称。这座桥由松口客侨捐建，于清光绪十八年（1892）建成。命名"磐安"，寓意坚如磐石，往来平安。

[名师赏析]

在千年古镇松口四村交界处（西通官坪、南望铜琶、北依车田、东临大涧），有一首童谣在河流两岸流传："……划小船、过石桥，过了一桥又一桥。经桃尧、下松口，一直划到铜琶桥。铜琶桥上望梅江，梅水滔滔下南洋。阿婆当年桥上哭，阿公哼起过番谣。"这首童谣是当地历史人文的写照。

温仲和的这副对联生动地描摹出了松口铜琶桥建成后，昔日与今朝的对比：建桥之前，面对涨起的溪水，大河滔滔，人们只能是望着"茫茫彼岸"发出一声声无可奈何的感叹；如今桥建成了，桥上"樵子负薪"、"牧童驱犊"，人来人往，是一曲曲行人来去自如的田园牧歌。从两幅对比鲜明的图画中，人们深刻地感受到铜琶桥的价值，对联歌颂了造桥人的功德。

铜琶桥将一河两岸的铜琶村连为一体。铜琶村是风云变幻的明清历史的缩影，它与明清之交和清廷消亡的两大变局结缘：一是明末清初的历史余音。这里至今仍流传着历史学家未作定论的传说——原籍松口的明末太师李二何，携太子朱慈烺辗转南奔，隐匿于梅州的客家围龙屋世德堂，试图东山再起。二是辛亥革命风云人物的传奇。铜琶村华侨谢逸桥、谢良牧兄弟披肝沥胆、押上身家性命参加辛亥革命，辛亥革命胜利后，不争乌纱息影家园。1918年仲夏，孙中山从大埔三河坝溯流而上，来到此地爱春楼探望谢家兄弟，并欣然题词："博爱从吾好，宜春有此家。"

铜琶村保存着大量完好的各式客家传统民居，据不完全统计，保存完整的有58座，古桥梁、古码头、古私塾、古砖塔、古庙宇、古神坛等不可移动文物建筑有14处。其中，各式客家传统民居建筑，形制丰富，风格各异。既有世界上独一无二的围龙屋——"三堂二横三围龙"的"屋中屋"世德堂，也有循环畅通的走马楼——爱春楼；既有形似挂锁的锁头屋——"颍川堂"陈屋，也有排云列阵式的合杠楼——"四合杠式走马楼"继美楼；既有侨资兴建的"中西合璧式"的华侨屋——李金水故居，也有历代名人故居——"谢逸桥、谢良牧故居"泰安楼。这些各式客家传统民居以及各姓氏祠堂，或依山形地势而建，或依江河临水而筑，错落有致，历经数百年仍保持着原始的地理布局与空间格局，具有鲜明的时代烙印和清晰的客家文脉。

此外，铜琶村民风淳朴，岁时佳节除遵循崇敬祖先等客家习俗外，还有许多客家特色活动，民俗文化呈多样性。节庆日大多祀奉文祠、伯公等，每年农历三月十九日独有的"太阳生日"祭祀活动，发端于清初，由初始时期带有政治色彩，逐步演变成今天举办民间祭祀活动、亲朋会聚的传统节日。该村富有客家侨乡风味的美食品种繁多，尤以被称为"羊打虎"的客家酿豆腐和船仔粄（客家方言）、鱼散粉、炸肉丸、梅菜扣肉、盐焗鸡、仙人粄、味粄等独具地方特色。此外，该村与松口其他地方独有的一年四季（梅州其他地方只有冬至一日才吃）吃羊肉的习俗，是客家人南迁后保持中原饮食习惯的典型表现。

《光绪嘉应州志》序（节选）

《梅州图经》莫可睹矣！程乡①之有志，自前明嘉靖二十年，县令陈应奎、学谕赖存业所纂修始。其书已佚②，今亦不可复见矣。继而作者，则国朝③顺治十一年，葛三阳为县令、邑人翰林院编修李士淳所手定，仅存残本，今志中所称"葛志"者是也。嗣是④康熙十二年，王仕云为县令修之；十七年，王吉人为县令修复之；二十九年刘广聪为县令又修之。二王所修，此次遍访，讫无所得，唯刘志特存，今志中所称"刘志"者是也。此皆程乡志也。自雍正十一年，升程乡为嘉应州⑤，直隶广东布政司，辖兴宁、长乐、平远、镇平四县。越十有六年⑥，为乾隆十四年，北平王之正为知州，始辑州志，盖州人进士候选知县叶承立、举人原任南陵知县郑兆振、贡生候选训导⑦陈昱、杨劼士所分编，今志中所称王志者是也。历百有余年，至咸丰三年，萍乡文晟为知州，议开志局，修州属各志，以众议未划一而止，乃取通志、旧志所纪州事，参互考订，而断以己意，命之曰《嘉应州志增补考略》⑧，盖未设局采访，未能详备，今志中所称"文志"者是也。王志兼纪属邑⑨，文志专纪州事，以州与府不同，自有专管之地故也。今志专纪州事犹文志也。唯自文志后，两遭贼乱，忠义节烈断脰⑩堪胸而死者，项背相望⑪。又自乾隆十五年之后，人物科甲，较前为盛⑫，文志采阮通志夕卜，所收寥寥，良多遗漏，自经兵燹⑬，板本亦无存矣。光绪庚寅年，钟祥吴公俊三为知州，慨然倡修之。辛卯年⑭，温辉珊太令、梁辑五光禄力任筹款之事，会各堡殷户⑮，咸踊跃捐输。壬辰始分堡采访。癸巳⑯始定梁诗五、饶芙裳两孝廉任分纂事，而以总纂属⑰之仲和，仲和时尚在京师供职也。是年冬，衔恤归里⑱。越明年主讲潮州金山书院⑲，诗五、芙裳均就馆于他处，三人皆不能驻局，稿本往返，商榷不无迟延。故自甲午至于辛丑凡八年，始克竣⑳事。刊既成，仲和爰撮其意而为之叙㉑曰：郡邑志乘，昔号《图经》。村镇近远，疆域纵横。犬牙所错，道里所程。有图有说，统人地形。志疆域道里，而先以图第一㉒。秦开五岭，东为揭阳。讫于南齐，肇有程乡。曰敬曰梅㉓，雄镇一方。赐名嘉应，桥兆其祥㉔。志沿革表第二㉕。……顾惟学识浅陋，多所遗误，当世大雅君子，匡其不逮㉖，所厚望焉。

[注释]

①乡：梅县古称程乡县。②佚：散失。明嘉靖时陈应奎等人所编的《程乡县志》现已散失，不可复见。③国朝：指当前朝代，在明朝该说法最为盛行，多见于明朝遗民的著作中。温仲和是晚清时人，故称顺治皇帝统治时期

为国朝。④嗣是：在这之后。⑤嘉应州：清雍正十一年（1733），原为潮州府的程乡县升格为直隶嘉应州，统领兴宁、长乐、平远、镇平四县加上本属的程乡县，称"嘉应五属"，直属广东省辖。⑥越十有六年：经过了十六年。⑦训导：职官名。明清时于府设教授，州设学正，县设教谕，职司教育学生。其副职皆称为"训导"。清末废。⑧咸丰年间，知州文晟编写《嘉应州志增补考略》时，没有设立专门的地方志局采集寻访，而是参考旧志，考订而成。⑨属邑：属，属于、隶属。邑，指小城。⑩脰（dòu，指脖子、颈）⑪项背相望：项，颈项。项背相望原指前后相顾，后形容行人拥挤，一个紧接一个，连续不断。⑫明清年间，梅州文教发达，逐渐从闽、粤、赣的客家地区中脱颖而出，成为地区文化的中心，培养人才的宝地。其重要标志就是科举人才在清代喷涌而出，乾嘉年间还创造了乡试连续"五科五解"的奇迹，即连续五科乡试全省的第一名均由梅州士子夺得。⑬兵燹（xiǎn）：指因战乱而遭受焚烧破坏的灾祸。⑭辛卯年：1891年。⑮殷户：殷实的人家，富户。⑯癸巳：1893年。《光绪嘉应州志》于光绪庚寅年（1890），由知州吴宗焯倡修，壬辰年（1892）组织学者和测绘人员广征博采，隔年才定温仲和任总纂开始编写。⑰属：通"嘱"，嘱咐、托付。⑱衔恤归里：温仲和因母亲病逝，于光绪癸巳年（1893）冬天辞去翰林院的官职，回家乡守陵。⑲由于中日甲午战争爆发，时局动荡，温仲和决定不再赴京任职，应聘出任潮州金山书院山长。⑳克竣：完成。此书历时八年方才编成。㉑叙：通"序"。书成之后，由任总纂的温仲和为之作序。㉒以图第一：《光绪嘉应州志》全志分三十二卷，其第一卷记录的是"疆域道里"。㉓曰敬曰梅：南齐设置的程乡县，945年升为敬州，宋开宝四年（971）敬州改为梅州。明洪武二年（1369）废梅州，复置程乡县，隶属广东潮州府。㉔赐名嘉应，桥兆其祥："嘉应"一词表祥瑞，典出"休征嘉应"成语，意为"吉利的征兆，美好的回报"。据《雍正朱批谕旨》，雍正十年（1732）四月十六日，广东署理总督鄂弥达奏升程乡为直隶州，统辖兴宁、长乐、平远、镇平四县，特奏明程乡原属"梅州"，但不敢擅自做主，"恭请皇上钦定佳名"，但雍正却独喜"嘉应"二字，于雍正十一年（1733）钦定为"嘉应州"。㉕志沿革表第二：书本第二卷记录的是嘉应州36堡的历史沿革。㉖匡其不逮：指对于达不到的地方给予纠正或帮助。

[名师赏析]

《光绪嘉应州志》是记述嘉应州（主要是今梅州）最完整的一部资料性

志书。全书共14本，三十二卷，内容包括嘉应州36堡的历史沿革、山川、城池、古迹、水利、物产、方言、礼俗，以及人物、艺文、丛谈等。这部书的总纂是温仲和。他在两位举人（饶芙裳、梁诗五）和70多位工作人员的配合下，完成了这部70多万字的巨著，为梅县的存史、资治起了重要的作用。

序言的这部分节选内容向我们叙述了这本《光绪嘉应州志》的编纂过程。嘉应州，古程乡县，北宋开宝四年（971）改称梅州。明有《程乡县志》（陈应奎等编纂），入清后，葛三阳、王仕云、王吉人、刘广聪等又先后编修县志。雍正十一年（1733），钦定州名为嘉应，乾隆年间王之正任州官，编纂了第一部《嘉应州志》。咸丰年间知州文晟编撰了《嘉应州志增补考略》，使"程乡—梅州—嘉应州"的历史演变有迹可查，功不可没。然而，限于各种条件，这些县志、州志都有不同程度的缺陷。光绪年间，吴宗焯（镜祥，字俊三）任知州，倡议再编州志，委温仲和担任总纂，举人饶芙裳、梁诗五为分纂，虽然他们三人都不在志局专职其事，但均兢兢业业，勉力从事这一重要工程。历时八年，参编人员多达73人，分工负责，而总纂责任最大。当时温仲和在汕头任教，教务繁忙，但对编纂工作一丝不苟。从他给黄遵宪的一封信中，可以窥见其编志大致情况："诗五手书亦接到，催志稿甚紧。人物一门草稿颇具，非不容易。惟目下心乱如麻，未能遽及。烈女稿亦未寄来。南汉乌金塔全完约几块？现存几块？俱望一一示知，不仅拓本而已也。下马石亦当开明所在，款式如何？近人所著笔记有关劝诫者，或可采入'丛谈'中。"（《求在我斋集·与黄京卿公度书（十三）》）正是因为他广为搜集材料，又经多方考证，这部志书才成为材料丰富、内容翔实的经典之作。

范荑香——千秋绝调女才人

人物档案

范荑香（1805—1886），女，原名蕾淑，又字清修，大埔县三河镇梓里村人。其高祖父范天凯，康熙五十三年（1714）举人；曾祖父范觐光，乾隆二十五年（1760）岁贡生；祖父范彪，乾隆三十二年（1767）举人，曾任嘉应州学政；父亲范引颐，嘉庆九年（1804）举人，曾任三水县（今三水区）教谕。

范荑香年幼聪颖，早年由母亲教其识字读书，年稍长则由父亲教读诗文，能文能诗。21岁，嫁给同乡庠生（秀才）邓耿光。婚后三年，邓耿光病死；范荑香时年24岁，未有子女，其丈夫的哥哥将一子过继给她，但因为家贫，夫兄无所顾恤，并且有逼迫她改嫁之意。范荑香坚决不从，全心教嗣子读书。之后，范荑香的父亲解职返家，他怜惜女儿夫死家贫，让她回娘家住，兼侍候老父母。

20年后，父母均逝世，嗣子已长大，想接她回邓家供养，但她因为长期寡居，不再思天伦乐趣，决心终老空门，且忧伤抑郁常以诗抒发而诗名远播，于是在嘉应州选择庵场静修。当时嘉应州学正梁光熙（圣人寨村人，举人）读其诗，爱其诗才而怜其遭遇，特发起募捐，择定白土堡珪潭乡（今梅江区东升乡圣人寨村）锡类寺左侧，建了一个"荑香静室"供她静修。州人得知她是前州学政范彪的孙女（范彪为嘉应州学政时，宋湘、叶澄等十余人均经其品评鉴别，极负名望），倍加推崇，各方善女敬礼不衰；梅城松口等处官家通文墨的妇女，则争相迎请至家奉其为师。范荑香卒于荑香静室，终年82岁。

范荑香为近代岭东女诗人之一。咸丰三年（1853），任职潮州太守的吴云帆去世。因为他做官期间为民造福，因而在灵柩运输路过的地方，名人才子纷纷作诗纪念他。当灵柩经过大埔三河坝之时，范黄香也为他写了挽诗，其中一首为："白日青天宦迹留，文章经济冠瀛洲。昌黎山斗延陵剑，化鹤重归镇海楼。"吴太守的家属回到浙江，将所有挽诗结集出版。大家看了后，将范黄香的挽诗评为压卷之作，她的名字也因此盛传于江南，时人都称赞她为"女才子"。道光二十三年（1843）嘉应进士黄基及举人梁光熙将范黄香的诗汇编成册，题名为《化碧集》，并为之作序，准备刊行于世，但因民国五年她坚决推辞而停止。1916年，梅县人管又新将黄基、梁光熙初编的《化碧集》、范泛（黄香侄）所编的《黄香诗集》及其本人《自述》一首，加以校订，汇编成册，仍名为《化碧集》付梓发行。

一个女才子，遭遇不幸，终老空门，曾引起嘉应许多诗人同情惋惜。张凤韶诗曰，"可怜绝世聪明女，终老寒灯古佛前"；叶璧华在《赠范黄香诗》中有句"谁教绮阁谈诗侣，竞做挑灯踏雪人"。这些诗代表了同时代的文人对范黄香的怀念和景仰。

经典诗文选读

春游踏青

缓步闲行过小桥，春风吹暖卖饴箫①。

忽惊背后来游客，退入垂阴折柳条。

[注释]

①饴箫：饴糖（以含有淀粉的物质为原料经糖化和加工制得）人所吹的箫。

[名师赏析]

客家地区有诗云："韩江梅水多闺秀，丽句清词各有神。一作宣文一礼佛，千秋绝调两才人。"这首诗歌所盛赞的"千秋绝调"才人就是名冠岭东三大女诗人（指范黄香、黎玉贞、叶璧华）之首的范黄香。范黄香诞生于书香之家，童年时生活优裕。范黄香生活在文化渊源深厚的家庭环境之中，又聪明好学，阅读了不少书籍，既能作文，又善赋诗，才名远扬。她青少年时代写的诗"晶莹玉洁，清丽芊绵"（叶璧华语），措辞清新，趣味盎然。

这首诗写少女经不住春色的诱惑，偷出家门，刚过小桥，迎面吹来温暖的春风和卖饴糖的箫声，令人心旷神怡。但忽然听到背后有游客的声音，赶紧钻进树林假装采摘柳树枝条，既要装得自然，又恐人发现，意境有如李清

中篇 繁荣

照的《点绛唇（蹴罢秋千）》，生动体现了大家闺秀春游踏青的特有情景和心态。

范荑香热爱大自然。她曾在秋高气爽的季节，观赏圆圆的明月着了迷，直到深夜还待在院子里。家中侍女几度呼唤，她仍然如醉如痴地不愿离开，作诗《爱月夜眠迟》："侍儿几度唤归眠，犹仰当空玉镜圆。立听更楼响三点，不知凉露湿金莲。"此诗富有真情实感，恰切地流露了才女当年对如玉似镜的明月的无限倾心。范荑香的祖父将此诗加以圈点，批曰："明月之情女，太白之知音。"

范荑香除了热爱春光和明月之外，同时也热爱鲜花，尤其是带着露珠迎接晨曦的鲜花。她还曾在黎明之前早早起床，点亮烛光，欣赏刚刚开放的花朵。有《惜花须早起》一诗为证："流莺啼破绿烟丛，四鼓频敲漏未终。晓起先呼银烛照，海棠含笑一枝红。"此诗与苏轼的"只恐夜深花睡去，故烧高烛照红妆"有异曲同工之妙。

当时，有些私塾曾将《惜花须早起》和《爱月夜眠迟》两首诗选为范文，供学子诵读。而这两首诗的题目，自然成对，妙趣横生，才女情思，出神入化。

落花

删尽繁华剩瘦枝，谁从零落①惜芳姿。

红绡②有泪情难断，紫玉③成烟志不移。

汉殿魂归空惹恨④，楚宫人老总无辞⑤。

同心愿结重阳友，一任风霜独自支。

[注释]

①落：指草木凋落。②红绡：人名。唐代传奇中人物。唐大历中，有崔生者，其父为显僚，与盖世之勋臣一品者熟。其父使往视一品疾，一品命歌舞伎红绡以匙为崔生进食，又命送崔生出院，二人遂相爱慕。崔生既归，神迷意夺。家有昆仑奴磨勒于月圆夜负崔生入一品宅，与红绡相会，复负崔生与红绡潜出，促成二人结合。事见唐人裴铏（xíng）所作《传奇·昆仑奴》。后以红绡为侠义女子的典型。③紫玉：传说中春秋时吴王夫差小女名。据晋干宝《搜神记》载，吴王夫差小女紫玉，年十八，悦童子韩重，欲嫁而为父所阻，气结而死。重游学归，吊紫玉墓。玉形现，并赠重明珠。玉托梦于王，夫人闻之，出而抱之，玉如烟而没。后遂用以指多情少女。④此句用典，昭君出嫁匈奴，客死异乡，

遗恨长留。⑤楚宫人老总无辞：此句用息妫（guī）之典。据《左传》载，春秋时息国国王的夫人，姓妫，亦称息妫，貌若桃花，又称桃花夫人。楚王闻其美，灭息，将息妫掳入楚宫，后生二子，始终不说话。问其故，答曰："吾一妇人而事二夫，纵弗能死，其又奚言？"

[名师赏析]

范荑香的《化碧集》中有《落花》诗七律三首，这是其中的第二首。这首诗首联感叹落花落尽繁华只剩下光秃秃的枝杈，然而又有谁会从这凋零的花瓣中去怜惜落花呢？中间两联四句都用典：红绡、紫玉情志不渝；昭君、息妫恨怨长留。尾联以落花不怕风霜、抱香枝上死表明自己的志向。

范荑香21岁时，由父亲做主，嫁给同乡庠生邓耿光为妻。婚后，其夫常因写诗不及她而汗颜。夫妻感情甚笃，孰料婚后三年丈夫却撒手人寰，24岁的范荑香成了寡妇。她没有生下儿女，其夫之兄将一子过继给她做嗣子。夫家生活艰苦，其夫之兄等人又担心她难以坚持，多次劝她改嫁。可是她长期深受"贞女不事二夫"的思想影响，誓死不从，宣称："祖上累代读书为官，岂可不顾名节，遗臭万年，以辱祖宗。"后来，其父解职返家，怜其守贞节，接其回娘家生活二十载。范荑香为"报父母之劬劳（qú lǎo，劳累）"，奉晨昏，勤刺绣，贴家用，其诗《即事》有云："春愁无事强拈针，花样虽新不忍寻。刺到莲房心自苦，谁知侬苦比莲深！"

心"苦比莲深"的范荑香在漫长而寂寞的守寡生活中，写了大量的"感怀别恨"之作〔清道光二十三年（1843）嘉应梁光熙《〈化碧集〉序》〕，其中又以咏物诗和闺怨诗最为出色，《化碧集》的搜集和印行者梅县人管又新在《化碧集·跋》中说："予时闻先君子言荑香女士事甚悉，且言女士诗，其落花诗及和闺怨诗为世所传诵。"落花诗，古人多有，而触景生情，托物寄意之情怀又各不相同。范荑香的落花诗借咏落花感叹身世，令人感慨。例如《落花（其一）》："瑶台一夜彩云空，狼藉残香恨不穷。月下记曾怜并蒂，天涯谁与叹飘蓬。犹看蝶影来墙外，怕听莺声出院中。从古红颜多薄命，不须惆怅怨东风。"诗中以花喻人，全诗没有落花二字，却句句咏落花。句句叹身世。花通人性，有记忆，叹飘蓬，会看，怕听。是人是花？人花难分。今非昔比，徒唤奈何！

述恨

被害何因实可伤，八旬孤苦痛凄凉。

门无关键厨无火，炉有寒灰地有霜。

病里饥寒唯自泣，健时劳力为人忙。

于今何处求生计，血泪遗书诉上苍。

[名师赏析]

范荑香一生从未间断过创作，作诗1000余首，州县官员、名士都慕其名，以重金延教而遭辞。其诗结集也颇费周折。生前有人收其部分诗作汇为《化碧集》刊行而遭"坚辞而止"，直至其去世后的1916年，梅县人管又新根据收集到的诗稿和范氏亲属所提供的《荑香诗集》，再次汇编成《化碧集》制版印刷，上有严复、温廷敬、古直等名士题词，首印数百册而"书甫脱版而纸贵一时"，很快销售一空。经订正后于1943年12月编印《重刊化碧集》，扉页有蔡元培题署："大埔范荑香女士著化碧集·蔡元培题"。可惜经此周折，所录仅71题152首（《化碧集·跋》称"存诗134首"），约为其毕生诗作的十分之一。

这首《述恨》，是《化碧集》的压卷之作。范荑香的一生可分为三个时期："24岁之前为前期；24岁丈夫去世，回到娘家，到父母双亡为中期；44岁后入空门为后期。"（罗可群《广东客家文学史》）由于历史资料的匮乏，这位近代客家才女的人生际遇我们难觅其详。我们无法彻底明白诗人曾承受的苦难和压力，也无从考证诗人"誓志空门"的原因。但诗人在这首《述恨》的首联中直接点明，自己悲剧的形成，是由于"被害"，以至于"八旬孤苦痛凄凉"。可见，诗人终老佛门，并不仅仅是因为早年丧夫无子、夫家兄弟逼嫁、父母双亡、无可寄托这些人生不幸。在诗人出家的背后，有其难以明言的深重苦难。诗人原本以为皈依佛门便可获得解脱，但残酷的现实告诉她，佛门是一根荆条，是不足以让杜丝寄托其上的（"只道瓶中甘露足，那知荆上杜丝缠"）。诗人非但没有脱离苦海，反而落得"门无关键厨无火"、"病里饥寒唯自泣"的结局。她感到后悔，但现如今，她能到何处去寻求生计呢？只能够"血泪遗书诉上苍"。正所谓字字血、声声泪，诗人的结局，让我们叹惋，也让我们深思。

一部《化碧集》，是范荑香心灵的痛史，她的哀怨、痛苦、苦难都寄寓其中。范荑香的诗作之所以难能可贵，除了其本身的高品质外，还在于她为守节妇女这个群体发出了声音，让后人在欣赏之余，也能洞悉守节妇女心中的孤苦之情。客家人出洋过番的故事众所周知，但那个时期的客家女性是"失语"的。丈夫下南洋后很多就此不再回来，因而留守的客家妇女与失去丈夫的寡妇无异。她们任劳任怨，承担了家中内外劳作，供养双亲且必须守节。然而，因为文化不足，她们心中的苦闷无法表达，也无人知晓。范荑香则以自己的诗文，系于人生际遇，有感而发。可谓诗如人生，人生亦如诗也让世人与之共鸣者众多，其诗文也在当时的客家地区产生了重大的影响："世之爱好范诗者，每以不得一读为憾！"

叶璧华——香名饮粤中

叶璧华（1841—1915），女，号润生，别字婉仙，自称古香阁主人，嘉应州白渡堡庐陵乡（今梅州市梅县区丙村镇）人。其父叶曦初，为嘉应丙子科举人，曾在广州府学署掌教。

叶璧华自幼聪颖好学，十多岁就能题诗作对，名噪一时。清光绪年间，两广总督张之洞因慕其名，聘请她到广州做家庭教师。在执教期间，她关心时局，深受康有为、梁启超维新思想影响。戊戌变法失败后，她离开广州返回梅县。

叶璧华在家乡力主兴办女校，推行新学，得到乡里人士的支持，于光绪二十四年（1898）在梅县创办了懿德女校。懿德女校以教文学诗词为主。开办时，学生仅有30余人。在旧社会，女人只能是男人的附属品，读书难，想办女校更难。女校开办之初，阻力很大，还受到一些人的讽刺、诽谤、嘲笑和打击。然而叶璧华坚定信念，决心办好这所女校，因而得到社会人士好评。在其带动下，清末民初，梅县先后办起了6所女校。由此，梅县女子入学者日众。

叶璧华晚年出版的《古香阁全集》，包括她平生的诗、词、赋三个部分。论者认为，她系出名门，家学渊源，聪明秀丽，绮思辞藻，为闺秀中之佼佼者。黄遵宪于《古香阁全集序》中云："余年十五六，即闻其（指叶璧华）能诗。逮余使海外，归自美利坚，始得一见，尽读其所为古香阁诗集。其诗清丽婉约，有雅人深致，固女流中所仅见也。"丘逢甲曾对其诗作赞云："翩翩独立人间世，赢得香名饮粤中。"

蓉舫之潮订于重阳回里，至残冬仍未赋归作此缄寄①

玉沼莲花发，临歧赋别离。

叮咛问归日，订以菊开期②。

晨昏倚栏眺，鹤立寄遐思。

行云杳③半天，令我心神驰。

水仙碾琼蕊，岭梅挺孤枝。

马儿何劳劳，车儿何迟迟。

抑④有新人托，不解蒲苇丝。

屋角飞龙骨，瘦损幽人姿。

[注释]

①咸丰九年（1859），叶璧华的家翁李载熙赴广西主考途中身亡，李家因此家道中落。丈夫李蓉舫科举不利，连年落榜，便浪迹江湖羞于返家，先后在潮州、粤西、广州等地设帐授课，一别数年不归。②菊开期：指重阳节。③杳：远得看不见踪影。④抑：表示猜疑，相当于"或是""还是"。

[名师赏析]

叶璧华自幼聪颖好学，十多岁就能题诗作对，才女之名播于远近。到她长大成人，爱慕者纷纷上门，或题诗自荐，或托人为媒，都想做叶家的乘龙快婿。叶璧华择偶标准很高，求婚者往往碰壁。有轻薄无聊者失望之余，背后议论她，说她并无芙蓉一般的外貌，不必过分自抬身价。叶璧华听后付之一笑，取过纸笔写下："芙蓉花发满塘红，人说芙蓉胜妾容。昨日我从塘边过，为何人不看芙蓉？"

后来，叶璧华与翰林李载熙之子李蓉舫结为连理。新婚之夜，不少读书人来闹洞房，夜深不散。叶璧华无奈，先逐一为大家斟满酒，然后有礼貌地说："各位朋友来闹洞房，是给我和夫君面子。如今我出一上联，若有人能对出下联，任凭闹到天亮；若对不出，则请各位回家推敲。"她的上联是："圆月照方窗，有规有矩。"隔了许久，无人开口，一个个有规有矩地溜了。第二天，她自己对出了下联："曲尺量直木，又纵又横。"此事传开，叶璧华的才名不胫而走。也正因为这一佳话，使叶璧华在民间的影响超过了范荑香。

叶璧华嫁给李蓉舫后，夫唱妇随，相敬如宾。一首五言诗"绣罢鸳鸯枕，停针已五更；恐惊郎梦醒，轻放剪刀声"形象道出了夫妻恩爱之情，时人将夫妻两人拟作李清照与赵明诚。但好景不长，咸丰九年（1859），李家家道中落，其夫李蓉舫因连年落榜而浪迹江湖羞于返家，一别数年不归。叶璧华遵从妇道，持家教子，过着香闺冷落、衣食艰难的日子。

本诗正是写于这一时期，叶璧华强忍孤独和艰难的苦楚，在诗中展现了一位客家女子坚韧的内心。李蓉舫在夏天"莲花发"的时节出发，约定了在"菊开期"即重阳节回乡团聚，却迟迟不归。叶璧华从莲花开放的初夏盼到重阳再盼到残冬，日夜凭栏远眺，却换来空洞的思念。冬去春又来，水仙也开始绽放娇妍，坚挺执着的梅花却仍然孤独地守望着这艰难的花期。这样的比兴耐人寻味而真切，但仍然不能摒弃心中的担心——"抑有新人托，不解蒲苇丝"。独守家中的思妇最大的痛苦莫过于如此内心疑云的纠结斗争，以致本来多病的身体更"瘦损幽人姿"。

叶璧华这个时期的诗作，转向了哀婉离愁的叙述，有其夫不归的落寞，也有睹物思人的悲歌。有诗"生憎一样团圞月，偏照人间两地愁"；"美煞鹊桥高驾处，金风玉露话离愁"；"神仙岁岁伤离别，我羡鸳鸯不羡仙"；"关心最是新凉夜，一样金风两地秋"；"知否今宵花影里，凭阑独自看双星"；"得月当花重举酒，月圆花发莫相违"，句句肠催寸断，对丈夫的痴情与思念浸透了她的诗篇。

残腊消寒，无聊特甚，忽诗五袖到公度《今别离》诸作见示①。诵读数回，足征②文字之交，万里不隔。爰吟一律，寄复海天。

呵冻红窗袅篆烟③，梅花压雪薄寒天。

几人解慰客中况，一纸颁来海外篇④。

论到知交文字重，吟成别意古今传。

输君绮岁腰横剑，击楫中流奋祖鞭⑤。

[注释]

①诗五：梁诗五，黄遵宪祖母的从堂弟，黄遵宪称他为大舅。两人虽然隔辈，但梁诗五仅比黄遵宪大5岁，两人关系十分亲密，因此他能比较早读到黄遵宪的《人境庐诗草》原稿，抄出他最感兴趣的诗，赠示叶璧华。题中的"公度《今别离》诸作"，指黄遵宪的《今别离》，载于刊本《人境庐诗草》卷六，是五言古体诗，共四章。②征：证明，证验。③篆烟：盘香的烟缕。④海外篇：黄遵宪作诗时正在海外，驻英使馆内。⑤击楫中

流：语出《晋书·祖逖传》"中流击楫而誓曰：'祖逖不能清中原而复济者，有如大江'"。

[名师赏析]

这首七言律诗是叶璧华在读了黄遵宪的《今别离》后所作的评论诗。叶璧华与著名诗人黄遵宪同邑，既有亲属之谊，又有知己之情。黄遵宪的母亲吴氏，是叶璧华的婚姻介绍人；黄遵宪的妻子叶氏，是叶璧华的堂妹。叶璧华的《古香阁全集》编成后，黄遵宪还曾为之作序。

诗题中叶璧华所见的黄遵宪诗《今别离》，分别写了轮船、电报、相片、时差（东西半球昼夜相反）四样新生事物，黄遵宪认为它们固然给人们带来了便利，也产生了新的离别哀愁。例如，轮船到时即开，根本不顾人们是否恋恋难舍，"钟声一及时，顷刻不少留"；电报虽快捷，却不是亲人的手书，"既非君手书，又无君默记"；相片虽解人离愁，但毕竟不是真人，"对面不解语，若隔山万重"；时差更害人，使人做梦都难以相会，"眠起不同时，魂梦难相依"。说到底，离别之情，当事人唯感痛苦，再先进的技术，也难以抚平离愁。

说到离愁，叶璧华体会最深，她的丈夫李蓉舫因屡试不第，羞于回家，常借口设馆谋生，长年飘零在外，最后客死羊城，使叶璧华饱尝独居之苦。而当她47岁时，丈夫便已病殁，至甲午年（1894）读诗之际，其已寡居7年，对亲人的思念，更填塞肺腑。正因如此，对于黄遵宪《今别离》诗中的奇思妙感，她颇有感触。颔联"几人解慰客中况，一纸颁来海外篇"，指自己的满腔心事，被黄遵宪在海外写的诗篇说个正着。颈联高度评价了黄遵宪的诗作，认为它足可传诵古今。尾联尤其耐人寻味，叶璧华看破了黄遵宪作诗的立意在于拯救衰危的国运，所以引用晋代名将祖逖的典故，"仍将本流徙部曲百余家渡江，中流击楫而誓曰：'祖逖不能清中原而复济者，有如大江！'"。诗的结尾意味深长，叶璧华意指自己虽是女流，不能像男子那样建功立业，但自己也不是仅仅识得离愁别意之人，而是能清醒地知道写《今别离》的诗人，不仅会咏写别情，而且关心国家民族的危亡。可以说，她确实是黄遵宪的知音。

叶璧华写了这首七律评论诗之后，意犹未尽，又续写了一首词：

金缕曲——读公度《今别离》四章，怅触千端，怅然赋此。

别恨悲今古，怅更番婵娟花月，黯然南浦。万顷无情江水上，竟送片帆飞去。独坐在奈何天里，解下鸳鸯双绣带，并回肠莫系行人住。魂暗断，愁

中篇 紫荣

难诉。

庭前百本临风树，最关心离离红豆。雨朝风暮，惨碧帘栊春事老，浪掷韶光几度。更寂寂瑶台云路。似水长宵寻梦会，拥寒衾也无成处。湘枝泪，凝红雨。

词意与诗意不同，诗意偏重于对黄遵宪诗作的评说与共鸣，而词作几乎只写了读作品后所引发的内心伤感。"怅触"，心头有所触动。"黯然南浦"，典出江淹《别赋》："黯然销魂者，唯别而已矣！……春草碧色，春水渌波。送君南浦，伤如之何！"这里也是在抒写别情。对"红豆"的关心相思，则表明是夫妇之别情。"湘枝泪"则化用湘妃泪滴斑竹的典故，表明其哀伤是妻子悲悼亡夫的凄苦。"凝红雨"，形容泪中带血，陆游《钗头凤》中的"泪痕红浥鲛绡透"即有此意蕴。

词作虽然不是对《今别离》一诗的评说，却是由读诗所引发的感受。这也有力地说明了黄遵宪诗歌的感染力之强。

菊花

四围荒草莱①，一舍依山麓。

深秋谁为伴，绕篱数丛菊。

生平爱此花，晨夕几踯躅。

清露浥②素心，凉风送幽馥。

缅怀桃与李，三春膏雨沐。

惜无岁寒心，晚节惟此独。

寂处空阶傍，谁荣亦谁辱？

亭亭傲霜枝，赏君酒一斛。

[注释]

①草莱：杂生的草。②浥：湿润。

[名师赏析]

叶璧华的一生分为四个时期，分别是天真烂漫的少女时期、于归后的家庭生活时期、追随叶衍兰的从学与从教时期、回乡倡立女学时期。

叶璧华一生作诗甚多，生前曾手编《古香阁集》二卷，现仅存卷一，有诗110题，多为七绝，并以绝句为主、律诗次之，兼有少量七古与五古，另有词73首，赋7篇。诗集中多有咏物之作，并且多为咏花之作，寄托了自己不与尘世共污浊的高洁品格。这些诗多清丽婉约，黄遵宪在《古香阁全集·序》中说："其诗清丽婉约，有雅人深致，固女流中所仅见也。"清丽者，如芳草遣怀之作，浅近而高洁；婉约者，如落花写怨之作，忧戚而清癯。

这首诗前四句写栽种菊花的环境，在荒草丛中唯有自己的一间草舍孤兀峙立，这是一组鲜明的对比；而"荒草莱"与"数丛菊"则是把荒草的灰色与菊花的金黄形成另一组鲜明的对比。短短二十字，简洁凝练，立时将自己高洁的品格刻画出来了。接下来八句写诗人对菊花的喜爱与菊花对自己精神的陶冶。"寂处空阶傍，谁荣亦谁辱？"以超脱的姿态瞭望尘世污浊，最后两句邀君共酌，酒与菊，一恣情一孤洁，似火与冰，一相遇便迸发出精神的共鸣。

叶璧华咏物抒怀的诗作，多是聊寄闲愁之作，但其诗清丽婉约，不刻意雕琢却风韵自然，丽而不艳，颇有清秀灵逸之境。

予少日随宦羊城，时法夷滋事，随侍东归①。光绪壬辰重游羊城。乙未倭人气炽，澎湖报警，仓皇就道②。因思时势遭逢，今昔一辙，感而赋此，留别诸同人（之一）

> 卅年犹记趋庭日，曾傍禺岗坐钓台。
> 法海兴波谁御敌，慈云荫座只抡才③。
> 铿轰火马如雷电，烂漫花田竟劫灰。
> 且喜升平④旋报捷，江山无恙我重来。

[注释]

①叶璧华自注曰："咸丰戊午法兰西来犯粤"；"先君宦闲无责任，讲学余却课兄妹读，故予等不知忧国也。"②1895年，日本侵占台湾，广州震惊，叶璧华返回梅县。③抡才：选拔人才。④升平：太平。

[名师赏析]

清末民初印尼著名华侨实业家张煜南（梅县松口人）将叶璧华的诗风概括为"瘦若癯仙斜竹外，劲若铁干凌风霜。清若冰雪照素月，艳若脂粉缀红妆"。这一评论是极为确切的，叶璧华的诗作既有清癯之辞，又有"劲若铁干"之韵。这首时事诗便是其诗风最突出的表现之作。

光绪十八年（1892），叶璧华的恩师兰台先生叶衍兰出任广州越华书院山长，他怜惜叶璧华孤苦操劳，让她到羊城设馆授徒。叶璧华来到广州后设馆定园，招徒讲学，其视野得以扩大，诗风日益清冽甘醇，境界日益高邈。

"卅年犹记趋庭日，曾傍禺岗坐钓台。法海兴波谁御敌，慈云荫座只抡才"，叶璧华自小跟随父亲兄长深居书斋，虽见窗外风雨，却未知国势之危，依旧赋诗纾解闲愁孤苦。1895年，日本侵占台湾，广州震惊，叶璧华"仓皇就道"。"铿轰火马如雷电，烂漫花田竟劫灰"，面对战火硝烟，忆及往日埋首旧书堆，她感慨万千。经历过战火，经历过离乡背井，经历过生离死别，经历过种种人世沧桑，年届五旬的叶璧华笔下开始涉及时事，跟上时代脉搏，积极学习新事物，与黄遵宪、梁诗五等人均有来往。蕴积多年的豪气终于要如"剑光耀牛斗"，散发其自身的能量，准备为这个时代前进做出自己的贡献，留下自己的印记。

这次遭逢后，叶璧华回乡奔走呼告，将当时的时代最强音（维新人士积极倡立女学）在家乡的土地上奏响，并于1898年成功创办梅州第一所女子学校——懿德女校。此诗标志叶璧华破茧而出，从一位心曲的歌唱者，转变为一位社会与心灵的拯救者。

下 篇

发展

（民国初年至中华人民共和国成立后）

姚雨平——爱国将军

人物档案

姚雨平（1882—1974），原名士云，字宇龙，号立人，法名妙云。平远县大柘镇丰光村人。1905年，以第一名考进岭东同文学堂，同年秋考入广州黄埔陆军中学。1907年加入同盟会，多次策划武装起义，为辛亥革命作出过重大贡献。抗日战争胜利后，携家属在香港居住。1949年，由香港返回广东，经叶剑英提议担任广东省人民政府参事室主任。

姚雨平将军生活节俭。任省政府参事室主任时，政府特地为他和家人准备了一套宽敞的居室，但被姚雨平以"国家还处于建设初期的艰难时期"为由拒绝了。随后，他带着家眷住进租来的一套小居室，直至去世。

与佛结缘，淡泊名利。1925年（民国14年）3月，孙中山在北京逝世，姚雨平参加治丧工作，并护送孙中山灵柩到南京。到南京后，适逢微军老和尚在毗卢寺讲金刚经，姚雨平前往听经，遂发心皈依"三宝"，微军老和尚赐法名妙云。他曾在灵谷寺寄居一个时期。南归后敬佛素食，朝晚习禅。任省政府参事室主任期间，他常到六榕寺礼佛，与觉澄法师相识。1952年起参与佛教界活动。1953年5月，参加中日佛教协会第一次全国佛教代表会议，与觉澄、纯信同为广东省佛教代表，被选为中国佛教协会理事。1958年8月，广州市佛教协会正式成立，姚雨平被选为第一、第二届会长。广州六榕寺原"观音殿"木刻三个大字匾为姚雨平所题，但没有署名。观音殿楹联"槛外白云观净果，殿前塔影听疏钟"，亦为姚雨平所作。

姚雨平将军历经时代变迁，1974年9月在广州逝世。

"三·二九"后游南洋

卷土未忘东子弟，置身应拥汉旌旗。

元龙豪气今无恙，忍看龙蛇上陆时。

[名师赏析]

1911年"三·二九"起义失败，姚雨平不胜悲愤；又听到七十二烈士葬于黄花岗，更加痛心。他为此写了几首七绝诗，《"三·二九"后游南洋》是其中一首。

第一句"卷土未忘东子弟"：借用典故，化用杜牧诗《题乌江亭》"江东子弟多才俊，卷土重来未可知"。这首诗涉及项羽兵败乌江，拔剑自刎的历史故事。杜牧认为，项羽如果保存实力，渡过乌江，依仗才华杰出的"江东子弟"，或许可以东山再起。杜牧借此提倡不怕失败、百折不挠的精神。姚雨平借用这个典故，表达了卷土重来的决心。"未忘东子弟"说明有众多仁人志士参加，胜利在望。表明了作者再次起义的决心。第二句"置身应拥汉旌旗"：表达作者决心"拥汉旗"，与清王朝划清界限，一决死战。第三句"元龙豪气今无恙"也是用典，来自《三国志·陈登传》："元龙，湖海之士，豪气未除。"元龙是陈登之字，姚雨平借以自指，表达自己依然保持革命豪气，继续进行革命武装斗争的决心。最后一句"忍看龙蛇上陆时"中的"龙蛇上陆"是用典，典故出自陈登故事，指敌人入侵。表达作者绝不能让"龙蛇上陆"，要驱赶"龙蛇"，与清王朝斗争到底。

送将士南归歌

民国纪年建子之月，雨平综领粤军，会师白下①，驱除窜贼，转战长淮，固宿二役，连获全胜，降王执梃②，遂息戎机③。军返秣陵④，萧闲无事，于役之士，半切思归。关怀亲舍，倚故里之门闾；远忆深闺，感陌头之杨柳。固亦人情之不能自己者。爰予休假，俾⑤返乡庐。即日戒途⑥，诗以送之。

男儿作健从军乐，铁马金戈事戎幕⑦。

一朝战胜夸孙吴，万里功成轻卫霍。

中原豪杰并亡秦，龙蛇起陆⑧天地春。

十万貔貅⑨来白下，八千子弟蹴⑩胡尘。

南国少年好身手，执殳前驱荷戟走。

仗义先刑白马盟⑪，誓言痛饮黄龙酒。

旌旗猎猎汉家营，风号雪虐战彭城。

请缨欲系单于头，有志由来事竟成。

事成解甲归田去，昔为兵兮今农矣。

但教乡里称善人，却任大风思猛士。

吊伐而今志已酬，年来我亦厌兜鍪⑫。

何当下泽⑬骑款段⑭，羡杀平生马少游⑮。

[注释]

①白下：旧地名，属南京市。②梃（tǐng）：棍棒。③戎机：指战争、军事。④秣陵（mò líng）：今南京市区的秣陵路。⑤俾（bǐ）：使。⑥戒塗（tú）：塗即涂；"戒涂"指出发，准备上路。⑦戎幕：军府、幕府。⑧龙蛇起陆：指发生战事动乱。⑨貔貅（pí xiǔ）：别称"辟邪、天禄"，是中国古书记载和民间神话传说中的一种凶猛的瑞兽。貔貅寓意丰富，人们相信它能带来欢乐及好运。古时候人们常用貔貅来称呼军队。⑩蹴：踢、踏。⑪白马盟：指汉高祖刘邦在位时与群臣以杀白马的方式订立盟约，此为古代盟誓的方式之一。杀牲取血，并用手指蘸血涂在嘴上，以示恪守盟约。⑫兜鍪（dōu móu）：古代作战的头盔。⑬泽：下泽车。⑭款段：借指马。⑮马少游：汉将马援从弟，其志向淡泊，知足求安，无意功名。马少游曰："士生一世，但取衣食裁足，乘下泽车，御款段马，为郡掾史。……斯可矣。"（《后汉书·马援传》）

[名师赏析]

《送将士南归歌》整首诗豪迈自信，文采斐然，用典多而且自然，不着痕迹，展现出姚雨平作为将领的从容自信和深厚的文学造诣。诗歌最后引用马少游的典故抒怀，表现诗人淡泊名利。

小序里交代了此诗的写作背景：当时南京白下地区的战役取得了胜利，姚雨平作诗送别将士返乡探亲。"固宿二役，连获全胜"，战役胜利后，大家返回南京秣陵，将士们思念家乡和亲人，姚雨平认为这是人之常情，遂批准了将士们回家探亲，并且即日出发。这充分体现姚雨平对下属的人文关怀。

作为爱国将领，姚雨平肯定了将士们的能力，认为男儿有志报国、从军抗战，"男儿作健从军乐，铁马金戈事戎幕。一朝战胜夸孙吴，万里功成轻卫霍。"诗中多次表达了作者英勇杀敌的决心，如"旌旗猎猎汉家营，风号雪虐战彭城。请缨欲系单于头，有志由来事竟成。"同时也流露出对战后和平生活的向往，尤其是对田园农耕生活的追求，如"吊伐而今志已酬，年来我亦厌兜鍪""事成解甲归田去，昔为兵兮今农矣"。尤其是诗歌末尾"何当下泽骑款段，羡杀平生马少游"。此句运用了典故，马少游是汉将马援从弟，其志向淡泊，知足求安，无意功名。马少游曰："士生一世，但取衣食裁足，乘下泽车，御款段马，为郡掾史……斯可矣。"（《后汉书·马援传》）"羡杀"，即非常羡慕，特别想过像马少游那样自由闲适的生活，表达出姚雨平对闲淡生活的追求。而这一切，对于一个敬佛的爱国将领并不矛盾，相反，这非常真实地反映出姚雨平丰富的人生追求。这也是符合儒家"达则兼济天下，穷则独善其身"的人生观。苏轼也喜欢马少游，他有诗曰"雪堂亦有思归曲，为念平生马少游""大夫行役家人怨，应羡居乡马少游"。

古直——爱国诗人、革命斗士

古直（1885—1959），谱名双华，字公愚，号层冰，别署遇庵、征夫、孤生，梅县区梅南滂溪村人。自幼聪敏，其父亲要他熟读"唐诗三百首"，稍稍长大些，又专门"辟楼藏书，令得纵观寝馈其中"。古直在书香熏陶中长大，与诗歌结下不解之缘，而且具备了端正刚直的优秀品德。

受客家优秀文化熏陶，加上老师和朋友的影响，古直关心国家和民族命运，成为坚定的爱国者。他青年时加入中国同盟会，投身于辛亥革命和讨袁护法等一系列活动之中。

古直除了投身政治斗争外，更多的是从事教学工作和积极兴办学堂。他创办了梅州中学、龙文公学、高要初级师范等学校。1925年他被聘为国立广东大学（随后改名为国立中山大学）文学教授、中文系主任，从事中文教育，执教10余年。1939年，古直辞去国立中山大学文学院中国语文学系主任、教授职务，回家乡出任梅南中学校长，创办"梅南文学馆"。1946年，古直出任私立象宿中学董事长。1946年3月，出任梅县（今梅县区）修志馆馆长兼总编纂。1950年，66岁的古直，受聘为南华大学教授，专教陶渊明的诗歌。其后调至广东省人民政府参事室，任广东省文物保护委员会委员、广东省文史馆馆员，并担任省政协委员等职。1959年6月在广州病逝，终年75岁。

纵观古直的一生，他不仅是一位杰出的南社诗人，是勇于斗争的革命志士，还是忠诚于教育事业的爱国者。

感事（二首）

其一

三月红棉底样①骄，美人意气欲干霄。

无情风雨拼摧折，入望云霓又寂寥。

化碧②剧怜③啼杜宇④，冬青⑤生怕溷⑥鸱鸮⑦。

越王台⑧上悲歌日，竹石敲残作楚骚⑨。

[注释]

①底样：这样，如此。②化碧：鲜血化作碧玉。多用以称颂忠臣志士。③剧怜：很怜惜。剧指非常，很。④杜宇：杜鹃。传说杜鹃昼夜悲鸣，啼至血出乃止。常用以形容哀痛之极。⑤冬青：常绿乔木。冬日呈青绿色。⑥溷（hùn）：同"混"，浑浊、混乱、肮脏。⑦鸱鸮：包括猫头鹰在内的一类益鸟，以有害昆虫、老鼠等为食。常用以比喻贪恶之人。⑧越王台：在今浙江绍兴种山，相传为春秋时越王勾践登临之处。⑨楚骚：《离骚》。屈原所作，表达了其忠君爱国思想。

[名师赏析]

此诗是南社诗人古直在辛亥革命时期写的两首《感事》之一。写作背景是1911年"三·二九"黄花岗起义，嘉应州籍的同盟会会员积极参与，其中被列为辛亥革命七十二烈士的周增、饶辅庭等都是古直在松口体育传习所的同窗。两位烈士献身革命的英雄事迹，让古直难以忘怀，彻夜难眠，心潮起伏，遂写下两首《感事》诗。这首诗就是其中的第一首。

南社是辛亥革命时期出现的文学团体。南社的诗人以强烈的爱国感情，揭露清朝政府的黑暗统治、抨击帝国主义者的野蛮侵略、歌颂民族民主革命志士的斗争精神，紧密配合同盟会，进行反清斗争。两首《感事》诗是古直赞扬两位革命烈士伟大献身精神的作品。

诗人的首联赞扬了三月盛开的红木棉花。红木棉花俗称"英雄花"，在广州街头随处可见。红木棉花的花朵很大，几乎如饭碗一般大，而且花红如血。当红木棉花大朵大朵开放时，就像一团团尽情燃烧的火焰，或者像成片红云飘在空中，非常灿烂夺目，历来被视为"英雄"的象征。诗人将红棉比作美人，红木棉花在枝头盛开时，树上并没有其他叶子，枝头盛开的红木棉花像一把把火炬直冲云霄，非常有气势。

领联写红木棉花受到了风雨的无情摧残，许多花苞和花瓣零落坠地，只剩下零星几朵红木棉花依然盛开在枝头，朝云霄伸展，但是远远看上去，整棵树却显得寂寥。红木棉花受到风雨的摧残依然傲立枝头，暗喻烈士被镇压，但是烈士的精神依然在起着积极的引领作用。

该诗颈联从红木棉花写到烈士，令诗人联想到为黄花岗起义而牺牲的烈士，衔接自然。诗人对啼叫出血的杜鹃充满怜惜，也同样怜惜为国而死的烈士们。诗人不希望鸥鸰鸟弄脏冬青树，因为冬青树四季常青、经冬不凋，象征着烈士们的坚贞精神永存。

尾联写诗人再也忍不住内心的悲痛，在越王台上放声痛哭，为死去的烈士们敲残竹石，作一曲爱国的《离骚》。"越王台"应是诗人取越王勾践卧薪尝胆复国雪耻之意。

诗人在这首诗中，有意选取"红棉"、"杜宇"、"冬青"、"越王台"和"楚骚"等正面积极的意象，歌颂烈士们坚贞不屈的精神，富有积极向上的意义。

其二

滚滚珠江水尽冤，巫阳①不下复何言。
亡胡②天意终宜验，思汉人心信不谖③。
有限遗民谈往事，无多老泪洒中原。
黄花④消息教谁问，死抱枝头⑤为国魂。

[注释]
①巫阳：古代传说中的女巫。②胡：胡人。③谖（xuān）：忘记。④黄花：指菊花。⑤死抱枝头：用典，出自宋代郑思肖的《寒菊》"宁可枝头抱香死，何曾吹落北风中"，菊花凋谢后不落，仍系枝头而枯萎，所以说抱香死。诗人借指菊花的坚贞气节。

[名师赏析]
此诗写作背景与《感事·其一》相同。首联"滚滚珠江水尽冤"形象地写出了整个珠江水在控诉着黄花岗起义失败后，众多革命志士被杀的冤情；"巫阳不下"说明女巫没有办法让死去的革命者的魂魄归来，人死不能复生。"复何言"，又有什么可说的？这表达了诗人哀痛的心情。领联"亡胡天意终宜验"，意指天意是否让"胡"灭亡还需验证，但是"思汉"之心确实是大家都不会忘记的。这里的"胡"应该不是直指胡人，而是诗人借此

来表达自己的情感；"汉"不一定指汉朝，应该是借指众望所归的强大的朝代。颈联表达了诗人想起此次牺牲的两位好友，就像与前朝遗民谈起往事，黯然神伤，不想多说。尾联"黄花消息"，意指有关菊花的消息不知道该向谁问，有关革命战友的消息不知道从何问起，但是当诗人得知同窗好友牺牲后，心情悲痛。"死抱枝头为国魂"，表现了诗人对战友的赞美，两位烈士的革命意志像不肯凋落的菊花那样坚贞有气节，他们是为国家而死的，灵魂不屈。

这首诗主要表达了诗人对昔日的同窗好友、今日牺牲的革命战友的深切思念，既为他们的牺牲感到哀痛，又高度赞美了他们的坚贞的革命气节。

无题

杖履追随①感夙知，梅州风雨不胜思。

别当桑海②扬尘③日，来又蓬莱④水浅时。

原上频频呼急难，秦尘黯黯泣无衣。

椰乡⑤信美非无土，贾季⑥于今可共归！

[注释]

①杖履追随：典故出自宋代刘克庄的《被旨趣行和计院兄韵》，意指像老人的手杖和鞋子一样，追随左右。杖履，指老人的手杖和鞋子，表示对老者、尊者的敬称。②桑海："桑田沧海"的略语。大海变成桑田，桑田变成大海，比喻世事变迁极快、极大。③扬尘：激起尘土。用典，出自"方平笑曰：'圣人皆言海中复扬尘也。'"（晋代葛洪《神仙传·麻姑》）后被用作世事变迁之典。④蓬莱：蓬莱山，古代传说中的神山名，亦常泛指仙境。⑤椰乡：指饶芙裳先生所在的地方槟榔屿。⑥贾季：指狐射姑，姬姓，狐氏，字季。历史上因国家内部权力之争导致局面混乱，贾季被迫离开晋国。

[名师赏析]

这首诗写作的背景：1915年袁世凯加紧复辟行动，激起全国人民的公愤，反袁浪潮更加高涨。古直暂时放下教鞭，投入反袁护法的斗争中。在当时险恶的社会环境下，古直到了香港，被任命为"南洋筹饷讨袁专员"。1916年正月十二日离港，经海防、西贡抵星洲，四处奔波，受到华侨的热烈欢迎，二月初十离星洲返国。在这期间，古直写下了不少感人的爱国诗篇。此诗就是其中一首。

古直到了槟榔屿，拜见了因避难流亡在外的议员饶芙裳先生。古直见到这位令人敬仰的师长，深切地表达了自己的衷情，劝这位老前辈回国继续奋斗。此诗就是为此而作。

　　首联表达了诗人追随这位令人尊敬的师长，内心非常激动。"梅州风雨"：梅州是他一直思念着的故乡，但是还充满着战争的风雨。颔联中诗人认为虽然世事变化很快，但是要避开世事到蓬莱仙岛去，还是不容易的。"蓬莱水浅"指去蓬莱岛有一番难度，无法到达，也喻指无法避开纷乱的国内局势。颈联介绍了当时国家的现状：国内频频传来呼难的告急声，而且"秦地"（指祖国）的人们黯然神伤，处境艰难。尾联中诗人借贾季离开自己国家的历史故事，劝离开祖国家乡的饶芙裳先生跟自己一起回去，共建一番事业。

　　全诗情真意切，非常感人，饶芙裳先生读后深受感动。虽然饶芙裳没有立即与古直同行，但不久便回到国内，又继续投入反对北洋军阀的斗争中。

蒲风——热爱真理和诗的战士

蒲风（1911—1942），是现代诗人。原名黄日华，学名黄飘霞，笔名黄凤，梅县区隆文坑美村人。其父黄义文早年因为家贫外出南洋谋生，于蒲风4岁那年去世。其母是勤劳能干的客家妇女，伯父黄接文是当时著名的"新派人物"。蒲风在孩提时代便秉承了客家文化的传统，同时，又较早接触外来文化。

蒲风的童年生活很艰苦，他非常珍惜学习机会。据他的同学杨凡回忆说："每当下课铃响后，同学们都跑到课室外去活动，唯有蒲风静静地在座位上读书，同学们回到教室的时候，他仍静悄悄地坐在原来的座位上，不受任何喧闹的干扰。然而，一谈到国家大事，文静腼腆的蒲风又一改沉默寡言的习惯，滔滔不绝地指陈时势，谈论帝国主义如何侵略中国，军阀如何依靠帝国主义剥削压迫人民，表现得慷慨激昂。"（《回忆诗人蒲风》）

蒲风高小毕业后，考入了进步学校——学艺中学。那时广东的国民革命军进行了两次东征。东征军政治部主任周恩来在梅县东教场（今属梅江区）发表了激动人心的演讲。富于反抗斗争精神的东山中学和学艺中学的学生受到了很大启迪。不久，蒲风和任钧、古柏、萧向荣等进步学生都加入了"新学生社"和"中国共产主义青年团"。之后，蒲风非常热情地投入社会工作之中。当时的口号是"读书不忘革命，革命不忘读书"。蒲风身体力行，大量阅读书籍，尤其是鲁迅、郭沫若的作品，并开始写诗。这些诗可以说是蒲风的早期诗歌作品。

蒲风于1927年加入中国共产主义青年团，1930年加入中国共产党。1940年秋参加新四军，曾任皖南文联副主任等职。在艰苦的环境中，他一手拿笔，一手拿枪，随军转战，坚持抗日。由于生活条件艰苦，蒲风操劳过度，导致肺病复发。1942年8月13日，蒲风因病逝世于安徽天长，年仅32岁。中华人民共和国成立后，他被追认为革命烈士，其英名刻在皖南新四军烈士纪念碑上。

蒲风是左联诗人，中国诗歌会代表诗人。他的代表作是被称为"农村前奏曲"的《茫茫夜》和长篇叙事诗《六月流火》等，还有被称为"国防诗歌"的《我迎着风狂和雨暴》。他的诗歌以题材的尖锐性、重要性、及时性取胜，善于渲染革命情绪，铺写大规模的群众斗争场面，气魄雄壮，格调高昂。

蒲风是热爱真理和诗的战士，他始终坚持为人生、为现实而创作。蒲风的诗歌作品，前期主要写被压迫农民的痛苦、灾难和反抗，后期则以歌颂抗日反帝为主题，他的名字和生平事迹已载入《辞海》《中国文学家辞典》《革命烈士传》《新四军人物志》等。蒲风先后创作诗集十五部，诗歌及文艺论著四部（其中《序诗集》未出版），译诗两部。他的诗不仅流传到中国香港和南洋地区，还被日本、苏联学者译介给外国读者。

经典诗文选读

地心的火

火，火，血红的地心的火，
层层的地壳把它压住了。
但总有一天呵，
它会把这些一齐冲破！

夜深——人静，
星星——闪明。
没有月亮，只有习习的初夏的风，
没有鸟鸣，唯有淙淙的流水声音。
船夫们已在梦中，都在梦中，
篷船上微露几点灯光朦胧。
虫儿们精神独展，精神独展，
尽管歌唱着——
歌唱光明殒灭，
曲咏黑夜弥漫。

但那山麓，那崎岖的河岸上，
有二条朦胧的黑影在移动，
移动，不住地向目的地进展。

踏踏的脚步声，
惊动了路旁的宿鸟——
鼓着两翼向黑暗里消亡。
频频的对语，
间着那有节奏的
所携物件的磨擦声，
也曾吓住了虫鸣——
暂时停止了它们的呻吟。
"明天，明天几点？
"晚上六点——
他们在世间最后的时辰。"
"什么都准备好了吗？
你说……"
"不错，单候我们所携的东西，
只期待那预定的时辰。
他们，他们只是饭桶，
我们怎不旗开得胜！"
"……"
"……"

"起来！奴隶，
打它个落花流水，奴隶们，起来！起来！"
黑暗网不住这悲壮的声音，
地面上不住地移动的
是那二条黑影。
——树枝被风吹动得号号作响，
河滩上的急流的水沙沙地唱吟；
石子时在他们的脚下滚动，

但这些，这些只有增强他们雄心。

白雾依傍黑夜占据着大地，
野兽也借黑暗在地面横行。
但遍地，遍地都隐伏着暴风雨，
光明，光明已在黑暗中苏醒！
看！那闪闪的星星，
伴着那在黑暗中移动的二条人影
是二个年轻轻的战士在兼赶路程，
他们，他们满怀都是血红的火，
他们要在黯黑的荒原中
点起足以燎原的火星；
他们，他们正待宣布黑暗的死刑，
正待完成他们的使命！

火，火，血红的地心的火，
层层的地壳
终究不能把它长久压倒。
这正是时候呵，
它将会把这些一齐冲破！

[名师赏析]

这首《地心的火》选自1934年蒲风的诗歌集《茫茫夜》。《茫茫夜》全书分四辑，共有诗歌二十五篇，基本上是诗人于1928—1933年写的作品。这一时期，中国正处于内忧外患之际，一方面是日寇入侵中国东北，蒋介石发出"绝对不准抵抗"的密令；另一方面是中国共产党领导下的武装力量日益强大，党中央在江西瑞金发出团结抗日的号召。中国人民正在水深火热中煎熬，广大农村的百姓更是到了饿死的边缘，反抗的、革命的怒火正在燃烧。

诗歌开头，诗人把"血红的地心火"比作革命的火种，但是被"层层的地壳""压住"，说明人民的革命之火还没有大范围引燃，在等待着一个时机。接下来，诗人描绘了一个夜晚的场景：夜深人静，没有月亮，没有鸟鸣，船夫已在梦中；但"有二条朦胧的黑影在移动"，这两条黑影携带着"物件"一边赶路，一边对话。通过对话，我们得知明天"晚上六点"是一个重要的时刻，有一场激烈的仗要打，对手"只是饭桶"。这对话表现出战士们大无畏的精神和必胜的决心，他们呼吁"奴隶们，起来！起来！"号召不甘沉沦的人们起来反抗。诗人描绘的是打仗前夕的场景，虽然只是"二个年轻轻的战士在兼赶路程"，但是他们是无数战士的缩影。"他们满怀都是血红的火"，他们要点燃起革命的火种，"他们要在黯黑的荒原中／点起足以燎原的火星"。星星之火，足以燎原。革命之火将会熊熊燃烧。结尾"火，火，血红的地心的火，层层的地壳／终究不能把它长久压倒"与开头呼应，诗人满怀着革命的热情、必胜的信念，坚信革命的成功："这正是时候呵，它将会把这些一齐冲破！"喻示着革命将会打破黑暗，让人们重见光明。

《地心的火》表达了诗人在"暗沉沉，夜茫茫"的时刻，并没有被"白色恐怖"吓倒。他透过现象看到了本质，坚信压迫越重、反抗越激烈的真理。鲁迅在《野草·题辞》中说过："地火在地下运行，奔突；熔岩一旦喷出，将烧尽一切野草，以及乔木，于是并且无可腐朽。"鲁迅先生散文诗中的"地火"意象，给了许多诗人思路的启迪，蒲风的《地心的火》应该也受到影响。革命的火种来自何方？应该是来源于人民，只有人民起来革命，才能引发燎原之势。

我迎着风狂和雨暴

哦！我复投身于炎夏的烘炉，

我归来①，我又复迎着风狂和雨暴

哦哦！祖国，头尾三年②，

我离开了你的怀抱；

如今，我归来，——

太空掀起了滚滚云涛，

黯澹③里有闪电照耀；

闷热冲起自地心，

响雷在天空，响雷也轰动在心头。

我看惯，在小岛④，魔鬼⑤在跃跳，

在海外，我听惯太平洋的嘶吼！

如今，我带回了发动机的热和力，

我要把魔鬼当柴烧，

下篇

发展

我要配足马力哟，
我的力的总能
要像那五大海洋的怒潮！
我不问被残杀了多少东北同胞，
我要问热血的中国男儿还有多少。
我要汇合起亿万的铁手来呵，
我们的铁手需要抗敌，
我们的铁手需要战斗！

战斗吧，祖国！
战斗吧，为着祖国！
不要怕别人的军舰握住咽喉，
我们要鼓起气力把这些秽物逐出胸头！
——滚开那些秽物吧，
扬子江，大沽口，珠江，
我们要掀起铁流群的歌奏！
天津，上海，威海卫，烟台，
青岛，福州，厦门，汕头，
我们要让每一粒细砂也都怒吼。
从云南，从塞北，从四川，
我们的热血男儿哟，谁愿落后！
铁的纪律维系我们的行列，
来吧，我们的胜利
建立在我们的顽强的苦斗！

哦哦！北方早已卷起了云潮！
哦哦！四方的雷电同在响奏！
——别让闷热冷却在地心呵，
我归来，我正迎着风狂和雨暴，
怒吼吧，祖国，
这正是时候！

[注释]

①归来：指诗人当时从日本回来，投入祖国的抗日救亡运动之中。②三年：指诗人在日本学习与深造的时间。1934年冬天，蒲风离开故乡梅县隆文乡，从松口坐木船到汕头，然后坐船到日本，在东京神田东亚补习学校补习日文，深造文学。1935年6月，蒲风离开日本，回到中国，在上海作短期停留时，写下本诗。③黯澹（àn dàn）：比喻没有希望，不美好，阴沉、昏暗。这里指阴沉、昏暗的意思。④小岛：指日本。⑤魔鬼：指日本帝国主义分子。

[名师赏析]

本诗为抗日救亡诗歌。20世纪30年代，民族矛盾不断加剧。日本侵略者的狼子野心日益昭著，挑衅、侵略行动，步步紧逼。蒲风时刻关注着祖国的命运，他在1934年后写了不少以抗日救亡为主题的诗歌，有《钢铁的歌唱》《我迎着风狂和雨暴》《中国，我要做个炮手哟》等。其中写于1936年7月的《我迎着风狂和雨暴》是其中最为杰出的一篇，表现了这位客家诗人的爱国热情。

诗歌第一节和第二节的前面部分，"复投身""又复迎着"诉说自己重新回到祖国的欣喜与激动。诗人离开祖国的时间是"头尾三年"，诗人把自己去日本求学比喻为"离开了你的怀抱"，表达了对离开祖国的无奈与不舍。第二节讲述诗人在日本的见闻，对日本"小岛"上的"魔鬼"——日本帝国主义分子的活跃运动，表示自己极大的愤慨。他表明自己将为了祖国，把从国外带回来的"发动机的热和力"，"把魔鬼当柴烧"，要"配足马力"，"汇合起亿万的铁手"，迎着狂风和暴雨，顽强苦斗的决心。第三节诗人号召大家一起来战斗，号召全国各个港口、各个地方的人们起来战斗。诗人大声歌颂"我们热血的男儿""我们的行列"，即我们的队伍运用"铁的纪律"进行"顽强的苦斗"，终将迎来"我们的胜利"。第四节面对"北方""四方"早已燃烧着的战火，诗人觉得自己的归来正是时候，"正迎着风狂和雨暴"，怒吼吧！战斗吧！全诗描写了诗人迎着狂风和暴雨，热血沸腾，义愤填膺，倾诉他的爱国深情和顽强抗战的决心。整首诗风格刚健、气势雄壮，表现出中华儿女奋起抗日的坚定决心和大无畏的英雄气概。

蒲风的诗歌风格，是朴实、豪放，洋溢着激情的。他是新诗歌运动最热烈的倡导者和最积极的实践者。

温流——华南新诗歌运动中的拓荒者

温流（1912—1937），原名梁启祐，学名梁惜芳，梅县区松口镇人。温流自幼受祖父启蒙，三四岁时就能背诵许多唐诗，从小在心里就埋下了喜爱诗歌的种子。在家乡松口中学读初中时，温流写的诗歌就已经在当时的《小朋友》《中学生》等刊物上发表。

温流一直与诗歌同行。初中毕业后，温流去教小学，组织"绿天文艺社"，并主编《绿天》半月刊。1931年夏天，温流考上广州市立第一中学，《绿天》搬迁至广州，扩大了影响力，后来因为条件困难停办。1931年"九·一八"事件爆发，抗日救亡运动在全国掀起，温流和许多爱国青年一样，投入抗日救亡运动之中。1932年秋，"中国诗歌会"成立，蒲风介绍温流参加。经过"温流的积极筹划与活动"，广州成立了"中国诗歌会"的分会。1933年4月，出版《诗歌》创刊号，与上海的《新诗歌》相呼应。1934年秋，温流考上国立中山大学文学院教育系，接编松口学会的《青松》。《诗歌》停刊后，又接编《诗歌生活》，他还为《梅东日报》编辑《诗歌周刊》（副刊）。1936年秋天，广州艺术工作者协会成立，温流被选为诗歌组组长，主编《今日诗歌》。

温流一直热爱诗歌，坚持写诗、编诗，为了新诗歌运动的发展而忙碌，充分发挥新诗在抗日救亡运动中的作用。著名作家黄宁婴在回忆温流的文章中说："温流是华南新诗歌运动中的拓荒者。在20年前那段黑暗的艰辛的日子里，他用嘹亮的嗓音喊破了黑夜，唱出了黎明，把生命交给诗歌，交给革命，交给伟大的民族解放斗争事业！"

1937年1月13日，温流因鱼骨刺喉，为庸医所误，施麻药过量而逝世，年仅26岁。温流就这样离开了他挚爱的诗歌和祖国人民。大家闻此噩耗，无不痛心伤悲。蒲风写了《当我噙着鱼骨头——悼温暖》一诗深情悼念："记否？爱友！古旧的'我们的堡'，正犹待你响导的怒吼，满布荆棘的我们的国，正待你'开路'先锋的歌奏，而侵略压迫者营垒的消灭，正犹待你的继续奋斗。"黄宁婴写了《温流，祖国召唤你》一诗，在黄花岗畔温流墓前朗诵，表达他的沉痛哀悼。

温流的诗歌多抒写农民的苦难及其反抗斗争。他坚持用诗歌反映现实，致力推动长篇叙事诗的写作，探索新诗大众化、歌谣化的途径。他的代表作品有《卖菜的孩子》《打砖歌》《凿石碑工人歌》等。温流的诗集有《我们的堡》和《最后的吼声》两册，还有后来出版的全集《温流诗选》。他自编出版的《我们的堡》于1936年5月出版。《最后的吼声》的出版比较周折，由温流在其生前编辑好后寄给了蒲风；在其遭遇不测后，由蒲风定名交给诗歌出版社出版。诗人的全集《温流诗选》于1958年由广东人民出版社出版。

经典诗文选读

打砖歌

小的锤，方的砖，
日头像火火烧衫，
早晨打砖打到夜，
一日还得不到两毛钱。

小的锤，方的砖，
腰骨软来腿又酸，
碎砖混了洋灰造房子，
咱们夜里困街边。

小的锤，方的砖，
咱们最怕的是冷天，
北风吹来冷透骨，
手上脚上有裂痕。

小的锤，方的砖，

咱们流汗人吃饭，

咱们瘦了人赚钱，

汽车里的人吃得胖又胖。

小的锤，方的砖，

六岁的孩子也来学打砖，

练粗臂膀练好脑，

造个世界来看看。

小的锤，方的砖，

咱们的世界在前面，

不要怜悯不怕死，

打呵，打呵，干呵干！

[名师赏析]

这首《打砖歌》写于1933年3月18日，影响很大。后来经过聂耳谱曲，在全国大江南北传唱开来。《打砖歌》唱出了劳动人民的艰辛，也唱出了劳动者改造世界的坚定信心和实现理想的奋斗精神。它不仅是客家文学中的珍品，也是中国新诗的杰作。

《打砖歌》节奏明快，朗朗上口，语言通俗，易懂易记。《打砖歌》唱出了下层劳苦大众的心声，唱出了他们的苦难、悲痛——"早晨打砖打到夜，一日还得不到两毛钱""腰骨软来腿又酸""手上脚上有裂痕"，也唱出了他们的抗争、奋斗——"练粗臂膀练好脑，造个世界来看看"。歌谣中最后所说的"咱们的世界在前面，不要怜悯不怕死，打呵，打呵，干呵干！"不仅写出了诗人对劳苦百姓的关爱、深切的同情，而且寄托了诗人真诚的期望和美好的祝愿。

温流创作的歌谣体新诗还有《凿石碑工人歌》《马来路工歌》《打金工人歌》《牧牛歌》《莳田歌》《割禾歌》《卖菜的孩子》等，如同传统的客家歌谣那样流畅自然、易于传唱。在客家地区的民间文学中，歌谣一直是深受欢迎的形式，有许多传诵不衰的佳作，如《月光光》《禾碧子》《火萤虫》《勤俭叔娘》《懒尸妇道》《齐昌节景歌》等，有三字句、四字句、五字句、七字句等多种句式，全都是一气贯穿的顺口溜，易诵易传。许多文人都从中汲取营养，丰富自己的诗歌创作。黄善芳指出："诗人的故乡是客家山歌之乡，民歌无疑对其产生了深刻的影响。在温流的全部诗中，几乎随处可见这些通俗明快的语言，散发着民歌的韵味，蕴含着至诚至纯的朴素美，也就更增添了他的诗歌的亲切美，从而使人民大众极易接受。"（《青年爱国诗人温流及其诗歌创作》）

温流的歌谣体是新诗园地里的新品种。这种歌谣体中的语言用的全是白话，却又经过提炼和加工，使之更生动、更形象。这些诗歌的思想内容非常明确，就是实践"中国诗歌会"的主张："描写现实，表现现实，歌唱现实，而且尤其重要的是针对现实而愤怒，而诋毁，而诅咒，而鼓荡歌唱。"（蒲风《温流的诗》）从客家文学发展的历史来看，以《打砖歌》为代表的温流歌谣体新诗的意义不容低估。

青纱帐①

青纱帐，
咱们的城墙！
咱们东跑西走，
咱们在炮火里生长，
咱们给炮火炼成了钢。
五年了，五年了，
仇恨刻在咱们心上，
咱们喊："抗日到底，
不卖国！不投降！"
咱们联合起来了，
十万支枪，廿万支枪，
筑成咱们新的青纱帐！
青纱帐，
新的青纱帐！
咱们钢的城墙！
守住咱们的土地，
守住咱们的家乡；
咱们要用血，用肉，
让它长得坚久，久长；
它，新的青纱帐，
永久不会倒下，

下篇 发展

永久伴着咱们冲锋，打仗！

一直到咱们把敌人赶个精光！

[注释]

①青纱帐：指夏秋间一大片长得茂盛的高粱、玉米等，好像青纱制成的帐幕。抗日游击队伍常以之作掩护，与敌人周旋。

[名师赏析]

"九·一八"事变后，东北同胞面对日本帝国主义铁蹄的蹂躏，进行了勇敢的反抗和斗争。温流用诗歌抒写出对东北义勇军的敬佩，对日本侵略者的愤怒，对祖国河山的热爱。《青纱帐》《吼声》《永远的口供》《田地，咱们守护你！》等便是其中优秀的篇章。

《青纱帐》写的是在抗日战争中游击队伍把青纱帐作为屏障，与敌人展开斗争，打得敌人措手不及，从而在战斗中获胜。青纱帐成为老百姓熟悉的堡垒，给了敌人很大的压力。后来，抗日战争中统一阵线就是"新的青纱帐"，就是"咱们钢的城墙"，就是抗战的钢铁长城。诗人呼吁"咱们要用血，用肉，让它长得坚久，久长"，来保证"新的青纱帐"一直成为革命的坚实屏障，"永久伴着咱们冲锋，打仗！一直到咱们把敌人赶个精光！"诗人呼吁军民形成抗日统一阵线一起战斗，直到抗日战争的胜利。

读温流的诗歌，我们仿佛听到了一位热血青年的大声疾呼，是那么真诚、亲切，又是那么激动。郭沫若同志在温流周年祭时题词："你的早逝，不仅是中国诗坛的损失，同时是中国抗敌战线上的损失，抗敌的军号，缺少你这优秀的吹手，使我们觉得寂寞。"

田地，咱们守护你！

田地，咱们守护你！

田地，咱们守护你！

你为咱们长过大豆，

你为咱们长过高粱，小麦，

你养活了咱们的牛羊，

你养活了咱们自己，

你给咱们快乐，

你让咱们过好的日子。

自从来了鬼子，

咱们就活不下去；

在你身上：

咱们的房子给烧去了，

咱们的高粱给斩下来了，

咱们的大豆给抢去了，

咱们的小麦给马蹄踏死了；

战壕在麦田上爬了开去，

里面全躲着鬼子；

大豆田给填成平地，

上面全停着鬼子的飞机。

咱们活不下去了，

咱们给迫着送出自己的女儿，

咱们给迫着去杀咱们的兄弟，

咱们给迫着去筑路，筑飞机场，

咱们给迫着去填自己的田地，

咱们穷了，瘦了，

可是，咱们不能丢了你，

咱们不能再待下去，

咱们握起枪来，

咱们拿起刀来，

田地，用血，用肉，

咱们培养你！

田地，用血，用肉，

咱们守护你！

[**名师赏析**]

这首《田地，咱们守护你！》与上一首《青纱帐》写于同一时期，都是"九·一八"事变后温流所写的爱国诗歌。《田地，咱们守护你！》抒写出了诗人对日本侵略者的愤怒以及对祖国山河的热爱。

诗人称呼田地为"你"，非常亲切，便于抒情。诗人代表所有依靠田地生活的人们，自称"咱们"。第一节开头，诗人深情地抒发了对田地的热爱与感激，田地给老百姓长大豆、高粱、小麦，养活了牛羊和大家，在日本帝国主义铁蹄还没有践踏东北大地之时，老百姓的生活是自给自足的，过着好的日子。第二节诗人控诉"自从来了鬼子，咱们就活不下去"，控诉日本帝国主义对东北的破坏，烧杀掳掠，无所不干，烧房子、斩高粱、抢大豆、踏死小麦，在麦田上打仗开战壕，日寇躲在战壕里打百姓、打游击队员，田地被填成平地，用来停放日寇的飞机。咱们热爱的田地被日寇破坏得不成样子，百姓的生活同样遭到破坏，百姓失去了生活所依。第三节诗人大声喊出百姓的心声"咱们活不下去了""不能再待下去了"，呼吁百姓们要"握起枪来""拿起刀来"，奋力与日寇拼杀，即使付出血肉的代价，也要坚决守护咱们的田地、守护咱们的家园。诗歌表现了诗人面对侵略毫不畏惧的觉醒意识以及自觉维护家园、保卫祖国的赤诚的爱国主义精神。

任钧——抗战诗人

任钧(1909—2003)，原名卢奇新，后改为卢嘉文，笔名有卢森堡、叶荫等，梅县区隆文镇普村人。现代著名诗人、左联成员、九三学社成员、上海师范大学教授。

少年时，任钧就对文学产生浓厚的兴趣，并尝试文艺创作。在梅县东山中学读书时，开始创作短篇小说和短诗，有几篇作品发表在汕头的《岭东民国日报》上。对他影响最大的是当时创造社出版的文艺作品和蒋光慈等人的诗歌、小说。1926年开始诗歌创作，1927年"四·一二"事变发生后不久，在梅县党组织的领导下，他与一批工人、学生参加了梅县的武装暴动，曾一度夺取了政权，建立了人民政府。

任钧是"左联"时期的活跃人物。1928年9月，任钧考进了上海复旦大学，由冯宪章介绍参加了太阳社，开始与蒋光慈、钱杏邨（阿英）认识，并在《太阳月刊》《拓荒者》《海风周报》上发表作品。此时的署名是卢森堡或森堡，因为他很崇拜德国革命家卢森堡，自己正好姓卢，便以此为笔名。1929年考进早稻田大学文学部，并在蒋光慈的建议下，成立了太阳社东京支社。1930年春，"中国左翼作家联盟"在上海正式成立，太阳社的全体成员都参加了"左联"。在日本的作家建立了"左联"东京分盟，参加这一分盟的成员包括胡风、聂绀弩等人。1932年初，从日本回到上海，被安排到"创作委员会"工作。1933年5月，丁玲被国民党逮捕，"左联"领导成员进行了调整；任钧担任组织部部长，从此成为"左联"核心领导成员之一。

在此期间，任钧还和诗人穆木天、蒲风、杨骚等一起，发起和成立"中国诗歌会"，出版会刊《新诗歌》。他开始写政治讽诗，嘲讽和鞭挞黑暗的旧社会、反动派及帝国主义侵略者。1936年汇编成《冷热集》。这本诗集被认为是自"五四"以来，新诗坛上的第一本讽刺诗集，是中国新讽刺诗的奠基石。

抗战期间是任钧诗歌创作最旺盛的时期。他由上海辗转来到武汉、成都、重庆等地，沿途为《救亡日报》撰写所见所闻的短篇通讯和宣传抗日救亡的诗歌。1938年春参加了中华全国文艺界抗敌协会，出版机关刊物《笔阵》。

新中国成立前后，任钧还创作过不少歌词，有的歌词由作曲家冼星海等谱曲。建国初期在上海音乐学院任教，1957年调至上海师范学院中文系工作。

他参与九三学社工作，对《九三上海社讯》编委工作十分认真，直率地发表自己的意见。2003年2月18日，任钧在去世前33天留下了"诗言志"的手迹："生活——这便是艺术的源泉，一切创造力的根基。没有生活，便没有文学艺术。"他一直以中国现代文学的一块"铺路砖"自豪、自省。

任钧作为抗战前夕"国际诗歌"的倡导者，写了不少以抗战为题材的优秀诗作。他不仅深受国内诸如刘大白、刘半农、朱自清、郭沫若、蒋光慈、殷夫等诗人的影响，也深受一些苏联早期革命诗人的影响。他强调新诗要有现实感、时代感，既能激励反帝、反封建的斗争热情，又具明快、豪放、有力的诗风，并倡导诗的朗诵。

经典诗文选读

警报

一声尖锐而悠久的汽笛，
在天空放射出来。
仿佛闻到血腥的信号，
——空袭警报又发出来了。

警报——
诚然带来了恐怖和震惊，
但同时也好像在敌我中间
划下了一条红线，
使得双方的界限更加分明！

可不是吗？

在那惊心动魄的长啸声中：

用同样的动作，

同样的心情，

千万人都同时站拢在一边，

同时感到共通的命运！

[名师赏析]

抗日战争期间，出现许多以空袭警报为题材的作品。任钧这首《警报》诗，却在平常题材中挖掘出新颖独到之处。

全诗篇幅不长，仅由两小节构成。第一小节写"警报"在天空的"发出"。警报如"尖锐而悠久的汽笛"，"在天空放射出来"，是报告敌人即将发动攻击的信号。警报发出不久后，敌机就可能成群结队地呼啸而来，在天空盘旋，而地面上则到处是慌乱躲避的人们……但是，"又"字强调了空袭已经不止一次，可能是多次进行，"又"字不仅仅在于表现敌人的频繁进犯，也表现了军民顽强的抗战精神。

第二小节强调了警报的作用和意义。"警报——诚然带来了恐怖和震惊"，其中"诚然"两字交代了战争的本质是残酷的。但是警报也有另外一个作用，"但同时也好像在敌我中间／划下了一条红线"，划清了敌我的界限之后，抗战的军民们团结起来，同仇敌忾："在那惊心动魄的长啸声中：用同样的动作，同样的心情，千万人都同时站拢在一边，同时感到共通的命运！"在这些诗句中，我们可以感受到全民抗战的紧张氛围。我们可以想象：在刺耳的警报声中，有些人紧握着手里的枪炮，有些人准备应急救护，有些人则扶老携幼躲进防空洞……在这些画面中，敌我之间的分明"界限"是那么分明。正因为有这样分明的"界限"和"共通的命运"，人们才对中华民族的抗战事业产生出无限的信心和力量！

祖国，我要永远为你歌唱！

祖国，我要为你歌唱！

但我不是一只画眉，

更不是一只夜莺，

我的粗糙的歌喉

唱不出婉啭的柔腔。

祖国，我要为你歌唱！
但我不要歌唱那万里长城，
也不要歌唱那浩荡的长江，
因为长城已挡不住敌骑的南侵，
长江已经变成了别人的"军港"。

祖国，我要为你歌唱！
但我不要歌唱你逝去的光荣，
也不要歌唱你往昔的威望，
因为那只是一种自我陶醉，
那只是一副可怜的阿Q像。

祖国，我要为你歌唱！
我是一只杜鹃，
我的嘴边有血在淌。
我是一只乌鸦，
我的声音常被认作不祥。

祖国，我要为你歌唱！
我要唱出你现在的情况，
也要唱出你未来的希望，
我要唱出那漆黑的暗夜，
和那暗夜中曝露着的曙光。

祖国，我要为你歌唱！
我要唱出你的重重苦难，
你的遍体鳞伤——
水灾、旱灾、蝗灾、匪祸……
人民是长年的转徙流亡！

祖国，我要为你歌唱！
我要唱出敌人的残虐，

敌人的猖狂——
他们怎样活埋我们的同胞，
怎样地把男女老幼充当狼犬食粮。

祖国，我要为你歌唱！
我要唱出汉奸的无耻，
国贼的丑恶形状——
他们是怎样的勾结敌人，
又是怎样的出卖和投降。

祖国，我要为你歌唱！
我要唱出义勇军的神勇，
东北同胞的刚强——
他们是怎样的苦斗在冰天雪地，
怎样的使得敌人狼狈惊惶。

祖国，我要为你歌唱！
我要唱出全国民众的醒觉，
抗敌怒潮的高涨——
他们怎样的团结在一起，
怎样的准备跟敌人算账。

祖国，我要为你歌唱！
我要为你唱哑我的嗓音，
我要为你唱破我的口腔，
我要在那无边的暗夜里，
唱出一个大天亮。

祖国呀，我要永远为你歌唱！
祖国，我要永远为你歌唱！
直到你从镣铐中得到解放。

下篇
发展

[名师赏析]

这首诗写于1936年，属于任钧在民族危难时刻写下的抗战诗歌。全诗共22节，11段，每节诗歌的第一句都是"祖国，我要为你歌唱！"激情洋溢，抒发了诗人对祖国的热烈而赤诚的爱。

在第一节里，诗人真挚而热烈地说"我的粗糙的歌喉／唱不出婉啭的柔腔"，他愿意用自己"粗糙的歌喉"为祖国歌唱，虽然嗓音不如画眉和夜莺的"婉啭"。第二节诗人说"但我不要歌唱那万里长城，／也不要歌唱那浩荡的长江，／因为长城已挡不住敌骑的南侵，／长江已经变成了别人的'军港'。"诗人好像流露出对长城和长江的"不满"，其实是要告诉大家：目前敌人已经入侵，他们的战舰就停在我们的长江"军港"，号召大家起来反抗。

第五节诗人把自己比作是杜鹃，希望像杜鹃啼血那样深情地为祖国歌唱，甚至他愿意自己是"常被认作不祥"的乌鸦。诗人歌唱出中国现状的"漆黑"，中国面临着的"重重苦难"，如"水灾、旱灾、蝗灾、匪祸……"；揭露日本侵略者的暴行。诗人最终希望唤醒全国人民，一起奋勇杀敌。他愿意一直歌唱，直到祖国解放。诗人充沛的爱国热情，在反复吟唱中表现得淋漓尽致。诗人的歌唱引起爱国者的共鸣，激励着千万中华儿女为改变祖国的命运，积极救亡图存，进行更勇敢的斗争。

这首诗表现了客家诗人任钧炽热的爱国之情，是任钧作为抗战诗人的代表作品。全诗字里行间饱含着诗人为祖国和民族大众的命运深深的牵挂和忧虑之情及对日本侵略者的痛恨和仇视。

起来，黄帝的子孙们！

起来，黄帝的子孙们！
让我们为着打击敌人，
一齐伸出坚强的臂膀！

在悠长而灰暗的岁月里，
在敌人的铁蹄和屠刀下面。
我们的赤血
染红了太平洋，
我们的热泪
洒满了松花江、黄河、扬子江

我们失去了父母兄弟和姊妹，
还失去了半壁河山——
三千万同胞的家乡！

在悠长而灰暗的岁月里，
在敌人的铁蹄和屠刀下面。
我们曾经一再容忍——
带着无限的屈辱和愤怒，
带着满身的血污和创伤。

可是，耻辱的退让
却使得敌人的气焰更加伸张；
广大而肥沃的土地
也使得侵略者的胃口越发强旺；
于是，我们的血流得更多，
我们的国土也就更无限制地沦亡！

如今，六年来的历史
已经替敌人
描出了赤裸裸的真相！
全面抗战的炮火
一声声传出了
全国民众的热望！
是光明还是黑暗？
是复兴还是灭亡？
是主人还是奴隶？
——这重任摆在每个同胞的肩上！

起来，黄帝的子孙们！
让我们为着民族生存，
齐踏上决战的疆场！

下
篇
发展

[名师赏析]

这首《起来，黄帝的子孙们！》属于抗战诗歌。1937年"七·七事变"后，全国人民群众情绪激奋，掀起了抗日运动的高潮。在抗战的隆隆炮火声中，任钧写下了这首诗歌。如果说《祖国，我要永远为你歌唱！》写出了诗人对祖国命运的关切和忧虑，那么这首《起来，黄帝的子孙们！》是诗人看清了现状之后，向"黄帝的子孙们"发出的深情呼唤。

第一节诗人直接号召大家起来行动："让我们为着打击敌人，一齐伸出坚强的臂膀！"第二、三节诗人用同样的一句开头："在悠长而灰黯的岁月里，在敌人的铁蹄和屠刀下面。"告诉我们令人感到压抑和悲凉的现状，我们一再容忍，只能让我们流尽赤血、洒尽热泪，还有失去父母兄弟和姊妹，包括半壁河山，让亲人们流离失所，无家可归。容忍与退让是不能换回我们想要的和平和安宁的！这令我们感到"耻辱的退让"，反倒助长了敌人的气焰，让"侵略者的胃口越发强旺"，所以我们不能再退让，不能再逃避，要勇敢起来。"六年来的历史／已经替敌人／描出了赤裸裸的真相！"敌人的野心已经暴露，全国民众热切期望全面抗战。作为黄帝的子孙们，我们要为自己的命运和国家的前途而做出选择："是光明还是黑暗？是复兴还是灭亡？是主人还是奴隶？——这重任摆在每个同胞的肩上！"在诗歌最后一节，诗人大声疾呼："起来，黄帝的子孙们！让我们为着民族生存，齐踏上决战的疆场！"呼吁大家一起为了国家和民族踏上疆场去决斗！

任钧的诗具有鲜明的时代特点，他指出："诗人应该从正面去把这血淋淋的现实作为他作品的血肉，去产生他的坚实犀利的诗歌，然后再用那样的诗歌去催促和鼓励全国给敌人蹂躏、践踏、剥削得遍体鳞伤的大众，为着正在危亡线上的民族和国家，作英勇的搏斗。"（《站在国防诗歌的旗帜下》）。他自己身体力行，一直践行着自己的诗歌主张，从20世纪30年代起，任钧便以自己的诗作为"武器"，参与反帝反封建的斗争。

黄药眠——赤诚的爱国者杰出的文艺战士

人物档案

　　黄药眠（1903—1987），原名访荪、黄访、黄恍，笔名有达史、黄吉、番茄等，梅县区人，著名的政治活动家、文学家、诗人、文艺理论家、教育家、美学家和新闻工作者。

　　黄药眠从小热爱文学，中学时期开始读《楚辞》《庄子》。他在《小传》中回忆起学校的教育："每逢'五·七'、'五·九'国耻纪念，校长先生垂泪以道，给我小小的心灵以深刻的印象。"黄药眠幼小的心灵萌发了爱国的嫩芽。1919年，五四爱国学生运动爆发后，黄药眠自命为"岭东爱国一少年"，积极投身于当地的抗议运动，担任岭东学生联合会梅县区分会的秘书长，并醉心于新文学作品的阅读和写作。

　　青年时期的黄药眠思想上追求进步，积极参加爱国民主运动。早年就读于广东省立第五中学（今梅州中学），后赴日本留学，回国后在百侯中学、金山中学任教。1921年，黄药眠考入广东高等师范学校（中山大学前身）英文系，开始了新文学的创作。1927年"四·一二事变"后，在潮州金山中学任教的黄药眠，回梅县躲藏了一段时间后，又前往上海，经成仿吾、王独清介绍参加了创造社，担任该社出版部的主要编辑工作，并出版了第一本诗集《黄花岗上》，从而奠定了他浪漫派诗人的地位。此外，他还发表了《梦的创造》《非个人主义文学》《文艺家应当为谁而战》等文艺论文，为探讨当时创造社文学发展方向立下了汗马功劳，在文艺理论界崭露头角。

　　1928年夏，加入中国共产党。1929年秋冬，黄药眠被派往苏联青年共产国际东方部。1933年冬，黄药眠回到白色恐怖笼罩下的上海，任共青团中央宣传部部长。1934年10月被国民党当局逮捕，判10年徒刑，直到第二次国共合作时，他才被释放。

抗日战争期间，他与范长江、胡愈之、孟秋江等人在国际新闻社工作。1941年到香港，在廖承志领导下从事宣传工作。太平洋战争爆发，香港沦陷，黄药眠回到家乡梅县，潜心著述，为《当代文艺》《文艺生活》等报刊撰稿，写有散文集《美丽的黑海》、文艺论集《诗论》、译有俄文诗选《莎多霞》等。

1949年7月，黄药眠出席全国文学艺术工作者代表会。9月参加全国政协第一届全体会议。中华人民共和国成立后任北京师范大学中文系教授，从事教学和研究工作。

黄药眠政绩丰富，历任第一届全国人大代表，第三、四、五届全国政协委员，第六届全国政协常委，民盟中央常委、宣传部部长，中国作协顾问，中国文艺理论学会副会长等职务。1987年9月3日，病逝于北京，享年84岁。

经典诗文选读

桂林底撤退① （节选）

我愿意自己
变成一个巨大的竖琴
为千万人的悲苦
而抒情！

——作者

一　桂林——无忧之城
唉，回想起来
那好象是不久以前的事情。

那时候，
桂林城是睡在
幸福底软床上，
而战争，
啊，那可怕的战争，

却像是
一幅旧时代的风景画，
挂在遥远的
洞庭湖的旁边。

啊，桂林，
那真是无忧之城啊。
十字街口
音乐在奏着
商品的舞曲；
广告画上，
涂抹着诱人的
少女的乳胸；
大出丧的队伍
浩浩荡荡的
进入坟墓；
投机家的梦
是云，
镶着淡红色的金边。

桂林，
真是好繁华哪！
黄金，
在高贵的玻璃橱里
粲然地笑了，
他瞅着
那贬了值的人，
又瘦又寒酸，
因而更感到
它自己的自尊和骄傲！

下篇
发展

啊，桂林，
谁还记起战争！
大饭店的橱窗里
宝玉色的磁盘
盛着紫红的腌肉
贵妇们的发饰，
彩蝶般
随意地飘，
闪烁的珠光，
在肉汤的蒸汽上
浮动。
谁敢说，
桂林不是一座
有权威的城！
四方的农民，
都匍伏在它的脚下，
恭敬地
献上了自己的贡品。

当夜悄悄地
踏着"狐步"舞的姿态走来的时候，
它也就
被红色的雾抱起，
轻轻地浮在空中，
巨大的建筑物，
射出微红的
媚眼，
格外显得它的
华贵和尊荣。
可是在这光芒的后面，

黑夜披覆着阴谋，
做着人命的
买卖，
这买卖比古代的魔术
和传说，
还要可惊！

而且日子久了，
军官们
因为被战争遗忘，
而更感到寂寞起来了，
于是他们，
挺起了
生锈的刺刀，
以最勇敢的姿态，
向人民逞起了威风，
他们说，只有用这，
才能够保持着"秩序"与安宁。

唉，桂林城，
眼泪底海里，
浮起了多少
欢欣底泡沫！
呻吟被沉淀在
浮华的下面。
他们说：
它是永远无忧的，
永远繁华的，
永远幸福的。
谁敢说
敌人还会来进攻呢？——

下篇 发展

这一个冒险家的乐园。
…………

三　难民群的"进军"
难民象潮水般涌到桂林。
有些是乘汽车来的，
有些是爬在火车顶上来的，
有些是跑路来的，
每个人的脸色，
都象纸一般黄，
在黄昏的薄光中，
踯躅在
桂林人的屋檐下面。

不管你以前是工厂主，
是百万富翁，
是工人，是苦力，
不管你是绅士，是地主，
是农民，是佃户，
不管你是娇滴滴的
千金小姐，是贵妇，
是女佣，是仆妇
不管你是学生，
是知识分子，是劳动者，
车夫和报贩，
全都一律成为了难民，
被塞进了古庙里，
学校里，招待所里
戏院里，象是一堆
杂柴乱草。
有些人是半裸着上身，

手里还拿着帽子；
有些人是只穿着一只鞋，
另一只脚只穿着破袜；
有些人头发象刺猬
有些人则眼睛里含着
惶恐的余光。
有些人在路旁叩头
向路人告地状；
有些人则退隐在角落里。
闭起了眼睛
沉默无言。
有些老太婆，
为怀念她的孩子
而哀呼着上天，
有些妇人
为思念她的丈夫，
而揩拭着
绯红的砂眼。
孩子在母亲怀里
张着饥渴的小唇，
但母亲没有了乳，
只是滴着一连串的泪。
还有那些生病的人，
明知是绝望了，
痛苦地咬着衣襟，
恳求着
谁来结束他的生命。

他们是被幸福和愉快所遗忘。
喉咙是哑的，
舌头也变得僵硬，

下
篇
发
展

从他们口里说出来的，
无非是：某人从火车顶上
跌下来流出了脑浆；
某人跑不动了
被遗失在路上；
某人因失去了身家
而气愤地投河；
某人在路上遇了土匪，
丢了钱财，又失去了
全家的性命！

这些伤心的话语，
只有伤心的人自己爱听，
不伤心的人，
为什么要来听这些话，
惹起了一阵无谓的忧愁！
所以人们嫌恶这些难民，
嫌恶他们扰乱了
桂林的快乐与平安。
——虽然另一方面
为了面子，又表示着
一点稀薄的同情。

只有到了夜深，
街市的骚音
已经止息，
跳舞会里的音乐，
也已经无声，
桂林周围的山
在侧着头倾听，
倾听那些难民们的

不幸的耳语，
呻吟，叹息，和哭泣……
…………

廿七　火星
可是在这同时，
那些散布在敌人后方的
田野里的人，
却和茂密的森林般，
照旧植根在自己的泥土上——
他们没有走，
他们舍不得生命所依存的土地！

天有时晴，有时雨，
但你可曾看见海
它什么时候曾干？
人民是永生的，
铁锤打在铁板上，
到处都飞进着火星！

革命的种子被散开，
埋在稻田里的步枪，
比土地还要沉默！
三三两两的人，
来往在偏僻的农村，
牛舍里开着会。

打散了的骑兵，
拿着手榴弹向乡民乞食。
农民们拿着米去买枪，
三个两个人变成三队两队，
步枪开始挂在肩上

这儿那儿，袭击着敌人，

成立了人民的武装。

他们象山一般，

袒开着胸膛

让温暖的阳光给予慰抚，

他们因为感到有力而骄傲，

他们不觉得忧愁。

牛背上的孩子，

也张开口唱着战斗的歌：

"我就是坝上的荆棘，

在敌人走过时，

也会狠狠地刺他一刺……"

他们用粗糙的手，

创造了新的天地，

可是，为了要歌颂他们

我们得另写一章。

[注释]

①选自《黄药眠自选集》，花城出版社1986年8月第1版。底：同"的"。下文"幸福底软床上"一句里的"底"也是"的"。

[名师赏析]

在抗战诗歌中，黄药眠的《桂林底撤退》是属于史诗级别的作品。这首诗歌是中国历史上1944年桂林大撤退过程的再现。整首长诗表现了诗人在桂林大撤退途中的所见、所闻和所感。

有评论家认为《桂林底撤退》是"大时代的历史图景"，读来让人印象深刻，感触良多。"我一读到药老的长诗《桂林底撤退》(以下简称《撤退》)，就立刻被它那恢宏的气势、奔涌的激情和韵味独具的语言所吸引。这首长达二十九章、一千六百余行的诗，是血，是火，是史，是檄。这里有犀利的讽刺和愤怒的诅咒，有深沉的悼念和热情的礼赞；有大笔如椽的总体勾勒，有精妙入微的细部刻画。它是抗战那个大时代中最凄惨的一页——

1944年桂林大撤退的全景描绘，也是亲历其境的诗人的情感历程的忠实纪录，无论是对于现代文学史还是对于药老个人的创作来说，它无疑都具有相当重要的意义。"（白少玉《大时代的历史图景——读黄药眠的诗<桂林底撤退>》，《华中师范大学学报(哲学社会科学版)1988年04期》）

全诗共29个章节。这里推荐阅读三个部分，分别是《一 桂林——无忧之城》《三 难民群的进军》和《廿七 火星》，这三节是非常有代表意义的，是记录桂林大撤退发生之前、大撤退的发生和经过的篇章。从标题我们就可以看出每节诗歌的主要内容：桂林从"无忧"的乐园到充满"背叛"与"溃散"，住在桂林的人与逃来、最终一起逃离桂林的人无一不在历经"乱离"与"变幻"。这一切，读者可以真切地感受到历史的真实与残酷，仿佛可怕的历史灾难就在我们眼前上演。

第一部分《一桂林——无忧之城》描写的是在日本侵略军还没有到来之前桂林城里的无忧生活。繁华、幸福、无忧，一切让人觉得是梦，人们的生活物质丰富，歌舞升平，连驻守的军官们都"被战争遗忘"，刺刀也生锈了，好像是一派太平气象。这些是浮华社会上的"欢欣底泡沫"。感觉到虚假繁华的只是当时的国民党当权者们，后来面对日寇的侵略，他们态度消极，甚至变成逃兵。这些在诗中已经有暗示："于是他们／挺起了／生锈的刺刀，以最勇敢的姿态，向人民逞起了威风"，他们"目中无人"的态度就为下文成为逃兵埋下伏笔。但这时候的桂林总体是和平的，只是它是"冒险家的乐园"。这时候桂林的和平、繁华与浮梦都与后来的离乱形成了鲜明的对比。

第二部分《三 难民群的进军》则是展现难民的痛苦和凄惨。长诗的大部分内容都是在讲难民的悲苦，这是作者亲眼看见的难民们的生活。他对此寄托了深深的同情。为了躲避战争以各种方式逃到桂林的人，不管以前从事何种职业，但是现在全都变成难民，连日常吃住都成了问题，甚至有些孩子在母亲怀里喝不到奶水，因为母亲饥饿没有了乳汁……这些悲惨的画面在诗人笔下真实得让人流泪。后来，情况变得更糟，更多的人变成难民，几千万逃难的人一路上饱经沧桑，历经离乱，可以说是时代的悲哀。

第三部分《廿七 火星》写的是诗人对人民革命武装的热情赞颂。让人感到讽刺的是，在桂林和桂林的人们遭受苦难时，当时的国民党当权者们却自己出逃了，丢下这个城市。但是这个城市是不会灭亡的，因为还有一些人没有走，他们成为"革命的种子"，后来扛起了枪，"成立了人民的武装"，作者用充满激情的口吻赞叹他们——人民的革命者，"他们象山一

下篇
发展

般"给予人们依靠，"他们用粗糙的手 / 创造了新的天地！"就是这些可敬的人和让人惊叹的革命队伍拯救了桂林。

可以说，桂林的灾难就是当时中华民族的灾难。这首长诗让人震撼的同时，激发起读者的爱国热情，是因为诗人将自己的情感倾注到那些来自生活的素材和场景之中；是客家人的浓厚的家国情怀，让这首诗歌表现对国家、民族和人民的强烈的关注之情。正如作者在诗歌开头所写的："我愿意自己 / 变成一个巨大的竖琴 / 为千万人的悲苦 / 而抒情！" 诗人把人民的痛苦和自己亲历的痛苦凝聚在一起，他是一名为人民而发声的杰出的文艺战士。

楼栖——文学道路的追梦人

人物档案

楼栖（1912—1997），原名邹冠群、又名灌芹，曾用笔名有楼西、香菲、寒光、黄芦、白茉等。梅县区石坑镇人。著名作家、诗人、教授、文艺理论家。

20世纪30年代初，楼栖就读于中山大学文学院社会系。大学期间，受新文学、新文化运动的影响"弃理从文"，在中共地下组织的教育下，楼栖开始从事革命文艺创作出版活动。"九·一八"事变后，楼栖开始在广州等地的报刊上发表散文《西湖堤畔》以及小说、诗歌等作品。1937年大学毕业后，历任香港华南中学高中部教员，《广西日报》国际新闻编辑，广西工业作家协会分会工作站主任，香港达德学院文哲系教授。

1950年，楼栖被调入中山大学中文系从事文艺理论教学，历任中山大学教授、中文系副主任、中山大学学报主编等职。60年代初，他与蔡仪等教授主编的《文学概论》多年来一直被用作高等院校中文系的教材。楼栖为了祖国的教育事业呕心沥血。他扶掖后学，悉心指导并培养了一批又一批的青年教师和研究生，输送了大量文艺理论的教学骨干和学术骨干到全国多所高等院校和科研机构。

"这些民歌摇篮，哺育着我的童年，成为我的文学养料。"——楼栖从小接受客家的风俗习惯和传统文化的熏陶，不仅他的身体，还包括他的文字、思想和灵魂都是属于客家的，都带有浓郁的客家气息和梅州风情。据他的儿子邹启明回忆："父亲是客家人，一辈子都改不了他的客家乡音。无论是说普通话还是讲广州话，都像说客家话。""在家乡也没有什么亲人，但他对家乡却有着很深的感情。"客方言长诗《鸳鸯子》就是其代表作。客家人，客家话，客家事，客家情，已经深深烙在他的灵魂里。嘉应学院文学院

下篇 发展

陈红旗教授在《论客籍作家楼栖的文学创作及其他》中评价道："在某种意义上，可以说他将民国的文学精神与新中国的文学风格结合，写出了很多具有浓郁客家情调和强烈时代色彩的作品。同时，他也是一个严谨的学者，更是一个有道义担当和人道情怀的现代知识分子"。

　　楼栖从事文艺创作、报刊编辑、大学教学和学术研究60余年，著有散文集《窗》，杂文集《反刍集》《柏林啊，柏林》《楼栖自选集》《楼栖作品选萃》，中篇小说集《枫树林村第一朵花》，学术专著《论郭沫若的诗》，长诗《鸳鸯子》等。

经典诗文选读

鸳鸯子·复仇的火焰（节选）

激得三爷须惹惹，喊鸳鸯子来开载骂。

"别人造反涯由佢①，你嘅②贱屎在涯手心里。"

鸳鸯子对佢冷冷笑，"三爷嘅手心涯知道，

穷人大家一条心，看你地主孤头老。"

手臂一挥烟筒起，"打死你嘅死贱屎"，

鸳鸯子一手抢烟筒，唥一声来挼落地。

三爷一喝狗都跳，鸳鸯子畀③佢捆也倒。

烟筒落肉一条熏，三下五落血印一条条。

有人来劝李三爷，"唔好再将佢来打，

鸡春④碰到石头上，一定头开额又花。"

"将佢捆在树头下，等你好好想一夜，

露水打来夜风吹，你正知道李三爷。"

早就有人去报信，三声锣响召穷人，

又拖枪来又拿棍，赶到河边大草坪。

玉琪当众来宣布，"地主三爷真可恶，

居然敢打鸳鸯子，打哩还要绑上树。"

"毒蛇怕死又开牙，老虎头上捉虮姆⑤，

穷人翻身闹革命，翻身就在今哺⑥夜。"

玉琪紧⑦讲紧起劲，额头上面爆青筋。

火把一照面绯红，声像铁球滚过岌。

恼嘅恼来骂嘅骂，声声要捉李三爷，

要完血债要报仇，人马开向高楼下。

到处人马到处火，到处高声到处歌。

心头火焰猎猎跳，咬牙倩齿想把人咬。

[注释]

①涯（á）：我。佢（qú）：他。②嘅：那么。③畀（bì）：古同
"畁"，给予。④鸡春：鸡蛋。⑤虱嫲（shī nǎ）：粤北山区的一种最具代
表性的方言，亦是一种濒危方言。各地的叫法各不相同，除"虱婆声"外，
还有"本城话"、"河西话"、"虱嫲话"、"虱嫲声"、"船话"、"老
韶关话"等多种叫法。⑥今晡：今晚。⑦紧：越。

[名师赏析]

楼栖的客家方言诗《鸳鸯子》，题材取自梅西山区，大量使用客家俚语
俗语，以客家方言入诗，反映了新中国成立前客家山村的社会面貌，具有浓
郁的生活气息，表达了诗人对压迫者的憎恨以及对人们摆脱苦难、进行反抗
和斗争的赞颂，同时也表达对为革命而牺牲的父老乡亲的由衷敬佩与敬仰，
体现了楼栖坚守诗歌"为人民大众而歌唱"的诗学观和对于"方言文学"的
认同、体认和践行。《复仇的火焰》是其中重要的篇章。

《复仇的火焰》直接叙述鸳鸯子和广大人民群众与李三爷的斗争过程，
不拐弯抹角，善于裁剪，中心突出，斗争过程清楚明了。开篇就点明李三爷
对鸳鸯子的压迫，以"孤头老"来比喻李三爷压迫百姓，不得人心。为下文
人民群起斗争埋下伏笔。以"毒蛇怕死又开牙，老虎头上捉虱嫲"起兴，引
出"穷人翻身闹革命"，一句话把故事带进高潮。

在人物刻画上，《复仇的火焰》充分利用客家方言的生动性对人物形
象予以准确的描绘："激得三爷须惹惹，喊鸳鸯子来开载骂""打死你嘅
死贱尸"，揭露李三爷威胁鸳鸯子后凶恶、暴怒的丑态；"三下五落血印一
条条"把李三爷残忍、无人性的嘴脸刻画得淋漓尽致，同时也体现了作者对
奉行弱肉强食的生活原则，凶狠专横，敲骨吸髓的地主的批判。"冷冷笑"
体现了鸳鸯子对李三爷威胁的不屑和无畏，"穷人大家一条心，看你地主孤
头老"一句暗示了广大百姓齐心协力反抗剥削，恶地主终究不受拥护、势单
力薄的结局。"孤头老"一词虽鄙俗，但口语化的表达通俗生动形象。尽显
地域特征的语汇，充分挥洒着客家地区泥土的芬芳气息，鸳鸯子对三爷的憎
恶溢于言表。通过神态、动作描写，语言上调遣底层百姓的土话、说辞，特

下篇发展

色鲜明、效果独特地展现了鸳鸯子有血性、有骨气，不畏黑恶势力，敢于反抗，敢于斗争的品质。对玉琪的描写也使用各种俗语，通过神态描写和比喻的手法，把知道李三爷抓了鸳鸯子后愤怒、不满、奋起反抗的这一人物形象刻画得活灵活现。

人性的新生

前年，在不知哪一期的《光明杂志》上，读过一篇《韩信与阿Q》的文章。作者的姓名虽然给我遗忘了，但那篇文章给我的印象却很深。

内容的大意是说：韩信的受胯下之辱和阿Q的"儿子打老子"的精神是相通的。然而，受辱之后的韩信却能发奋勉，终而拜将封王；而阿Q，却只止于"精神胜利"，丧失了应有的自信心，其缘由，在于：韩信是生长在"闭关自守，唯我独尊"的古老的中国；所以韩信所代表的是自信心极其强烈的中国人性的典型。而阿Q，却是生长在被帝国主义所压迫，所侵凌的时代。"排外心理"一降而为"怕外心理"的时代，所以阿Q所代表的是自暴自弃，自信心完全丧失了的中国人性的典型。

站在历史的面前，照出了这一副可耻的嘴脸，我们该如何地警惕与自觉？然而，中国的历史难道永远停留在阿Q的阶段上了吗？二十个月来的神圣抗战，给中国历史以一次血的洗礼。自然，我们所争取是国家自由，民族解放，然而我们不要忽视了，同时要争取人性的新生。

我们停留在阿Q的阶段里有多少年代，忍受着被凌辱，被压迫的耻辱有多少年代？过去，外国人是用着怎样的眼光来看待我们？不要含糊，说响亮一点！

神圣抗战的血的洗礼，把"人"与"奴隶"的界限洗得很分明，也很清晰。在"人"的旗帜下，有千千万万的在挣脱的锁链的一群；在不管近和远的国度里，也有千千万万的人群，在帮助我们粉碎手脚上的镣铐，因为真正的文明所需要的是"人"，并不是"奴隶"。

然而，在"奴隶"的旗帜下，也仍然有不少阿Q型的嘴脸：有粉墨登场，甘心做傀儡的丑角；也有高唱和平，向敌人秋波频送的政客官僚；有阔绰豪华，在"世外桃源"纵情深色的公子王孙；也有高谈救国，但暗中却把人家汗血凝成的救国捐塞进荷包里，准备国亡以后还可以做海外寓公的贪官污吏……不管嘴脸如何变化，但左右心房心室所贮积的都是会在阿Q身上流过的血液——"抗战必胜"的自信心梗在他们"恐日"心里的刺刀上。

历史在向前开步去，这一群人却在背着"奴隶"的大蠹崩溃下来。

历史安排下了阿Q，终而把阿Q扬弃了，中国是新生了，阿Q也应该新生了——他们却可怜到这一点都没有看出。阿Q的新生，是几十年来中国被压迫被凌辱的历史所锻炼出来的"必然"，过去的耻辱是滋养他新生的粮食。若说韩信是中国人性的"肯定"，阿Q是中国人性的"否定"，则新生的阿Q该是中国人性的"否定之否定"了。

新的阿Q并非韩信的报复，韩信的报复观念仅是个人的觉醒，出于个人主义，归宿于个人主义，他的灭亡的悲剧充分暴露了这一个缺点。

不仅韩信是这样，就是和韩信同一历史圈的人物如伍子胥，越王勾践……也莫不如此。新生的阿Q是民族的觉醒，民族的叫喊，他摆脱了个人主义的窠臼，表现了民族的整体和民族的韧性。

韧性，也就是从耻辱中提炼出来的——没有过去的耻辱，便不会有现在顽强的韧性；这任性，是从耻辱中成长，终而把耻辱扬弃了。

阿Q的心声是人性的回复，而且是人性的长成和发展。要说明一个事实也只有根据历史：历史只能带给中国以磨折，却不能带给中国以灭亡，过去历史安排下的四分五裂的局面，经过这次血的洗礼之后却渐粘渐固了。民族的韧性的发挥，便是这一个证明。

"人"和"奴隶"的界限分明，消长的结果便可以预约：前者在血泊里新生，后者在血泊里毁灭。

[名师赏析]

楼栖的《人性的新生》一文具有强烈的时代色彩和人文情怀，体现了他对社会的关注和对人生的思考。

作者看到有人将韩信与阿Q进行对比，认为韩信所受到的胯下之辱和阿Q的"儿子打老子"精神的是相通的，实际上两者虽然都遭受了奇耻大辱，可他们的结果却不同。韩信可以奋发图强，而阿Q走向消极颓废，自暴自弃。这是因为韩信身上所代表的是具有极强自信心的中国人性，阿Q身上所代表的是丧失自信心的中国人性。楼栖由此想到了现实问题：抗日战争中，我们要争取的是国家独立和民族解放，但更重要的是——人性的新生。

作者站在抗日战争的时代背景之下，作为一名有道义、有担当的知识分子，他呼唤人性的新生，呼唤仁人志士挽救祖国、挽救人民，文章具有深刻的思想性，读之引人深思。楼栖一方面把批判的笔锋指向了官僚军阀、恶霸地主乡绅及其汉奸走狗，鞭挞了他们无情欺压乡民、鱼肉百姓的罪行；另一方面歌颂具有反抗斗争精神的正面人物。对于原来的阿Q型的人物，楼栖无

下篇 发展

疑是猛烈批判和辛辣讽刺的，对于韩信，楼栖肯定了他身上雪耻的优点，但也对其狭隘的个人主义做出了否定。在民族危亡的生死关头，站在国家立场而又敢于发声的人，必定是时代的需要。人可以在血泊中得到新生，而奴隶只能在血泊中走向毁灭。抗战中血的洗礼，将带来人性的新生，浴血奋战，更离不开新生的人性。

作者运用对比的手法，目的就是为了突出新生的人性，既有历史纵向的对比——新生的阿Q与原来的阿Q、韩信的比较，又有现实横向的对比——人和奴隶的比较、个人主义与国家主义的比较。他把人分成了两种：第一种在人的旗帜下，追求自我解放、人性解放。第二种在奴隶的旗帜下，甘心做傀儡的丑角，或表里不一的政客官僚，或纵情声色的公子王孙，或虚有其表的贪官污吏。而在抗日的当下，依然有一群人处于"奴隶"的旗帜之下，这些都是典型的阿Q，他们骨子里的性格是"怕外"的、"恐日"的。相比起以个人主义为出发点和落脚点的韩信的觉醒，楼栖把新生的阿Q上升到民族和国家的角度，摆脱了个人主义的自救。相比起原来的只会用"精神胜利法"来迷惑自己，甘于屈辱的阿Q，楼栖认为新生的阿Q是否定之否定，即具有韧性，从耻辱中孕育出来的韧性，最后以民族的韧性发出呐喊，获得自身的觉醒、解放。这就是楼栖所认为的人性的成长与发展。

奴才的嘴脸

五胡乱华，在历史上留下了很大的遗毒，媚外的风气，流行很广。《颜氏家训》有云：齐朝士夫，尝谓吾曰："我有一儿，年已十七，颇晓书疏。教其鲜卑语及弹琵琶，稍欲通解。彼此伏侍公卿，无不宠爱。"《隋书·经籍志》里所载的学鲜卑语的书籍更多。

这是一副奴才的嘴脸。

那时候，汉人是农奴，鲜卑是武士；前者是被压迫者，后者是压迫者。两个阶级之间有很深的仇恨。然而，高欢却善于调和。他对鲜卑说："汉人是汝奴，夫为汝耕，妇为了汝织，输汝粟帛，令汝温饱。汝何为陵之？"回头对汉人却又弹另一调子："鲜卑是汝作客，得汝一斛粟，一匹绢，为汝击贼，令汝安宁。汝何为疾之？"

这是另一形态的嘴脸。

读历史时读到这两段，每每要面红耳热。一方面感到历史上媚外的可怜，一方面要痛恨高欢的狠毒。

最可怜的莫过于现在的奴才。他们不仅希望"伏侍公卿，无不宠爱"，且还要开脱自己的国籍，骂自己的同胞"中国猪"。呜呼，侵略者没有进步，倒是奴才进步了！先前奴才的嘴脸原不过献媚，现在的奴才却除了献媚之外，还要狐假虎威。"汉儿尽作胡儿语，却向城头骂汉人"，奴才的嘴脸到底是进化了。

[名师赏析]

《奴才的嘴脸》一文从奴才的嘴脸出发，先讲颜氏家训中记载的教儿鲜卑语和弹琵琶，用以服侍公卿，获得宠爱的故事；再讲高欢对鲜卑和汉人的圆滑说辞。通过这两个历史事件，将奴才的嘴脸展现在读者面前，紧接着批判历史上媚外的可怜，表达对狠毒的高欢的痛恨，然后直抒胸臆，强烈地展现自己对奴才的怨愤憎恶之情。

唐代司空图在《河湟有感》中说："汉儿尽作胡儿语，却向城头骂汉人"，对汉儿学胡语感到不幸和痛心。本来华夷杂居，彼此感化，是很正常的，然而，这首诗中司空图所悲叹的是，因为长期沦陷，经过一百余年，唐人的孩子学的都是吐蕃语言，早就忘却了自己的母语，汉族的观念已很淡薄，更无对唐王朝的效忠之心，反将唐人当仇人，用吐蕃语来骂自己的同胞。诗人对此痛心疾首，扼腕叹息。楼栖借用此典故，为祖国遭遇不幸感到痛心。

历史上的奴才"伏侍公卿，无不宠爱"，当今的奴才却有过之而无不及，崇洋媚外，开脱自己的国别，狐假虎威，反过来拿着洋话嘲笑、讽刺甚至谩骂国人——"中国猪"。真是小人得志，看上去耀武扬威，不过就是像狗一般对着同胞乱吠乱叫。"呜呼，侵略者没有进步，倒是奴才进步了！"楼栖将矛头直接指向那些卖国求荣的汉奸和认为"外国月亮比较圆的媚洋者"以及帮着外人欺负国人的走狗，幽默的话语中夹带着辛辣的讽刺和强烈的批判。

文章短小精悍，字句精炼，语言诙谐讽刺、犀利刻薄。借古讽今，巧妙地通过历史故事和典故刻画了奴才的丑恶嘴脸，语言坚实有力，犀利的笔锋切中国民要害——奴性。历史上有些人是皇帝、贵族、官僚的奴才，当今的部分国人是外国侵略者的奴才，他们的本性是一致的，都是源自于受压迫之久后产生的奴性。楼栖不留情面，一针见血，尖锐地"暴露"和"攻打"奴性，充满着批判和战斗的激情，用笔作利刃，直击敌人心脏，让人读后畅快淋漓、拍案叫绝。

下篇 发展

杨应彬——才华横溢的革命家

人物档案

杨应彬（1921—2015），笔名杨石，大埔县百侯镇人。中国共产党党员、革命家、作家，与欧阳山、杜埃、吴有恒被誉为广东"四大才子"。

1935年秋，杨应彬在上海参加"左翼教联"和山海工学团，被任命为儿童部负责人。次年加入中国共产党，安排在中共特别支部下工作。

抗日战争前，杨应彬主要从事上海的抗日救亡运动，抗日战争爆发后，杨应彬奉中共党组织的命令，进入国民党张发奎部从事战地宣传、军事、统战及地下工作，并且参加了淞沪会战、武汉会战和桂柳会战。1940年5月份，经左洪涛的推荐，杨应彬由张发奎本人保送去贵州独山军校第四分校，并以优异的成绩毕业。

中华人民共和国成立后，任广州市军管会副秘书长，参加华南分局党校筹备和组教工作。先后任广东省人民委员会办公厅主任，中共广东省委常委兼秘书长，广东黄埔军校同学会名誉会长，中国国际文化交流中心广东分会理事长，中国陶行知研究会副会长，广东中华诗词学会会长等。

1985年之后杨应彬担任政协广东省委员会第五届、第六届副主席、党组书记，中共十二大、十三大代表，第七届、第八届全国政协委员，为国家建设做出了积极贡献。

杨应彬著有《小先生的游记》《岭南春》《春草集》《东湖诗草》《东山浅唱》《东廊吟鞭》《碎砖集》等，著作收入《金华集》。《金华集》记录了杨应彬入党后从事革命斗争60年的峥嵘岁月，文集中《六十年的战斗历程》一文，由杨应彬口述、妻子郑黎亚记录而成。《东廊吟鞭》由郑黎亚抄录杨应彬的主要诗词作品而成。

咏红棉

南海苍茫南岭娇，东风怒卷穹江潮。

百年多少英雄血，溅上红棉照碧霄。

[名师赏析]

《咏红棉》是杨应彬写于20世纪80年代的作品。短短二十几字，读后仿佛有一腔热血涌动，体现了作者的故土情怀、革命气概与念念不忘弘扬的革命传统。

《咏红棉》是一首托物言志、借物抒情的咏物诗。木棉树被誉为英雄树，木棉花被誉为英雄花，作者以红棉为歌咏的对象，并用此来比喻革命英雄，借助红棉的红色外在形象和坚毅、奉献、热情的特点，象征着革命英雄顽强不屈、顶天立地，为了革命事业抛头颅洒热血的献身精神，表达了对百年古今英雄人物无私奉献、前仆后继精神的敬畏和赞颂。

首句"南海苍茫南岭娇"点明地理位置。苍茫的南海，秀美的南岭，迅疾的春风卷起江河的朵朵浪花。古今诗人笔下的春风多为和煦之态，但作者下笔却高视阔步，一改往常，"东风怒卷穹江潮"，一个"怒"字，运用了拟人的修辞手法，赋予"东风"以人的情感，更是把江河波涛涌动之情态写得淋漓尽致：波涛粗野凶暴的性格，急流澎湃的气势，同时仿佛可以听到狂涛拍岸的吼声，看到它不可阻挡的威力，动感颇足，不禁让人惊心骇目，大有"大江东去，浪淘尽，千古风流人物……乱石穿空，惊涛拍岸，卷起千堆雪"的磅礴气势，为下文对英雄人物的直接歌咏做铺垫。

诗的前两句写江山形胜，蔚为壮观，而后两句转写英雄伟业。作者从色和光两个角度的描写，使诗的画面感更为可观，"血溅红棉""照亮碧霄"，气势浑雄，恰到好处地借用了血的鲜红和红棉颜色的相似性，新颖奇特又合情合理。两句诗直抒胸臆，点明主旨，诗的气象境界由此凌厉，而且铿锵有力。

全诗凌云健举，包举有力，把秀美的南方、波涛汹涌的江水和百年的英雄人物并收笔下，联缀交织成诗。风格豪迈奔放，句句雄浑有力，创造出一种高尚宏大、宽阔高远的意境，使人肃然起敬并为之倾倒。

杨应彬晚年和小儿子杨小杨一家住在广州东山省委大院一栋老房子的5

楼，《咏红棉》就挂在进门走廊的墙壁上；在《杨应彬诗词》中，这首诗被置于卷首，足见作者对这篇作品的喜爱程度。

少年游

漫将留影认从前，一万八千天。滑濑雪花，梅滩霜叶，^①神逐西岩^②巅。

却今须发同斑白，重负复同肩。一颗童心，三分傻劲，应不减当年。

［注释］

①滑濑雪花，梅滩霜叶：出自清朝百侯进士杨之徐作的"百侯十二景诗"。"百侯十二景诗"描绘出百侯在清朝时期风景优美、文风鼎盛，百姓安居乐业、社会欣欣向荣的景象。②西岩：指西岩山区，是当年红军游击队的活动区域。

［名师赏析］

杨应彬的《少年游》是一首进发着奋进之情，振响着乐观之调的词。全词通过小时候和如今的对比，散发出对过往美好的珍视之情和对家乡风貌浓浓的喜爱之意，表达诗人老当益壮、奋斗不息、对伟大理想的追求永不停止。

词的上半部分叙事写景，"漫将留影认从前"从一张照片入手写起，看着照片，辨认小时的自己，原来已经过去了许多岁月，一时脑中诸多记忆碎片泛起。滑濑雪花、梅滩霜叶引着作者的神思也飞往那西岩山巅。既赞颂了家乡大埔百侯的美景，又表现了童年杨应彬对革命事业的向往。

下半部分抒情言志，作者逐渐回归现实，与当年一样身兼重任，不同的却是自己如今须发斑白。作者虽已年迈，但豪情不减当年，依然意气风发。他没有用激昂的笔调，没有遒劲笔力，没有沉雄韵律，而是以"一颗童心，三分傻劲"来形容自己年轻时的革命热情和凌云壮志，既有谦虚的意味，又带着天真烂漫的俏皮的灵动之气，更表现他宝刀未老、壮心未已的英雄本色，内蕴着一股自强不息的豪迈气概。

相见欢

梅江环绕阴那，海云遮。午梦萦回清泪，总沾纱。

心常眷，口常念，是山家。此日欣然相见，话桑麻。

［名师赏析］

《相见欢》是1992年世界客属恳亲大会在梅州举行时，杨应彬回到故乡与客家乡亲聚会所作的词。全词亲切自然，富有生活气息，虽无华丽的辞藻，但出语洒落，浑然省净，有"清水出芙蓉，天然去雕饰"的美学情趣。

首句"梅江环绕阴那"，作者运用白描的手法，勾勒出美丽的梅州风光：梅江水，阴那山，水映衬着山，山依恋着水，袅袅云雾环绕在山间，显得自成一统，别有天地，如诗如画，如梦如幻。可以想象在这美丽的山村中，田园生活是多么平静和谐。第二、三句写家乡的山水是那样的美，勾起无数在外游子的乡愁。午梦萦回，清泪沾纱，心里嘴上，挂念的是远处的家乡，是连绵起伏的山峦。最后一句"此日欣然相见，话桑麻"，说的是今天相聚，好友重逢，谈论农事，这是多么令人欣喜的场景。话桑麻，更让读者领略到田园气息——强烈的农村风味和劳动生产的氛围。这句和首句呼应，青山、绿水、白云、桑麻，和谐地构成一幅优美宁静的田园风景画。

　　杨应彬的《相见欢》叙事自然流畅，感情真挚，诗意醇厚，表达了作者对家乡的深深眷恋和无比热爱，传达出聚会来临时的喜悦心情。

下篇
发展

林风眠——绘画大师美术教育家

人物档案

林风眠（1900—1991），原名林凤鸣，梅江区西阳镇阁公岭村人。幼年受其祖父林维仁（以雕刻墓碑为生的石匠）及父亲林雨农承祖业兼长书画的艺术影响，六七岁时就跟随父亲学画，临习《芥子园画谱》。

15岁考入梅州中学，在老师梁伯聪的指导下，逐渐"掌握了中国画的规律，工笔、山水都会画"，显露了优异的绘画才能。1919年赴法勤工俭学研修西洋绘画，立志复兴中国艺术，主张"一切民族文化之发达，一定是以固有文化为基础，吸收其他民族的文化，造成新的时代"。1924年，与林文铮、李金发等组织了艺术家社团"霍普斯会"，即后来的"海外艺术运动社"；同年5月在斯特拉斯堡举办了中国美术展览会。林风眠和林文铮通过这些活动结识了蔡元培，他们立志通过艺术追求实现人生抱负。

1926年林风眠返国任教，担任北京艺专校长，以艺苑新锐的姿态，延聘专家，实行专科教室制，一时东西艺术家荟萃于该校。绘画团体、艺术团体空前活跃。1927年5月，林风眠等"乃仿照法国Salon办法，倡办大规模之'艺术大会'，其目的在集中艺术力量，实行整个的艺术运动，于是以艺专为中心之北京艺术大会，即从此开始也……实为中国提倡艺术，使吾国人人都能领略艺术意义"。1928年春，杭州国立艺术院（后改为杭州国立艺术专科学校）成立。蔡元培任命林风眠为院长。至1938年，林风眠逐渐成为中国美术的领军人物。抗战全面爆发后，他辞去校长职务，开始了孤独而漫长且获得独立成就的画家生活。战时，林风眠寓居于嘉陵江南岸的大佛殿，住在一间破败的仓库里；在这里，林风眠画了大量水墨加彩色的作品，奠定了他后期艺术的基本格局。1952年，到上海定居，潜心作画，离群索居。

林风眠擅长描写仕女人物、京剧人物、渔村风情和女性人体以及各类静物画和风景画。从作品内容上看有一种悲凉、孤寂、空旷的风格；从形式上看一是正方构图，二是无标题，他的画特点鲜明，观者一望即知。他试图努力打破中西艺术界限，造就一种共通的艺术语言。是一位富于创新意义的绘画大师、美术教育家，对许多后辈产生过深远的影响。林风眠是整个20世纪中国美术界的精神领袖。画作代表作品有《春晴》《江畔》《仕女》《山水》《静物》等。著有《中国绘画新论》和论文集《艺术丛论》，出版有《林风眠画集》等。

经典诗文选读

自嘲①

一

我独无才作画师，灯残墨尺夜眠迟，

青山雾里花迷径，秋树红染水一池；

犹忆青丝魂已断，谁知白发梦难期，

山村溪水应如旧，片片浮云处处诗。

二

一夜西风，铁窗②寒透，

沉沉梦里钟声，诉不尽人间冤苦。

铁锁锒铛，幢幢鬼影，

瘦骨成堆，问苍天所为何来！

云淡天清，明月日圆，

两地相思，共诉婵娟③。

相见梦魂中，读苦总无言，

说不尽悲欢离合，恶浪同归。

吹不散深情似海，看天边明月，永照人间。

[**注释**]

①写于1971年，全诗现收录于《林风眠全集·伍》（朱朴编著，中国青年出版社，2014）。②1966年起，林风眠被反复关押、释放。③1955年秋，林风眠太太阿丽丝与女儿蒂娜移居巴西。

[名师赏析]

林风眠说："经过丰富的人生经历后，希望能以我的真诚，用我的画笔，永远描出我的感受。"1981年，林风眠发表散文《老老实实做人，诚诚恳恳画画》，这两句话也是林风眠先生一生奉行的原则：他是一个具有真正艺术家品德与修养的人。

《自嘲》便是林风眠在遭遇坎坷磨难时所写，诗中却始终流露出他热爱艺术、热爱生命的追求。全诗现收录于《林风眠全集·伍》（朱朴编著，中国青年出版社，2014.12）。

《自嘲·一》"我独无才作画师，灯残墨尺夜眠迟"，此二句充满了作者的自嘲：因为没有其他才干才当了画家，在昏黄的灯下带着鞭痕在囚室中难眠。黄永玉在《比我老的老头》一书中这样描写了林风眠的去世：九十二岁那年的八月十二上午十时，林风眠来到天堂门口。"干什么的？身上多是鞭痕？"上帝问他。"画家！"林风眠回答。"青山雾里花迷径，秋树红染水一池"，秋色刚烈，既有青山中锦绣的花色，又有树的红色和水一脉的浓酽。此联和首联比，没有"自古逢秋多寂寥"的自怜，而是呈现出"君子固穷、怡然自处"的气概。"犹忆青丝魂已断，谁知白发梦难期"，1955年秋，林风眠太太阿丽丝与女儿蒂娜移居巴西，林风眠大半生都在孤独和艰辛中度过，此时人到暮年，难免感伤过去历历在目，却梦未圆、人已老。只是"山村溪水应如旧，片片浮云处处诗"，山村自然风景万物应该也是不变吧，天上的浮云诗意始终。回忆起家乡，他说那里是浮云遍布、如诗如画的美丽地方。全诗流露出诗人的沧桑，诗意却哀而不伤。

《自嘲·二》"问苍天所为何来"是诗人身陷囹圄时的呐喊。

"云淡天清，明月日圆，两地相思，共诉蝉娟。相见梦魂中，读苦总无言，说不尽悲欢离合，恶浪同归。吹不散深情似海，看天边明月，永照人间。"在苦难中，林风眠想起了移居巴西的太太阿丽丝与女儿蒂娜。可在梦中相见的妻儿，却因为这种苦难的境况而无言述说，林风眠此时的内心又是何等孤独。即便如此，退缩到艺术道路中72岁的林风眠，始终作为一个艺术家，内心被善美呼唤，"吹不散深情似海，看天边明月，永照人间"可看出他虽然历经磨难却绝不颓唐，总是热爱生命，抗争丑恶，追求善美。

1977年10月，78岁的林风眠获准出国探亲。经历了苦难的他，说的却是："艺术，是人生一切苦难的调剂者。"

艺术是什么（节选）[①]

艺术是什么？

原始人类时代，穴居野处，当时人类之生活，实极简单。他们一方面为满足生活的需要而产生工具；一方面为满足情绪上的调和，而寻求一种相当的表现，这就是艺术。

我们尤当特别注意的，就是音韵为声音的舞蹈之表现。舞蹈实为动作的音韵之表现。人类在本能上具有表现其悲哀与欢乐的一种表示。这种表示的方法，只有两方面：即呼叫与手势。由此产生声音与形式，为一切艺术原始之原素。人类所异于其他动物，就是能把这种声音与形式变化无穷，而成艺术上的两种倾向。前者由言语之应用，以音韵为中心而产生音乐与诗歌；所谓"言之不足，故长言之；长言之不足，故咏叹之"就是这种意思。后者由文字之应用，以形式为中心而产生装饰、建筑、雕刻、绘画诸类。舞蹈是含着音乐的节奏，形式的均齐两方面的一种表现。

艺术是情绪冲动之表现，但表现之方法，需要相当的形式，形式之演进是关乎经验及自身，增长与不增长，可能与不可能诸问题。人类对此两方面比较完备，在表现方法上，积成一种历史的观念，为群体之演进，个体之经验绝不随个体而消灭的。

人类对着自己的情绪，只有两种对付的方法：前一种在自身或自身之外，寻求相当的形式，表露自己的内在情绪，以求调和而产生艺术。后一种是在自身之内，设立一种假定，以信仰为达到满足的目的，强纳流动变化的情绪于固定的假定及信仰之中，以求安慰而产生宗教。宗教之构成，总含着特别的条件，而出世与超物质的思想，为其根本方法。

艺术构成之根本方法，与宗教适相反。宗教与艺术同原始于人类情绪上之一种表现。艺术则适应情绪流动的性质，寻求一种相当的形式，在自身（如舞蹈、歌唱诸类）或自身之外（如绘画、雕刻、装饰诸类）使实现理性与情绪之调和。

[注释]

①原载于《东西艺术之前途》（1926），后收录于《艺术丛论》（林风眠著，南京正中书局出版社，1947）。

[名师赏析]

1926年2月，林风眠离开法国回到上海，与先行回国的蔡元培同寓上海沧州旅社，这时才获知北京艺专已聘他为校长。他旋即北上，3月2日正式到

下篇 发展

任。北京艺专始建于1918年，林风眠的前任刘百昭，因政局和学潮辞职。学生要求继任校长须有高深艺术造诣且与学潮无关，教育部征询各方人士举荐人选，林风眠是被举荐的人之一。1月27日，艺专全体学生投票，选出林风眠、蔡元培、萧俊贤、彭沛民、李石曾等5名候选人，林风眠得票最高。当晚，教育部即签发了聘任令。林风眠担任校长后，挽留辞职教师、聘留法同学、整顿教学秩序。以艺专为阵地，发起北京春季艺术大会，通过艺术运动推动蔡元培"以艺术代宗教"、"艺术社会化"理想的实施。"打倒摹仿的传统艺术！打倒贵族的少数独享的艺术！打倒非民间的离开民众的艺术！提倡创造的代表时代的艺术！"这些口号和倾向，可看出与五四新文化运动一脉相承。林风眠发表演说，指出"此次艺术大会，实为吾中国来提倡艺术，使吾国人都能领略艺术本意"。这期间，林风眠发表了一系列《东西艺术之前途》《中国绘画新论》等著述篇章，大都收录在他所著的《艺术丛论》中。这场运动引发当时各类报刊争相报道和各界关注，成为北京一大景观。

《艺术是什么》即是其中的一篇。

艺术是什么？林风眠在本文通过浅显的语言和生动的比喻，形象地回答了这个问题：为满足人类情绪上的调和。艺术根本是感情的产物，人类如果没有感情，自然也用不到什么艺术；换言之，艺术如果对于感情不发生任何力量，艺术便不成为艺术。而呼叫与手势由此产生声音与形式，是一切艺术原始的元素。同时，艺术是情绪冲动的表现，艺术家为情绪冲动而创作，把自己的情绪所感传给人类社会。换句话说，研究艺术的人，应负起一定的把人类情绪向上引导的责任，由此不能不有相当的修养，不能不有一定的观念。最后，艺术是革新的，原始时代附属于宗教之中，后来脱离宗教而变为某种社会的产品。艺术是创造的冲动，但绝不是被限制的，是适应情绪流动的性质，寻求一种相当的形式，在自身或自身之外使实现理性与情绪调和。

林风眠为什么认为"艺术构成之根本方法，与宗教适相反"、"以艺术代宗教"和"艺术社会化"，由此可见一斑。

我的兴趣（节选）①

一方面在课内画着所谓"西洋画"，一方面在课外也画着我心目中的中国画，这就在中西之间，使我发生了这样一种兴趣：绘画在诸般艺术中的地位，不过是用色彩同线条表现而纯粹用视觉感得的艺术而已，普通所谓"中国画"同"西洋画"者，在如是想法之下还不是全没有区别的东西吗？从此，我不再人云亦云地区别"中国画"同"西洋画"，我就称绘画艺术是绘画艺术；同时，我也竭力在一般人以为是截然两种绘画之间，交互地使用彼此对手底方法。

说是大同思想使然也好，说是普通的人道主义使然也好，说是从两种方法中得到的领悟使然也好，我是从这个兴趣中得到了一种把绘画安置到绘画底地位的主张。我以为，二十世纪以来的欧洲绘画中透露出来的东洋画风的趣味是必然的，数千年来的"中国绘画"时时采取外来的画风以为发荣滋长之助的办法是聪明的。因此，在创办国立杭州艺专的时候，我说反对把所谓"中国画"同"西洋画"的学生分立两系的主张，把绘画系综合成立绘画系，爱习"中国画"的学生必须学习绘画之基础的木炭画，爱习"西洋画"的学生必须学习"中国画"。

当年达尔文用过二十年的苦工去证明他底天演论，可见无论学力到了多末成熟地步的人，也没有划途自禁的权利。我明白这是一个学者应取的态度，因此，我也不敢有一分自满，我也不敢有一天懈息，我天天在对于绘画技法的试验同学画的探索中。我有了这个"绘画便是绘画"的信心，我就天天在这方面努力。

[注释]

①写于1972年，现收录于《客家诗文》（杨宏海选编，华南理工大学出版社，2006）。

[名师赏析]

《我的兴趣》是作者1972年写的一篇短文，现收录于《客家与梅州书系：客家诗文》（杨宏海选编，华南理工大学出版社，2006）。语言比较随性。在本文中，林风眠对"绘画"提出了"融合中西：创作时代艺术"的主张，并视为一生的艺术理想，为之付出了艰辛的努力。

林风眠认为，中西艺术的本质是相同的，中西艺术的融合是合理的，而且也是自然的。在中国艺术史上，不同文化的融合并不少见，而"中西融合"也是20世纪世界艺术发展潮流中的一种。看似"自然而然"的中西艺术融合凝聚着艺术家们的汗水与心血。中西融合有许多不同的道路可以走，但林风眠选择的是一条不太好走的路，即主张中西无主次，不管是不是中国画，不论是对西方现代艺术的研究还是对中国艺术意境的探索，这两点都太远离人间烟火，要将二者结合且达于至美，谈何容易？林风眠具有传奇色彩的人生很容易让人以"知人论世"的方式阐释其作品，但谈及作品本身却往

下篇
发展

往比较迟疑。林风眠究竟是如何"中西融合"的？这位注重艺术形式研究、探索艺术语言表达、希望能够中西合璧的艺术家，其作品本身留给我们的思考其实更为丰富。

李金发——中国第一个象征主义诗人

　　李金发（1900—1976），原名李淑良，梅县区梅南镇罗田上村人。中国现代象征派诗人，著名的雕塑艺术家。

　　1922年夏天他在巴黎生病时，总是梦见一个白衣金发的女神领他遨游空中，后来为了纪念这个女神，他多次以金发做笔名，1925年他从法国留学归来后，即改名"金发"。李金发早年就读于香港圣约翰中学，后至上海入南洋中学留法预备班，1919年赴法，在巴黎美术大学学习雕塑。1921年就读于第戎美术专门学校和巴黎帝国美术学校。1923年，他分别编定诗集《微雨》和《食客与凶年》。他将这两部诗稿寄给国内的周作人，周作人回信称赞他的诗"国内所无，别开生面"，并将这两本诗集编入新潮社丛书，推荐给北新书局。

　　1925年，李金发受上海美专校长刘海粟邀请，回国执教，同年加入文学研究会，并为《小说月报》《新女性》撰稿，1925年至1927年出版的《微雨》《为幸福而歌》《食客与凶年》，是中国早期象征诗派的代表作，为中国新诗艺术的发展进行了有益的探索和尝试。1927年秋，任中央大学秘书，1928年任杭州国立艺术院雕塑系主任，创办《美育》杂志。后赴广州美术学院工作，1936年任该校校长。40年代后期，李金发几次出任外交官员，1951年从伊拉克辗转赴美，在新泽西州经营养鸡场。1964年将过去所作散文小说结集，题名《飘零闲笔》，由中国台湾省的侨联社出版。

　　李金发醉心于雕刻和诗文。蔡元培称他为"文学纵横乃如此，金石雕刻诚能为"。他的诗歌创作在留学期间已取得了辉煌成就。其诗歌风格，深受法国象征派诗人波特莱尔和魏尔伦等人的影响，惯用灰色的格调和新奇的意象表现对人生命运的感叹，追求虚幻美，被人称为"诗怪"。著名

下篇
发展

学者朱自清则把他誉为"把法国象征派诗人的手法介绍到中国诗坛的第一个人"。

作为中国现代主义诗歌的开创者，李金发大胆实践西方的象征主义诗歌，最早将法国象征派诗人的手法介绍到中国来，其朦胧诡异、晦涩怪诞、闪烁迷离的意象，给中国文坛开启了一种别开生面的现代性视野，冲击了传统审美习惯，在当时的文艺界引起了强烈的震撼。

主要作品：《为幸福而歌》《岭东情歌》《微雨》《食客与凶年》《异国情调》等；译作有《苏俄之歌》《古希腊恋歌》《托尔斯泰夫人日记》等；雕塑作品有《孙中山像》《伍廷芳像》《蔡元培头像》等。诗集《微雨》是中国象征主义的第一部作品，作品《弃妇》和《里昂车中》被选入1984年出版的《现代百家诗》。

经典诗文选读

弃妇①

长发披遍我两眼之前，
遂隔断了一切羞恶之疾视，
与鲜血之急流，枯骨之沉睡。
黑夜与蚊虫联步徐来，
越此短墙之角，
狂呼在我清白之耳后，
如荒野狂风怒号：
战栗了无数游牧。

靠一根草儿，与上帝之灵往返在空谷里。
我的哀戚惟游蜂之脑能深印着；
或与山泉长泻在悬崖，
然后随红叶而俱去。

弃妇之隐忧堆积在动作上，
夕阳之火不能把时间之烦闷
化成灰烬，从烟突里飞去，

长染在游鸦之羽，

将同栖止于海啸之石上，

静听舟子之歌。

衰老的裙裾发出哀吟，

徜徉在丘墓之侧，

永无热泪，

点滴在草地，

为世界之装饰。

[注释]

①本诗大约写于1922年。1925年2月发表于《语丝》杂志第14期上，是李金发首次在国内公开发表的诗作。

[名师赏析]

李金发的《弃妇》是一篇典型的象征主义作品。大约写于1922年。罗可群教授在《广东客家文学史》中提道："根据有的学者研究，《弃妇》的原型是李金发家乡一位叫刘义妹的客家妇女。"在传统社会，客家妇女除了吃苦耐劳，还刚中有柔，敢于斗争，客家妇女在客家文化里占有极其重要的地位。在客家妇女身上闪耀着吃苦耐劳、聪慧勇敢、贤惠忠贞等人性的光辉；她们最完整、最充分地体现出客家人的优秀品质和精神，成为客家文化中一道靓丽的风景。

诗中的弃妇既象征了饱受苦难的客家妇女，又象征着当时在社会上受欺负、遭凌辱的中国妇女；弃妇的形象既是一个悲慨情感的象征物，又是诗人对人生坎坷、悲惨命运的感受的象征。

这首诗前两节以弃妇作为抒情主体，陈述自己被遗弃的痛苦和悲哀。诗歌一开始就出现了一位披头散发的妇女形象，尽管不幸的生活已经撩乱了她平静的心理，她内心空虚、痛苦，没有心思装扮自己的容颜，但丑陋的外表并没有让她窘迫难堪，反而成了遮挡世人羞辱与厌恶的目光、掩饰自身心灵悲怆的保护：这披散的长发遂"隔断"了一切羞恶之疾视、鲜血之急流、枯骨之沉睡。她看不到，抑或是不想看、不敢看，此时此刻，那肮脏而蓬乱的长发却如同一道保护墙，阻挡了人们的冷眼，甚至阻挡了死亡。诗人在这里引进一系列灰色意象，用"羞恶之疾视"指人际交往中相互的偏见和歧视，"鲜血之急流"暗寓钩心斗角的血腥冲突，"枯骨之沉睡"概括生命的

下篇 发展

无情与衰败，揭露现代社会人心的假丑恶；以鲜血、枯骨这些意象表现出人心的战栗和恐惧。然而夜幕降临，蚊虫也蜂拥而至，阵阵的狂呼"如荒野狂风怒号"，冲击着弃妇的心。她痛苦、狂呼、怒吼，这些蚊虫的嘤嗡声"狂呼于我清白之耳后"，就像人们的闲言碎语一样，让她心烦意乱，只能"靠一根草儿，与上帝之灵往返在空谷里"。此时，只有"空谷，游蜂，山泉，红叶"能给予饱受摧残的她短暂的安慰，于是她悄悄躲在自然界里，远离人世，苟延残喘。

第三、四节，诗人用丰富的想象、新奇的比喻进一步渲染弃妇的痛苦。"弃妇之隐忧堆积在动作上"，"隐忧"本是抽象的情感，这里用"堆积"二字，以奇特的观念联系，形象地描摹了弃妇在悲凉的境遇中手足无措、坐卧不安的情形。夕阳之火就像火焰，无法将愁绪燃为灰烬，随风飘走一样，弃妇的隐忧永远弥散在生命的每一个时刻：即使时光辗转，也无法将她的哀愁和烦恼带走，游鸦也不能载走她的痛苦，只能和游鸦栖止在礁石之上，静听海浪涛声和渔舟唱晚；甚至连她衰老的裙裾也发出哀吟，她只好徜徉在坟墓之侧，永无热泪。这里诗人以"衰老"修饰裙裾，新颖奇特，同时借助拟人手法，用"发出哀吟"传神写出弃妇的悲伤和痛苦。

最后两节，其实是诗人自我形象的外化，在弃妇的躯壳内分明跳动着诗人孤寂的心，或者说，在弃妇忧郁的面影后面，蜷伏着诗人自己的"魅影"。

这首诗表面上写的是一个弃妇身世的悲苦与生活的艰难，实际上是诗人通过对弃妇的描写抒发自己内心的烦闷，寄寓了自身在异国他乡生活的怅惘与失意以及命运难以把握的惶惑、悲苦和孤寂。"弃妇之隐忧堆积在动作上"至"为世界之装饰"数句，实质是象征作者的人生观：在诗人的眼中，人生就像彷徨于死亡者墓前的弃妇，最终只能被命运所抛弃。

有感[①]

如残叶溅
血在我们
脚上，

生命便是
死神唇边
的笑。

半死的月下

载饮载歌

裂喉的音

随北风飘散。

吁！

抚慰你所爱的去。

开你户牖

使其羞怯

征尘蒙其

可爱之眼了。

此是生命

之羞怯

与愤怒么？

如残叶溅

血在我们

脚上。

生命便是

死神唇边

的笑。

[注释]

①本诗写于20世纪20年代初，后收录于李金发1926年出版的诗集《为幸福而歌》。诗人在诗集序言中说这本诗集"多半是情诗，及个人牢骚之言"。这首诗大概就属于其中的"牢骚之言"。

[名师赏析]

李金发的《有感》写于20世纪20年代初。这首诗写出了诗人对人生的看法：人生道路变幻莫测，人的生命转瞬即逝。

诗歌的前两节把生命和死神联系起来，用飘零的残叶象征生命即逝。这"残叶"就是"树叶"的生命走向尽头的写照，诗人看到眼前残叶飘零的景象，不由自主地联想到生命的脆弱。而此时此刻，作为生命之液的

下篇 发展

"血"，不是流淌在血管里，而是"溅在我们脚上"，生命也成了"死神唇边的笑"。在诗人眼里，"死亡"只是人生的归宿，生命在死亡面前不堪一击，它只能神秘地定格于死神莫测的微笑中。生活的不如意让他感到压抑、焦虑，他想寻求发泄，得到安慰，于是他在"半死的月下"纵酒狂歌，此时，内心孤独的他急需寻找一份爱的慰藉，就像诗中那样"抚慰你所爱的去"。

"半死的月下"联想非常奇特，月亮本来只有圆缺明暗之别而无死活之分，诗人在这里用"半死"来表达心情的抑郁和落寞：在法国留学期间，他经历了太多的打击，生活的烦恼、内心的孤独以及对祖国的担忧，这些都让他感到无比的压抑。因此，"半死的月下"与其说是月亮半死，不如说是月下之人半死，"半死"只是一种心理感受，是诗人面对生活的沉重，虽无所适从，却又不甘心颓废的写照。于是他愿自暴自弃，反问自己，发出生命怎能在这种饮酒狂歌、寻欢作乐的日子里虚度的感慨。

最后一段与开头呼应，结构上的"圆圈"又和生命的轮回相对应，表达了人生短促，时光不再的感慨。

在这首诗中，诗人对生命、爱情的独特感悟虽然有一种颓废气息，但同时拥有一种智者的清醒。（刘璐《今文观止》赏析/快读丛书）他认为"生命是死神唇边的笑"，命运无法掌控，人生充满了彷徨与悲苦，让人感到不安。所以只能高歌当泣，伴随着嘶哑的声音在"半死的月下，载饮载歌"以寻求慰藉。

李惠堂——永远的球王

人物档案

李惠堂（1905—1979），字光梁，五华县横陂镇人，中国近代体育史上著名的足球运动员，是一位文武双全的足球名将。

李惠堂从17岁开始其足球生涯，活跃于20世纪二三十年代的亚洲足坛，驰骋球场25载，汗洒大江南北，足迹遍及欧亚两洲，获国内国际各种奖章逾百枚、奖杯120多个，其卧射绝技，球王贝利亦自叹不如，被球迷赞为"亚洲球王"。他不但是罕见的中国职业足球运动员，也是当时公认的中国足球第一人。据统计，他在各项足球比赛中，共射进1860个球，与巴西的里登雷克、德国球星盖德穆勒、球王贝利以及独狼罗马里奥并称为迄今世界上进球逾千个的"五大巨星"。其体育道德尤为高尚，绿茵场上，从未受罚。因此人们赞誉："看戏要看梅兰芳，看球要看李惠堂。"

李惠堂1954年当选为亚洲足球联合会秘书长，1965年当选为国际足联副主席。1976年被评为世界五大球王，乃中国登上世界足坛最高荣誉第一人。著有《球圃菜根集》《足球经》和《鲁卫吟草》等。其中《鲁卫吟草》可以说涵盖了李惠堂一生大部分笔墨诗文。李惠堂的诗作风格自然清新，不雕不琢，意趣洋溢，诗的内容则或表爱国忧时，或状山川奇秀，或吐胸中块垒，或记球坛风云，或作花月闲吟，或悲死生契阔，或属友朋唱酬，堪称一代球王的心灵写真。

经典诗文选读

世运足球队所到皆捷，快慰之余赋此与同仁共勉[①]

万众呼声动地高，吾侪今借足球豪。

本来一蹴云何价，聊表微长压若曹②。

人望如斯诚可贵，功成犹待再宣劳③。

还将余力匡时务，到处侨胞有苦号。

[注释]

①1936年8月1日—16日第十一届夏季奥运会在德国柏林举行。李惠堂带队参加，一路踢球以筹集经费。②若曹：你们。③宣劳：尽力，效劳。

[名师赏析]

1936年8月1日至8月16日第十一届夏季奥林匹克运动会在德国柏林举行。此诗写于李惠堂带队参加柏林奥运会时，一路踢球以筹集经费的情景。

为参加1936年奥运会，中华全国体育协进会的所有工作人员集体出动，分别向国民政府中央各院部、全国各省市地方政府寻求支持。经过一番努力，共筹集资金17万元，但仍缺5万元。协进会决定，足球队自筹资金，担任中国足球队队长的李惠堂带着谭江柏、孙锦顺、冯景祥、李天生及包家平等众足球名将想出了一道妙计——沿途进行足球比赛，直至抵达奥运会场为止。

这支由22人组成的球队向海外华侨借了一笔钱，买票登上前往越南的远洋轮船。在随后的两个月里，他们先后在越南、新加坡、印尼、马来西亚、缅甸以及印度6个国家比赛，每踢一场，他们就向柏林走近一步。为了尽量节省开支，李惠堂和其他球员无论在船上或旅馆内，只住最廉价的房间，有时甚至整队人挤在一个大房间内，部分队员睡在地板上。为确保在每场球赛中都能获胜，以赚取额外的奖金，所有主力球员就算带伤都要上阵比赛。在前往柏林的途中，中国足球队共出赛24场，所筹得的钱除了支付旅费外，还有余钱资助那些仍在家乡等待出发的队员。可惜，这段艰苦的旅程使球员们元气大伤。他们抵达奥运会场之后，在第一场比赛中就被淘汰出局。尽管如此，各球员的决心和表现却获得了其他国家代表的称赞。

本诗的首联"万众呼声动地高，吾侪今借足球豪"二句就是写球队每到一个地方，当地侨胞看到祖国第一支球队来访，特别兴奋，组织筹委会盛大欢迎，热情接待，而后赢得比赛，侨胞欢喜若狂的情景。颔联可以看到虽然一场足球赛并不足称道，但为了筹集了经费，李惠堂愿意为大家尽自己的绵薄之力，从中也可以看到李惠堂为国争光扬我国威的情怀。颈联"人望如斯诚可贵，功成犹待再宣劳"二句写出了李惠堂不骄不傲，希望功成后再尽力为国效劳。尾联表达了李惠堂对所经国家华侨处境的关切和关注，而关注、同情弱者，也是李惠堂诗中常见的主题。

咏球言志

余儿时即喜足球，虽一事无成而能周游世界、广结良师益友，无悔也。

其一

自幼早坚球连志，风霜不改百年心。

世间喜见多同道，到处天涯共赏音。

其二

一技相凭四海游，家无儋石①未尝忧。

穷乡僻壤人皆识，不枉当年学足球。

[注释]

①儋石：成担货物的计量单位，又借指少量米粟。

[名师赏析]

《咏球言志》两首诗是李惠堂自述己志之作。

《其一》"自幼早坚球连志，风霜不改百年心"说的是李惠堂自幼就酷爱踢足球，并立志置身为足球奋斗，即使年老此心也不改变。足球让他广结良缘，结交了很多爱好足球的朋友。

《其二》写的是作者凭足球一技游遍四海，即使家无粮食也未尝担忧过。"穷乡僻壤人皆识，不枉当年学足球"两句说的是虽然家乡地处僻壤，条件落后，但足球让李惠堂认识了很多朋友，也让很多家乡的人认识了他。在李惠堂看来这就值得了，不枉费自己学足球的本心了。

这两首诗与《初写足球书于沪江自题卷首》《写足球经有感》《球坛退休感作》等诗作，是记录了李惠堂本人的足球运动生涯，也是他的足球生活的写照。

李坚真——华夏女杰

　　李坚真（1907—1992），女，原名见珍，丰顺县小胜镇人，中国妇女运动的先驱，无产阶级革命家，是32位参加红军长征的红一方面军女红军战士之一。李坚真参加过土地革命战争、抗日战争和全国解放战争，是中共党史上第一位女县委书记、第一位女省委书记、第一位女性省人大常委会主任。

　　李坚真出生于贫苦农民家庭，自幼被卖与贫农朱家作童养媳。她从未上过学，9岁开始上山砍柴、割草、下地种田。15岁便担柴草去10公里外的圩场卖。在她的家乡，男男女女都爱唱山歌，当时她的爱好就是编唱山歌。正是在唱山歌、"和"山歌、"斗"山歌的活动中，磨炼了她的才智和胆识。后来，李坚真在回忆她的青少年生活时还曾说，她的青少年时代，从开始觉悟到接受真理，投身革命洪流，山歌也是其中一件"轻武器"。

　　1926年夏接受工农革命的宣传教育，1927年6月加入中国共产党。1929年底，李坚真转移到闽西，先后任长汀县委书记，福建省委委员、妇女部部长，苏维埃中央执委、中央妇女部部长等职。1934年10月参加红军长征。

　　抗日战争爆发后，她与邓振询奉命先后到武汉、南昌开展工作，任长江局东南分局妇女部部长、民运部部长。1940年"三·八"国际妇女节，她为分局机关报写纪念文章时，用见珍的谐音"坚真"署名，此后便改名李坚真。

　　解放战争时期，李坚真率队在山东新安、莱阳等地进行土地改革。后任华东局妇委书记，山东分局妇委书记。1949年3月当选为全国妇联执委，同年还出席了第一届政协会议和开国大典。

　　中华人民共和国成立后，她随叶剑英回到阔别20年的故乡广东，任广东省土改工作团团长、党组书记，负责指导广东省各地的土改工作。1979年12月，时任中共广东省委书记、省纪委书记的李坚真，在省五届人大二次会议上被选举为省五届人大常委会主任。73岁李坚真高龄受命，带病工作，但锐气不减当年。她认真学习，与时俱进，研究新情况，解决新问题，团结带领常委会组成人员和全体机关干部，奋发进取，克服种种困难，开创了省人大工作的新局面。

李坚真出版有《李坚真山歌三百首》《李坚真回忆录》等著作。

经典诗文选读

革命豪情

打猎不怕虎狼狼①，革命那顾死和生。

杀头好比风吹帽，坐牢当过②嬲③花园。

[注释]

①打猎：比喻，这里指参加农民运动。虎狼：比喻，这里指地主豪绅。②当过：客家方言，当作、当成的意思。③嬲：客家方言，读liào，意思是玩、逛。普通话中读niǎo，有纠缠、搅扰或戏弄之意。

[名师赏析]

李坚真的《革命豪情》是1926年5月在自己的家乡——丰顺蕉头窝村所作。整首诗充分体现了李坚真的革命乐观主义精神和不惧牺牲的大无畏精神。

李坚真出身贫民，懂事后就知道穷人的苦难。为了做好农民协会的宣传工作，号召更多的农民群众积极参加减租减息，勇敢地同土豪劣绅作斗争，她就巧妙地用了这样形象生动的比喻，"打猎不怕虎狼狼"意思是打猎的时候不要害怕虎狼的凶狠，李坚真在这里用"打猎"比喻参加农民运动，鼓励大家为了革命可以不惜牺牲生命。诗歌中的"坐牢当过嬲花园"意思是哪怕被捉去坐牢，也要当作是逛花园那样轻松。"当过"、"嬲花园"等通俗的客家方言，展现了她作为客家女子的纯朴，同时充分体现了她自编山歌的才能。这对于只在私塾旁听两年、只认了些字却没有写过字的一个农家童养媳来说，实属少见。其山歌中含蓄流露出的对地主豪绅的痛恨之革命觉悟，更是难能可贵。

过泸定桥①

红军抢渡泸定桥，炮火连天铁索②摇。

脚踏铁索心不跳，女兵③争把药箱挑。

下篇 发展

［注释］

①泸定桥：又名大渡桥，全长103.67米，宽3米，是中国四川省甘孜藏族自治州泸定县泸桥镇境内的一座跨大渡河铁索桥。泸定桥始建于清康熙四十四年（1705）九月，于康熙四十五年（1706）四月投入使用，当年康熙御笔题写"泸定桥"，并立御碑于桥头；于1961年3月4日被纳入中国首批全国重点文物保护单位。②铁索：指固定在泸定桥两岸桥台落井里的13根铁链，其中9根作底链，4根分两侧作扶手，共有12000多个铁环相扣。相扣铁环是利用索渡的原理，先将粗竹索系于两岸，再将铁链系在竹筒上，然后修建一个转盘，找来当地的大汉转动转盘，在对岸每扣一个铁环，这里就拉一环，最后将铁链拉钉固定在桥墩上，全桥铁件重达40余吨。③女兵：指干部休养连里的女红军，当时李坚真任该连的指导员。

［名师赏析］

《过泸定桥》写于1935年5月干部休养连的人员、马匹、药箱等全部安全通过泸定桥后。李坚真在这首山歌中回忆当时红军抢渡泸定桥的紧张激烈的情形，充分体现了他们为了夺取胜利勇往直前、不畏牺牲的精神；也正是这种精神激励使李坚真带领休养连的女同志们顺利地完成了任务。"脚踏铁索心不跳，女兵争把药箱挑"突出女兵们超强的心理素质。看到桥上摇晃的铁索，桥下水疾如箭、奔腾咆哮的大渡河，就已经令人胆战心惊了，连原找来的男挑夫看到如此凶险的环境都吓跑了。而这些女兵们却能克服重重困难，镇定自若，在铁索桥上一个人空手行走都很难过，何况还要背着药箱来来回回几趟，的确是勇气可嘉！"争"一方面写出了时间的紧迫，另一方面更是体现了在李坚真带领下女兵们的团结合作意识，没有一个人因畏惧而推卸责任。

在艰苦卓绝、九死一生的漫长征途中，李坚真凭着她那副好嗓子一路走一路唱，用一首首山歌鞭策自己、激励战友。她的山歌不仅给大家带来了快乐，还给在革命道路中浴血奋战的战士们以无形的力量，如："革命豪情比火热，熔冰化雪步不停""万里行军不怕难，踏平草地烂泥滩"等，"爱唱山歌的客家妹子"也因此成为红军战士们喜爱和尊敬的人。

无题

河里鱼儿要用水来养，

老百姓的军队要由老百姓来养。

新四军打仗在前边，

老百姓帮忙在后边。

军民大家一条心呀，

打败敌人①保家乡！

[注释]

①1946年5月中旬，李坚真率领华中分局民运部土改工作队先后到苏北淮安和山东莱阳，主持两地的土改试点和反奸反霸工作时所作。

[名师赏析]

《无题》这首山歌以比兴的手法，用鱼水之情写出了土改运动中军民一家亲的动人场景。"鱼儿要用水来养"比喻老百姓和军队相亲相爱的融洽关系，既形象生动又通俗易懂；同时回顾了新四军英勇抗战、杀敌报国的光辉历程，赞扬了老百姓为了民族和国家的利益，舍小家保大家，支援革命、支援前线、做军鞋、做担架、组织运输队、帮助抬伤员、挑药箱等感人事迹。李坚真用动人的山歌号召军民同心，以饱满的激情和必胜的信心积极投身土地改革和反奸反霸工作。李坚真曾回忆说："我和群众在一起唱山歌，不分彼此，很快就和群众打成一片，这是联系群众的一个很好的方法。"

翠竹①

翠竹青青四季春，福寿康宁乐融融。

竹笋尖尖冲天起，自强争得绿荫浓。

[注释]

①丰顺县黄金镇素有"竹乡"之美称，特别是竹编工艺品远近闻名，也是著名的革命老区和人文胜地。黄金镇虽不产黄金、不销黄金，但黄金镇人却喜欢把养活他们、惠泽他们、覆盖产溪两岸和漫山遍野的绿竹林当成遍地"黄金"。李坚真因自幼被卖与黄金镇贫农朱家作童养媳，所以黄金镇也就成了她的第二故乡。

[名师赏析]

李坚真在山歌《翠竹》中通过咏竹，表达了热爱生活、热爱大自然的美好情怀。"翠竹青青四季春"直接抓住了竹的两个显著的特点，一是颜色青翠欲滴，用了两个表颜色的词——"翠"、"青"来强调；二是无论是严寒还是酷暑，竹子都是四季常青不败，一派生机盎然、蓬勃向上的景象，给人以一种坚强的、无所畏惧的美。道出了李坚真对家乡人民美好生活的深深祝福。最后一句"自强争得绿荫浓"用拟人的手法写出了竹子用自强不息的勇气为自己争得一片属于自己的天地。一个个破土而出的竹笋已然长成了一株株挺拔的翠竹，郁郁苍苍，浓荫蔽日，给大地投下了一片阴凉。同时，这青翠成荫的翠竹也象征着家乡人民正直、质朴的品格和积极向上、艰苦奋斗的精神。在其六十多年的革命生涯中，家乡翠竹正直、无畏、向上、自强的精神也在时时刻刻地鼓励鞭策着李坚真。可以说正是家乡翠竹的精神，造就了坚强的华夏女杰李坚真。

参考文献

［1］罗可群.广东客家文学史［M］.广州：广东人民出版社，2015.

［2］罗可群.现代广东客家文学史［M］.广州：广东人民出版社，2008.

［3］安国强.梅州两千年［M］.北京：中国地图出版社，2010.

［4］谭元亨.客家经典读本［M］.广州：华南理工大学出版社，2010.

［5］郭真义，曾令存.梅水诗丛［M］.广州：广东人民出版社，2015.

［6］何国华.广东历代著名教育家评论［M］.广州：广东人民出版社，2014.

［7］张显慧.胡曦所著客家文献考［J］.图书馆学刊，2013（6）：130–131.

［8］左鹏军.晚清岭南客家诗人胡曦诗歌简论［J］.岭南文史，1997
　　（12）：26–29.

［9］邬和锰.感时愤事留佳篇：读《丘逢甲集》中的诗［J］.图书馆论坛，
　　2003（5）：167–168.

［10］徐博东.重印丘逢甲《创设岭东同文学堂序》考［J］.汕头大学学
　　　报，1987（4）：56–59.

［11］许伯卿.红是秋栖魂，境乃诗入神［J］.名作欣赏，2006（3）：82–84

［12］郭真义.范荑香出家成因初探［J］.嘉应大学学报，2003（10）：113–116.

［13］张永芳.叶璧华题咏黄遵宪诗［J］.韶关学院学报，2006（4）：51–52.

［14］曾欢玲.客家女诗人叶璧华生平及诗歌概观［J］.学理论，2010
　　　（3）：74–75.

［15］廖金龙.李坚真的革命之路［M］.北京：中共党史出版社，2006.

［16］郑宗耀.清代丁日昌倡导学习西方文化的历史实践［J］.新丝路，
　　　2016（12）：251.

［17］佘爱春，罗雪松.中国新文学史一百年·作品导读（上卷）［M］.成都：
　　　西南交通大学出版社，2012.

［18］孙玉石.中国现代诗导读［M］.北京：北京大学出版社，2008.

［19］罗振亚.中国现代主义诗歌史论［M］.北京：社会科学文献出版社，2002.

［20］周良沛.谈"诗怪"李金发的怪诗［J］.文艺理论与批评，1992（4）：102-110

［21］刘璐.今文观止名著快读（中国卷）［M］.成都：巴蜀书社，2013.

［22］吴振清，吴裕贤.何如璋集［M］.天津：天津人民出版社，2010.

［23］曾民.清朝第一任驻日公使何如璋［J］.开放时代，1987（5）：62-64.

［24］龙扬志.黄遵宪集［M］.广州：广东人民出版社，2018.

［25］韩珮瑶."诗界革命"中国社会的自省与自救［J］.戏剧之家，2019（14）：219-220.

［26］吴龙章.镇南关抗法的雄浑战鼓：黄遵宪《冯将军歌》古体长诗思想艺术发微［J］.钦州师范高等专科学校学报，2016（1）：116-119.

［27］黄瑞钰.试论黄遵宪诗歌中的文学理论革新［J］.文教资料，2019（17）：72-73.

［28］陈红旗.论客籍作家楼栖的文学创作及其他［J］.肇庆学院学报，2017，38（4）：1-4，100.

［29］陈玉奇.作家楼栖和他笔下的客家风俗［J］.中山大学学报论丛，2001（2）：103-107.

［30］楼栖.反刍集［M］.香港：文生出版社，1946.

［31］李欣祥.宋湘生平及作品研究［M］.香港：中国文化艺术出版社，2018.

［32］宋湘撰.李欣祥校注.红杏山房诗赋集［M］.香港：中国文化艺术出版社，2019.

［33］五华县地方志编纂委员会.五华县志［M］.广州：广东人民出版社，1991.

［34］陈永正.岭南历代词选［M］.广州：广东人民出版社，2009.

［35］杨宏海.客家诗文［M］.广州：华南理工大学出版社，2006.

［36］宋绍青.蒲风评传［M］.北京：中国现代人文学院出版，2012.

［37］刘克定.黄药眠评传［M］.广州：华南理工大学出版社，2011.

［38］黄药眠.黄药眠自选集［M］.广州：花城出版社，1986.

［39］徐珂.清稗类钞［M］.北京：中华书局，2010.

［40］李曙光.桐花瘦尽，梦摇天末：吴兰修《桐花阁词》论析［J］.北京社会科学，2017（6）：43-50.

［41］范松义. 清代岭南客家词人综论［J］. 五邑大学学报（社会科学版），2009（11）：20-24.

［42］林爱芳. 林风眠［M］. 广州：广东人民出版社，2012.

［43］杜滋龄. 林风眠全集［M］. 天津：天津人民美术出版社，1994.

［44］林风眠. 林风眠谈艺录［M］. 北京：中国青年出版社，2014.

［45］郑勤砚. 林风眠画传［M］. 广州：岭南美术出版社，2013.

［46］刘世敏. 艺海逆舟：林风眠传［M］. 长春：吉林美术出版社，1999.

［47］刘世敏. 林风眠：中国现代美术教育和现代绘画的奠基人［M］. 天津：百花文艺出版社，2011.

［48］朱朴. 林风眠艺术随笔［M］. 上海：上海文艺出版社，2012.

参考文献